谈情
说案

-01-

人心
最是光明磊落
也最是阴险猥琐
欢迎来到荒漠甘泉心理工作室

请允许我
和你的世界谈谈

和你的世界谈谈

桃桃一轮 / 著

百花洲文艺出版社
BAIHUAZHOU LITERATURE AND ART PRESS

图书在版编目（CIP）数据

和你的世界谈谈 / 桃桃一轮著. — 南昌 : 百花洲文艺出版社, 2017.11
ISBN 978-7-5500-2497-7

Ⅰ. ①和… Ⅱ. ①桃… Ⅲ. ①长篇小说 - 中国 - 当代 Ⅳ. ①I247.5

中国版本图书馆CIP数据核字(2017)第268930号

出 版 者　百花洲文艺出版社
社　　址　江西省南昌市红谷滩世贸路898号博能中心A座20楼　邮编：330038
电　　话　0791-86895108（发行热线）　0791-86894790（编辑热线）
网　　址　http://www.bhzwy.com
E-mail　bhzwy0791@163.com

书　　名　和你的世界谈谈
作　　者　桃桃一轮
出 版 人　姚雪雪
责任编辑　王俊琴　李　瑶
特约编辑　伍　利
封面设计　刘　艳
内页设计　cain酱
经　　销　全国新华书店
印　　刷　长沙鸿发印务实业有限公司
开　　本　880mm×1230mm　1/32
印　　张　9
字　　数　223千字
版　　次　2018年1月第1版
印　　次　2018年1月第1次印刷
书　　号　ISBN 978-7-5500-2497-7
定　　价　32.80元

赣版权登字：05-2017-451

目录

contents

目录
contents

第一章

荒漠甘泉

/HE NI DE SHIJIE TANTAN/

1.

九月底，鹏市的酷暑才总算有了飘然离去的意思，早晚变得些许凉爽，可白天还是热得冒烟。

秒针一圈一圈不知道画了多少个圆，祝瑾年将桌上的欧卡牌[①]收好，对面的年轻女子看了看手表，似乎觉得一小时的咨询时间太短，有点不尽兴。

送至门口，祝瑾年忽然叫住她：“林小姐，鉴于咨询已结束，现在，我仅站在个人的角度劝你……”

年轻女子还有点茫然，皱皱眉，微张着嘴。

“分手。”

林小姐马上有了巨大的反应：“可是——实际上，他上一次出轨是在四个月前，最近几个月他说跟他那个初恋女友断干净了，都没有联系的，是那个贱女人一直贼心不死。而且，他对我挺好的，那天晚上下着雨，我随口说肚子饿了，他……”

因为遭遇渣男而到“荒漠甘泉心理工作室”来做咨询的女人不在少数，

①欧卡牌，OH Cards，心理学上叫潜意识直觉卡，是一种心理投射测试工具。心理咨询师常用的心理游戏工具，借此分析来访者潜在的心理问题。

比如眼前这个林小姐，明摆着渣男一次次出轨，她却次次带着“他下次不会了”的心理原谅他，可又心有不甘。

真正决定分手的，一个电话就断干净了，这种被折磨得身心俱疲却总是用什么“其实他对我蛮好”应对别人理智的分手提议的，就像站在高楼顶层大喊“我要自杀”却一直不往下跳一样，都是闹着玩和逗你玩。

虽然咨询费赚得越多越好，可祝瑾年也挺替这位林小姐心疼钱——最好的解决办法就是分手，可她选择来心理咨询，就已花费六百元。渣男的初恋女友成功地被林小姐塑造成一个特不要脸的人，其面貌的详细程度，祝瑾年走在大街上就能从人群中一眼分辨这个其貌不扬却毒如蛇蝎的坏女人。祝瑾年真的很佩服恋爱中女性的第六感和低智商，她们能在渣男微博五百多个关注人中敏感而准确地辨认出小三的第 N 个马甲，却在头顶 N 个绿帽子的情况下还对渣男心存幻想。

原生家庭、性格、阅历……一切因素共同作用，造就难说分手的他们。

祝瑾年无奈地送林小姐出门，不由得回忆起这两年糟心的工作历程。以前，她一边读研究生一边在市内一家中等价位的心理咨询机构“心灵花园”兼职，从一开始的预约接待，慢慢到接一些恋爱受挫、考试发挥失常等困扰的小 Case，累积咨询时数，她当时的目标是考取心理咨询师二级证书，进入更加高端的心理咨询机构，接一些富有挑战性的案例。

心理咨询师二级证书已是国内心理咨询师的最高等级，这个目标任重而道远，还是丰富阅历更重要。祝瑾年在校时就向鹏市排名 Top1 的荒漠甘泉心理工作室投简历，前三次都被退了，连笔试的机会都没有，第四次时，获得笔试的机会，却因没考及格而无缘面试。临近毕业，第五次投简历，总算杀入面试，幸运地发现面试官是自己本科时同社团的师兄杜格致，不知是不是人家格外开恩，她从二十几个竞争者中脱颖而出，顺利地进入了“荒漠甘泉”，成为一名助理咨询师。

之前她只顾着累积咨询时数，却疏于打听“荒漠甘泉”的内部消息，原来，这家心理工作室的几位联合创始人都来自东南政法大学——她的母校。比如，大她两届的师兄杜格致是总经理，工作室五位主心理师之一，商务总监诸葛千惠早她五年毕业，在校时虽无缘一见，但对她还挺照顾，还有一位据说是“荒漠甘泉”的灵魂级创始人聂羽峥，她虽从来没见过他，但他的名字早就如雷贯耳。她入职一个多月了从没见他来过工作室，更别说像其他主心理师一样坐班了。她怀疑，这人不过就是挂个名，对外提升提升“荒漠甘泉”的逼格。

虽然她知道自己离工作室的主心理师还有好长一段路要走，可没想到担任高端心理咨询机构的助理咨询师碰到的还是这类恋爱困惑。

林小姐刷卡时好像心里很不舒服一样，然后在评价表上“满意程度”的“一般”项后面打了个钩。

祝瑾年靠在前台边，身材婀娜、面容姣好、眼神淡漠，望一眼落地窗外倾泻而下的艳阳，露出一个讽刺的笑。

杜格致从另一间咨询室走出来。一个年过半百的丰腴女人笑眯眯地刷了卡，在评价表上的“非常满意”后面打了个大大的钩，并预约了下次咨询的时间。

“新造型？”杜格致转身，下巴指了一下祝瑾年短至锁骨上方的鬈发，和以前的大长卷不同，更衬她的脸形，看起来赏心悦目。

祝瑾年大方地问：“好看吗？”

“不错。”他发自内心地回答。

“谢谢。”

继而，他瞥了一眼评价表，狡猾地笑了：“小年，你不懂女人。”

“请指教。”

“这类人来这儿只是为了倾诉，不需要知道自己的问题所在。遇到这种情况，你应该跟她一起痛斥渣男，这样她会觉得你是人间知音，说满八小时不停嘴，一周来五天，每天贡献几千元咨询费。”

“我一直恪守咨询内容保密原则，你怎么知道她是来痛斥渣男的？”祝瑾年饶有兴趣地转身抬眼看着他。

杜格致摇摇头：“我们咨询师的立场应该是中立的，但你遇到这类客户，总忍不住代表你自己丢一句‘赶紧分手、离婚’给她们，导致她们对你的‘服务’总是不太满意。她们要的是心理上的认同，而不是理智的建议，再说，我们咨询师是不负责提供决策的。我们能做的，仅仅是构建他们心理的坚强力量。”

“我撇开自己咨询师的身份，站在朋友立场，告诉她们一个正确答案，她们偏偏还往火坑里跳。这类人根本不是来寻求解决问题的办法，她们只想塑造一个无过的自己和充满过失的别人，获得倾听者的同情和打抱不平，再次暗示自己——我是无比正确、完美、可怜的，谁不爱我，谁就是大傻 ×。”祝瑾年淡漠地别开头，“刚才那位访客，我希望她以后不要再来浪费钱。”

“能到咱们这儿来，她应该不怎么缺钱吧，你还替她心疼？”

“不见得。”祝瑾年接过前台小妹琪琪递来的一杯咖啡，“聊天内容我不方便透露给你，就告诉你个细节。她的 Gucci 包有问题，刚才，她不小心用指甲刮了一下，第一反应是去看指甲上的美甲钻掉没掉。虽然，这种超级大牌的包不至于被指甲一刮就出现划痕，可面对这样一件奢侈品，第一反应去看指甲上的假钻石就太可疑了。她应该处在一个高消费的圈子，但她的收入和家境不足以支撑她混下去。还有，她给我看男友照片时，流露出渴望我夸赞其相貌的表情，虽然我觉得那个男人相貌平平，但我还是夸他是个帅哥，她果然很受用。她的内心是渴望被人肯定的，无论从吃穿用度上，还是从选择品位上——这种惯性使得她格外重视‘评价’这一项，‘荒漠甘泉’行业风评很好，她自然倾向我们。”

杜格致听得津津有味，也端起一杯咖啡。

“结合她跟我聊天的内容，可以推断，她男朋友不仅是个渣男，而且是个危险的自恋型人格，乐于对他人施加负面影响并沾沾自喜。如果她不听我的建议最后只会有以下几个结果：一是狼狈地被甩掉，二是勉强结婚将来后悔莫及，第三个结果就是死路一条。在我看来，第一个结果对她来说是最好的，单身保平安。”

琪琪忍不住插话：“怎么渣男身边的女人总不嫌多！”

祝瑾年耸耸肩：“你不觉得垃圾食品都特别好吃吗？”

杜格致抱起胳膊，看她的目光里夹杂着无奈和一丝丝喜爱：“你嘴这么毒，易期以后真敢娶你吗？”

郝易期，祝瑾年的男友，两人在一起一年多，前阵子刚刚分手。这个消息，杜格致还不知道。

她自动忽略了他的目光：“与其深陷一个男人的温柔陷阱被折磨得要死要活还不如愉快地做一只单身狗。”

“等等，你……”杜格致有半秒的错愕，“你什么时候变单身狗了？”

“一两个月了吧。”

“你们不是已经进入到见双方家长并谈婚论嫁的地步了？”

“是啊。”祝瑾年点了点头，“不见他父母我还不知道他是个妈宝男，而且三代单传，肩负延续家中‘优良基因’的重大历史任务。人家妈妈明确说了，不要孙女，就要孙子，而且是两个，并且还带着谜一样的微笑向我透露，认识某医院B超医生和妇产外科一把手，向我承诺，完成历史任务后过户一套七十平方米的房子给我。我还能说什么？谢主隆恩？”

杜格致眉头一皱，摇了摇头。

“以前算是我瞎眼，现在，我明知道那是个火坑，我还往里头跳，就怨不得别人极品。”祝瑾年挑眉，笑得几分潇洒，“我对郝易期，还没有到要为他下刀山入火海的地步，我读书多年，努力赚钱存钱，不是为了给某个家庭当生孩子的工具。他们没把我当人，也别怪我翻脸不认人。”

“抱歉，我压根儿没看出你失恋，你看上去没有一点难过的样子。”杜格致靠近一步，没有了郝易期，他更加不用掩饰自己对祝瑾年的欣赏。

“狗养久了都有感情，更何况是人？”分手当然痛苦，但祝瑾年习惯压抑内心情感，如果说她有什么心理困惑需要进行咨询，那肯定是如何自然地表达情感。说虽如此，她依旧刻薄，“跳出火坑之喜大于飞蛾扑火之痛，难过一阵子，也就过去了。生活又不是电视剧，哪有一辈子忘不掉的人？”

手机振动起来，打断了他们的聊天。祝瑾年适时结束话题，眼中情绪未明，背过身去，接起这通陌生号码来电。

“喂，您好。”

“你好，这里是鹏市刑侦支队一大队，有几个问题要问你，希望你配合我们的调查。”

“刑侦支队……”祝瑾年微微一怔，心想，该不会是诈骗电话吧？继而有些冷漠和不耐地问，“什么事？”

2.

“请问，你几个月前是不是接待了一位名叫卢律明的先生？”

看来对方不是骗子。

几个月前，祝瑾年还在为那家名为“心灵花园”的心理咨询中心工作，和“荒漠甘泉”的高定位、高消费不同，“心灵花园”价格适中，来访者很多都是工薪阶层。卢律明短暂的咨询过程令她印象深刻，怎么可能轻易忘记？

由于“荒漠甘泉”是鹏市取得心理评估专业资质的心理咨询、评估、援助机构之一，且和鹏市公安局有合作关系，祝瑾年此时仅以为，卢律明终于被要求做心理评估了。

“……没错，是我接待的他。”

“小年。”杜格致示意她把手机给自己，“您好，您是哪里？一大队？哦，是我，杜格致，‘荒漠甘泉’的负责人，也是你们沈副队长的朋友。”

电话中那人似乎去请杜格致提到的那位领导了。

东南政法大学社会与心理学院宿舍隔壁栋就是刑事司法学院宿舍，经常搞联谊，杜格致虽没当刑警，可和这个圈子里的人都很熟，拉来不少生意，自然互相都会给几分薄面。他等了大约三十秒，听有人重新接起，就笑着开口：“嗨，沈老兄，你是贵人多忘事……祝瑾年现在在我这里工作。哦？居然是这样？太不可思议了！好，我这就送她过去……不用了……真不麻烦？顺路？好，那让她跟你们一起走吧。”

“什么事啊？”祝瑾年迫不及待地问。

杜格致挂了电话后就变得严肃起来：“卢律明是你接待的？”

“嗯。他……怎么了？”

“失踪了——他们是这么说的。可我觉得刑侦支队都介入了，恐怕不是失踪，可能……”杜格致做了个抹脖子的手势。

本着恪守访客隐私的原则，祝瑾年有所保留地说：“当时卢律明不怎么认可我的建议，没有再来。之后他有没有找别的地方做咨询，我不太了解。”

“回访记录呢？”杜格致问。

“他说：‘都挺好的，不需要再次咨询。’”

当事人不愿意继续，她也不能强行干预，虽预感这家人迟早要出事，但是没想到这么快。

“只是协助调查，不用紧张。”他侧身倚在服务台边，抽了张便笺纸写了个车牌号，“一队那边有熟人，打个招呼，各方面会对你照顾点，一会儿你坐他们的顺风车去。心理咨询师对访客的咨询内容是保密的，但他们出了事，警察介入的时候，我们也不得不知无不言了——你自己把握。”

祝瑾年第一次碰上这样的事，心情迟迟不能平静，深吸一口气，她问：“OK，什么时候出发？”

杜格致抬手看了看表：“你恐怕没时间吃午饭了。”说罢，他把写着车牌号的便笺纸推到她面前。

祝瑾年走到楼下，热浪迎面扑来。公安局的车还没到，她到最近的轻食小店，打包了一大份蔬果沙拉，再走出来时，看到一辆印着警徽的六座商务车刚刚停稳，车牌正是杜格致写给她的那个。

拉开车门，祝瑾年左右看看，只见正副驾驶座坐着两个刑警，各自回头说了声“你好”，报了名字。中间两个单人座靠里的位置坐着个男人，正低头看手机，没穿制服，不知是不是杜格致所说的“校友”。见她上来，往这里瞥了一眼，他微颔首，并没开口。

三人看着都挺年轻，英气勃然，尤其单人座上的那位，侧面看颜值就挺高，正脸应该不差。

祝瑾年坐到了最后一排，只听开车的刑警林睿说：“沈副说要顺路接一位美女学霸，一开始我还不信，美女和学霸好比鱼和熊掌，现在才发现，鱼和熊掌也可以得兼。”

“谢谢。”祝瑾年适时谦虚道，“学霸算不上，本科时不巧也挂过一门选修课。”

林睿问：“那门选修该不会是心理逻辑学吧？”

祝瑾年低头微笑，算是默认。

林睿像打赌赢了似的对身边的陈昱说：“早就跟你说过这门课很难考，你还不信。”

陈昱不甘示弱：“我们刑侦大也有‘四大名补’……”

“肯定比不上我们学校心理逻辑学的挂科率。”林睿笃定道。

陈昱好奇地问：“心理逻辑学有那么难吗？”

这是一段很不愉快的回忆，祝瑾年学生时代就挂过这么一次，可以说，这是她学生时代的一大“污点”。她开口解释：“书本理论并不难，难的是期末考题。很难想象出卷人是如何起早贪黑、废寝忘食和用心歹毒。我怀疑，他的工资以挂科率为标尺的，越高，奖金越多，所以才不惜跟学生玩命。从他出的卷子里，我就能推断出他是心理扭曲的超级变态。”

单人座上本来无心听他们闲聊的男人抬眼，对这个话题有了点兴趣。

陈昱笑道：“你们上课不认真吧？期末出什么考题，任课老师通常都会划重点。”

林睿答：“这就是心理逻辑学的恐怖之处，听说出卷人跟任课教师根本不是同一个，没有所谓的重点。”

“有那么难吗？”陈昱还是不太相信的样子。

林睿来劲了，挠挠头：“我挑几题考考你。”

“来。”

“我记得，有个填空是这样的——某校同届毕业生中有 5% 的人没有在毕业纪念册上留下联系方式，假设该校百年校庆时，随机在该届毕业生中抽取 120 人寄去了邀请书，请问，有几人收不到邀请？”

“6……”陈昱脱口而出，思考几秒后又回答，“不对！是 0。”

林睿笑了："看来你们刑侦大的也有两把刷子。这儿还有一题，当时我怎么也想不出答案。"

"再来！"陈昱还是跃跃欲试。

"大概意思是这样的：你跟你男朋友和闺密一起去野外探险，结果下起了暴雨，你们失散了。这时，你忽然看见男朋友站在一处石洞口招手，叫你过去躲雨，你正要去，又听闺密冲出来，叫你别过去，说在山下看到了你男友的尸体，石洞口的肯定是鬼，而你男友这时反驳说你闺密才是鬼。你陷入两难，你该相信谁？"

"呃……"陈昱皱着眉，陷入沉思，故意捏着嗓子装娘娘腔，"这可怎么办？我又没男朋友……"

林睿瞪了他一眼："不会就滚蛋！"

"我再想想……"

一分钟后。

"掌握了出题人狡猾变态的属性后，其实也不难——"祝瑾年打破沉默，"既然是心理逻辑，那就要把自身带入题目里的男朋友和闺密，看看谁的举动不正常。明显，男朋友的举动就诡异，他既然说闺密是鬼，就说明一开始就知道她死了。正常人在这时候见到自己女朋友都会先说这件大事，再说什么躲雨的事才对。所以，我觉得闺密的话才可信。"

"巧妙！"林睿赞，"原来是这样！"

祝瑾年说："当年，把我难住的是一道论述题——假设，你与马加爵、林森浩、李国阳住同一间宿舍，在大学四年里，你会如何维护与他们三人的关系？"

陈昱差点吐血："上辈子要得罪多少路神仙，这辈子才能住进这样的宿舍？你怎么答的？"

"申请换宿舍。"

所以挂科了。

单人座上年轻男人开口道："在我看来，这是一道送分题。"

"送命题。"祝瑾年纠正道，"那三个人，都是杀舍友不眨眼的。"

"答案共三个得分点。综合分析三人的性格特征；熟知他们的犯罪动机和作案手段；针对以上两点，在日常学习生活中区别对待，避免触到他们的逆鳞。"

祝瑾年一时语塞，斜瞪着那个方向，不甘心地嘴硬："你怎么知道这是正确答案？说不定出题那老头的思维方式跟你完全不一样呢？"

对方不接话，看向窗外。

林睿一听，兴致勃勃地问："老头？该不会是我们学院超级严厉、一次点名没到就直接判不及格的范老教授吧？"

"不是他。我们系主任无意间透露，这几年的考卷都是公共危机干预研究所一个名叫聂羽峥的人出的。耳双聂，党羽的羽，峥嵘岁月的峥。这老头现在算是我的顶头上司之一，也是我们的心理督导，好在他从不来上班。"

最前头两个警察忽然噤声，单人座上的男人原本微蹙的眉心却舒展开来，露出一抹意味不明的微笑。

见这个话题忽然就结束了，祝瑾年有点遗憾，转念一想，大家都已顺利毕业，出卷人是谁、叫什么名字，反正他们都无缘一见，没能同仇敌忾也正常。

祝瑾年打开包装盒，慢条斯理吃沙拉。车厢里盈满蔬果的甜香，和车窗外照进来的阳光一起，组成了属于夏末的味道。许是车里忽然过于安静，她的思绪不由得飘回几个月前，卢律明的咨询内容清晰地浮现在脑海中。

那约莫是五月中旬，"心灵花园"接到一个客户的咨询电话，问清楚收费、流程后，说需要一个年轻、和善、擅长解决年轻人心理困惑、价格适中的咨询师，想直接进行面谈，并要求在短时间内解决问题。

“我儿子明年高三，我发现他因为学习压力太大非常焦虑，我担心会影响他高考，所以我决定帮他调整一下。”对方言简意赅地说明了自己需要咨询的内容，再次强调，“时间紧迫，快、准、狠，才能不耽误他继续投入复习。”

这个客户就是卢律明。

标注了几个英文字母“SFBT”（短程焦点解决治疗）的初诊记录单转给了祝瑾年，她看了一遍记录，接下了这个Case。作为入行不久的三级心理咨询师，她能独立接手的Case本就不多，且都不难。

应对这样的考生，祝瑾年自诩很有经验，她本就擅长青少年心理学。

高考是人生的一个坎儿，等你跨过去后才会发现，后面还有很多更大的坎等着你。许多面临高考的学生都会忽然出现各种问题，心理焦虑、行为异常，严重的还会出现强迫症、抑郁症等倾向，影响高考是小事，伤及学生本人的身心才是大事。

3.

她跟卢律明通了电话，按他的意愿，约定了心理诊断的地点——圆池小桌。

心理诊断是确定下一步心理干预、疏导方案的重要环节，并不是所有的心理诊断都非得在固定的咨询室里，应求助者要求，心理诊断可以设在任何他们认为安全、隐秘、舒服的地方，咖啡馆、公园长椅，当然，大多数还是在咨询师自己的办公室内。

小桌是J省省会鹏市一道城市风景线，J省是产茶大省，泡茶喝茶是J省人日常生活中必不可少的一部分，因此也衍生了许多相关行业。小桌是茶馆的微缩版，价格比茶馆低，位置也很开放。江边、桥下、池塘旁，一个小茶几，两三把塑料椅，一壶水，一副茶具就组成一个小桌。入夏后的夜晚，生意最好，一桌五十元，三包茶叶，无限量开水，几个朋友一聚就到半夜，是许多鹏市人乘凉的好去处。

圆池小桌就在鹏市十二中附近，中间一个大水塘，水塘边围了一圈的小桌，另有水果摊、烧烤摊若干，一走近，都是人间烟火气。

约定好晚上七点半，祝瑾年按时到了，绕着圆池走了半圈，找到了卢律明，飞快地打量他一遍。他个子不高，微微发福，长相普通但表情总有那么一丝严厉，穿着陈旧但是干净的白衬衫和深色牛仔裤，皮带老旧，扣眼的裂痕很多，皮鞋也松垮垮的，有些地方还磨掉了皮。

看得出来，他不是大手大脚花钱的人，但他愿意拿出一笔钱来请心理咨询师来解决儿子的心理问题，也是爱子心切、父爱如山吧。当然，这可能也说明，孩子的妈妈……似乎因为什么特殊原因，缺位了。

“我是不是该叫您祝老师？”卢律明站起来，显得有些拘谨。

祝瑾年微笑：“叫我小祝就好。”

“哦，好的。小祝，你坐。叫我老卢就好。”他坐下，一壶水刚好烧开，他边烫茶具边说，“我儿子现在在晚自习，他就在十二中读书。我一会儿还要去接他，他们十点半下课。”

祝瑾年注意到，他烫得很仔细，每个茶杯烫了三遍，夹茶杯的弯头镊子也烫了至少两遍。再看他的右手，大拇指、食指、中指前端干燥泛白，好几处脱皮，其他手指却没有，这种特征在许多经常写板书的老师身上出现。

“现在学生的压力确实很大，家长、学校、社会都给了高考太大的关注度，让有些学生觉得，高考就是一切。”她顺着他说，然后直入主题，“不知道您的儿子表现出来的焦虑，是什么样的？睡不着？吃不下？

还是注意力没办法集中？”

卢律明抿了抿嘴唇，好像欲言又止，又好像在思考该怎么组织语言。半晌，他深吸一口气，慢慢呼出，“我是一个数学老师，是十七中初三6班的班主任。我老婆很早就走了，我一个人带儿子，没有再找。”

这两点，祝瑾年方才陆续猜中了。以前，来咨询孩子心理问题的大多是女性，正式见面时，夫妻俩都是一起出现的，互相补充对方的话，同时，母亲一方更能提供许多孩子的细节。这种情况下，母亲没有出现，要不就是有什么急事，要不，这个家庭暂时没有母亲角色。

“我儿子一直非常听话，也非常懂事、非常老实，我每天都要求他把一天的学习情况说一遍，包括学了什么、错了哪道题和同学讨论了些什么。”说着，卢律明小心地用镊子夹着小茶杯的边缘，把一杯八分满的茶放在祝瑾年面前，“可能是受我影响吧，我个人有一点洁癖，他也有。我发现近几个月，他的洁癖变得非常严重，一天要洗五六十次脸。我上网查了，他这是考前综合征，被压力给压的，唉！”

一天要洗五六十次脸可能和洁癖没有太大关系。仅听这么几句话，祝瑾年不能判定卢律明的儿子到底是不是考前综合征，大多数有类似行为的人，都属于强迫症。而卢律明的儿子是强迫症吗？

“你儿子叫……”

“卢酬志。呃……我叫他小志。对了小祝，你那杯茶赶紧喝光，不然灰尘落太多进去，脏了。”

祝瑾年愣了一下，端起茶杯，一饮而尽。

“小志知道你来做心理咨询吗？”

“我不想让他知道，我怕他觉得自己真有病，胡思乱想，情况更严重。”卢律明笃定地说，“我可以确定，他就是高考压力大。我想问问你，该怎么办、怎么劝他，要不要买什么药给他吃让他快点好？”

这就是大多数人对心理咨询的理解误区，他们总以为心理问题是一次谈话或者几服药就能治好的，他们对心理咨询师和心理医师之间的区别都不清楚。

祝瑾年心平气和地解释道："卢老师，这么说吧。第一，小志到底是不是因为高考才有了你说的这种行为，还是未知数，网上的答案不能当作正确的结论，很多人的心理问题跟自己认为的是不一样的，也不能单从他表现出来的行为去推断；第二，心理咨询师是不能给求助者开药的，那是心理医生才有的权利和能力；第三，我没有见过小志，仅听你的表述和分析，就认为他属于某种心理问题人群，是非常不负责任的。所以，我建议……"

"我跟你说！我儿子明年就要高考了！时间很紧！那可是高考啊！容不得一丝的马虎！"卢律明瞪大眼睛，非常急迫地嚷道。

"心理咨询和做手术不一样，一次解决……"

"我登过你们工作室的网站，你的资料我也看过，你毕业于东南政法大学。我问你，如果你当年没考上这样的名校，会有这样体面稳定的工作吗？现在社会竞争那么激烈，学历就是起点，就是门槛，没有这个，你连门都进不去！"

"我要先全面了解小志的情况，才能判断他的行为是否还有别的成因，比如有没有受到暴力威胁或者其他骚扰，另外……"

"我是个老师，我的孩子如果连大学都考不上，将来要干什么？打工吗？还是捡破烂？我的脸往哪里搁？我要怎么面对自己的学生还有学生家长？"

不管祝瑾年说什么，卢律明好像都没听见似的，按着自己的逻辑一直说，不断地打断她的话，强行把话题转到自己从网上看到的结论上来。

“小祝，卢律明当时找你咨询的是什么心理问题？”林睿的问话暂时打断了祝瑾年的回忆。

“他是替儿子来咨询的，但经过一两次谈话和会面，我发现事情没他形容的那么简单，可以说，他们父子俩都不是省油的灯，尤其是他儿子小志。”祝瑾年非常直白地说。

“父子俩都不是省油的灯……”林睿带着疑问的语气重复了一遍，“经过我们初步的调查走访，亲友和邻居什么的都说身为教师的卢律明个人素质很高，虽然不苟言笑，但心肠很好，在教育孩子方面很有一套；学校同事也说他很敬业，基本没请过假，唯一负面的评论就是——他的学生抱怨他总是占体育、音乐课等上数学课，连一点点下课的时间都要拿去讲评习题。”

陈昱见怪不怪，笑道：“这不是所有数学老师的通病吗，哈哈哈！高三的时候我最大的乐趣就是看数学和英语老师抢课上。”

“不是那样的。”祝瑾年回答，简略地把卢律明和自己的第一次会面过程说了一遍，“难道你们听不出来，他自己有些问题吗？”

陈昱想了想：“洁癖和望子成龙？”

“望子成龙嘛……很多家长都是这样，我爸也是啊。至于洁癖，我觉得也没什么大不了的，爱干净总比脏兮兮的好。”林睿说。

“自我中心，操控欲望，压迫感。”单人座上的年轻男人再次开口。

三个短语，正中祝瑾年当时所感。她下意识地往单人座那儿瞥了一眼，再次好奇这个人究竟是谁。从上车到现在，前头两个刑警都没主动介绍一下，到底他是不是杜格致说的“沈副队长”？

她说：“卢律明说话时，大多数句子都以‘我’开头，并且一再强调‘我觉得’‘我认为’，而且非常固执，不受他人话语的影响，有这种说话习惯的人，大多以自我为中心，基本不会接受和自己内心想法不一致的言论。他要求小志事无巨细地把所有行动、言论都汇报给他听，目的就是监视和掌控儿子生活中的一切，包括他看不见的时段。和这样的人相处，哪怕当时我们只聊了一个钟头，我都有一种排斥感，他不知不觉总是想操控别人，包括和他并不怎么熟识的我。我坚持要见一见小志，最后，他提出，要我假装他朋友的女儿，去他家做客。”

陈昱好奇地转头：“你去了？”

“当然。我们不能仅听单个人的一面之词去对某人的心理问题下结论。既然小志不方便直接到我的咨询室来，那么我去他家也可以。”祝瑾年答。

当时，她按“心灵花园”的内部规定，让卢律明到工作室签了一份确认书，确定了上门心理诊断的时间和地点，在“同意录音”后面，卢律明打了钩。这是咨询师上门的前提——保证双方的安全。

挑了个周末，祝瑾年去了卢律明家，为显得不那么正式，就穿着一身非常休闲运动套装，还拎了一袋子苹果。

他家位于一片九十年代建成的小区里，楼房很是陈旧，从各家各户晾晒的衣物上看，这里住着的大多以中老年人为主。

“你找卢老师？他就在楼上右手边。”走到四楼时，一个慈祥的老太太笑眯眯地跟祝瑾年打招呼，“你是他的学生吗？卢老师教得可好哩！”

祝瑾年微笑回应，这样平静祥和还充满古朴人情味的小区像极了自己幼时所住的那一片小平房，连泛黄墙壁散发的霉斑青苔味都那么熟悉。

“小祝来了？请进请进。小志，这是我一个老同学的女儿。叫人！”卢律明等在门口，抬手挥了挥。

一个男孩站在他身后，不高、眼睛不大、颧骨比较高，总体跟他爸爸有五六分相似。他很恭敬地小鞠一躬：“姐姐好。请进，坐。”

祝瑾年客气了一番，脱鞋走了进去，环顾一周，在心里默默摇了摇头。

第二章

裸奔

/HE NI DE SHIJIE TANTAN/

1.

屋里的一切几乎都被各种透明套封得严严实实。

被塑料袋罩起来的茶具、笔筒、CD 盒，被保鲜膜包起来的沙发坐垫、椅面、扶手、纸巾筒、药盒，覆盖着一层塑料薄膜的挂历、装饰画，整个家散发着一种压抑感，好像有一张看不见的塑料膜罩在头顶似的，只有窗台几盆花草能自由地呼吸空气、享受阳光。

祝瑾年接触过各类洁癖人群，他们有个共性就是强调灰尘的肮脏，人眼难以看清的细小浮尘在他们眼中跟苍蝇蟑螂一样可怕。她不太喜欢跟有洁癖的人交往，一来，在他们面前，你总会觉得自己很脏；二来你会发现，他们自己其实干净不到哪里去。

“姐姐喝水吧。”小志端上来一杯茶，然后双手背在身后，规矩地站在一边。卢律明叫他也坐，他才坐下，低着头，似乎还有点羞涩和腼腆。

强势的父亲教育出来的孩子，大多都是这样。缺乏母爱，还会让他们变得没有安全感。

祝瑾年特别留意了小志的脸，因为过度清洁，他的脸部皮肤发红，有些地方还有些红斑、发炎破损。

回忆到这里，祝瑾年停顿一会儿，又说："我跟小志聊了聊，他话不多，不怎么健谈，只是告诉我，爸爸对他的学习和生活抓得非常严。卢律明却滔滔不绝跟我说他的'育儿经'，在我听来，非常令人窒息，可以说跟监狱一样。比方说，小志打电话，卢律明要用家里另外一部分机听；不能单独去同学家做客，要交朋友，必须带到家里来，让他'把关'……更别说看电视和上网了，看什么节目、网站，都由他规定，只能看央视新闻，连地方台都不能看，尤其是我们鹏市新闻和本地的报纸，坚决不让看，他说怕小志知道太多身边的杂事会干扰学习。还有，他老是翻小志的抽屉和书包，每周都要有一次长达一小时的'谈心'，小志要把自己的心理活动坦白交代。"

林睿拍拍方向盘："这真的跟监狱一样啊！"

"卢律明去做饭的时候，我问小志，你是否觉得爸爸管得太紧了？小志没正面回答我，跟我说了另外一件事，他老是做梦，自己没穿衣服奔跑在大街上，丝毫不觉得不妥。"

单人座上的男人插话问："这个梦，你如何解？"

祝瑾年马上回答："渴望。"

"具体一点。"

祝瑾年不清楚前头这人的底细，不知他是询问还是拷问，沉吟一会儿，深吸一口气，说："弗洛伊德曾经在……"

"不要跟外行扯精神分析，说说你个人的见解。"

她一鼓作气地装×，就在他忽来的一句打断下泄气了。

"梦里的没穿衣服和现实中的裸奔完全不同，和羞耻心无关，应该是隐私的一种象征。小志被爸爸逼着坦白心理活动，内心是非常压抑的。

内心、躯体，二者看上去是对立的，但又不是一组正反义词，躯体的袒露意味着内心的解放。小志在梦里就以袒露身体作为抵抗，恰说明他对自由、无拘束的向往，他渴望以这样的心态去生活。”

祝瑾年说罢，等了一会儿，那人没有提出异议，她就接着说：“我想趁卢律明不在，诱导小志说出更多的内心想法，就骗他说我爸从来不管我的学习，借此问他想不想有一个像我爸那样的父亲。他说不知道，还告诉我，他爸爸动不动就跑到他学校里，躲在窗户外头或者操场角落偷看他，他知道他爸爸是为了他好。他回答我问题的语气都是很轻的，很有礼貌，一直低着头，好像做错了事情。”

“卢律明动手吗？”那人发问，嗓音清冽，听着很舒服。

“经常，有时下手还挺重，甚至有次把小志打到头破血流，说是什么‘棍棒底下出孝子’。”祝瑾年沉默了几秒，“卢律明是一个思维保守、很传统的人，他很明确地告诉过我，同时也不断跟小志强调——养儿防老。他鞭策儿子，就是为了让儿子有出息，将来老了能做牛做马赡养自己。我第一次听到当父母的用‘做牛做马’来表达日后的赡养问题，我感觉他就是在培养一个完全服从于自己的傀儡、奴隶，不允许儿子有任何属于个人的隐私和思维。卢律明虽然找我咨询的是小志的问题，可我认为，他的问题也不小。”

陈昱摇摇头：“我们查了一下户籍资料，卢律明的父母、妻子早早去世，兄弟住在别的城市，他自己以前摔伤过，腰一直不好，有时上课都站不直。我想，这就使得卢律明潜意识里非常依赖儿子，认为儿子是自己将来的拐棍。他这么做确实太极端，换我，我也受不了。”

“总体来说，小志的情况跟卢律明描述得也差不多嘛。”听到这里，林睿忍不住插嘴道。

“一开始我也是这么认为的。”祝瑾年说，“临近高三，课业压力确实很大，小志感觉读得很吃力，达不到他爸爸对他的要求。他爸爸的洁癖和强势影响到了他，因为顶不住压力，他产生了强迫症，表现为不断地清洁自己，以此变相地满足父亲对于‘干净’的要求……直到，我无意中发现了他一个小动作——”

“什么动作？”陈昱追问。

祝瑾年的思绪又飘回上门心理诊断那天。

临近中午，她正打算告别时，在厨房里忙活半天的卢律明请她留下来吃饭，她推辞了很久，拗不过固执的他，就答应留下来吃个便饭，同时也是想在吃饭时试探一下卢律明是否愿意改变自己对儿子的“监控”。

她要上洗手间时看到小志又在里头洗脸，把脸浸在水里，一个劲地洗，好几次她都怕他就这样溺死在脸盆里。他发觉了她的目光，有点尴尬，抹了把水，说了声“对不起”，就从洗手间走出来，带着毛巾、脸盆去了厨房。

从洗手间出来时，她想偷偷看一下他是不是还在洗，就轻手轻脚将门开了一小条缝。帮爸爸端汤盆出来的小志恰好一抬眼，敏感地发现了这条缝隙。

反正也被发现了，她本想就这么拉开门假装若无其事地走出去，可突然，小志露出一种很恐怖的表情——双眼圆瞪，咧着嘴好像在笑又好像在咒骂，因为很用力，他的整张脸变得红里泛白，额角青筋浮现，显得十分狰狞，还往汤里吐了一大口口水。

说实话，她被吓到了，头皮一阵发麻。那一瞬间，看起来老实腼腆的小志就像被鬼附身一样，和之前判若两人。

“也就是那个时候我意识到，小志的心理问题，或许没他爸爸说的那么简单。”祝瑾年说。

“到底是什么表情？”陈昱一脸困惑。

“这样的……”祝瑾年不顾形象，把沙拉盒当作汤盆捧在手里，尽力扭曲着脸部做出和小志当时一模一样的表情。

“哇靠！”转过头来的陈昱惊叹。

单人座上的男人侧过身子，回头看着祝瑾年。

祝瑾年终于看到了这人的正脸，在自己表情如此狰狞扭曲的状态下。

他确实非常英俊，黛眉似剑，墨色双眸暗藏锐利，英挺的鼻梁下，薄唇微抿，从脸形到五官竟让人一时难以挑出什么缺点，一身清俊大气，好似山间清泉，夜幕冷月，令人见之忘俗。那些从描绘动人爱情的小说中走出来的男主角也不过如此，足以让所有涉世未深的姑娘一见钟情。

好在祝瑾年并不是花痴，然而事后仍后悔不该一时忘形去模仿小志的表情。

因为在开车，没能看到祝瑾年“表演”的林睿急切地问：“后来怎么样？”

“……食不下咽。”

车厢又安静了几秒，然后两个刑警不约而同地笑出声。

“我跟卢律明说，要回去拟订一个心理疏导方案，希望他给我一点时间——这是缓兵之计。我需要时间，搞清楚小志到底是个什么样的人。”祝瑾年恢复了常态，揉了揉脸颊，“我没有机会跟小志做进一步交流，回去之后，只能反复听那天的录音，忽然留意到小志说的一句话。”

她卖了个关子，带着一丝玩味的笑，故意问：“刚才我复述过的，你们猜猜是哪句？”

“你这么忽然问我们，还真有点……嘿嘿……”陈昱苦笑着。

“前面这位，您觉得呢？”祝瑾年忽然出击，想为难那人一番。

他连几秒的思考都没有，直接回答：“你的原话我重复不了，只记得大概意思是——卢律明动不动就跑到小志学校里，躲在窗户外或者操场偷看他。”

再次的一语中的让祝瑾年对他心生几分敬畏——她的每一句话，他都听了进去，任何细节都没有放过。但是，她着实不太喜欢这种感觉，自负好强的她今天处处被人压一头。

许是半天没有回应，他微微偏过头，嗓音低沉清净：“说错了？”

祝瑾年回神，低声答：“没错。”

路遇红灯，林睿停车，回头询问：“组长，这句话……怎么了？”

组长？这是什么职称？是不是专案组组长？祝瑾年不解地眨眨眼，暂时不动声色。

“卢律明是一个初三毕业班的班主任，同事反映他平时工作敬业认真，学生们抱怨他只要有机会就讲评习题。十二中离十七中约五公里，上课、上班期间，‘动不动’就去五公里外的学校监视儿子上课，和他同事、学生的评价有出入。同为教师，他只要交代一下儿子的班主任或者某个科任老师，就能达到目的，何必亲力亲为？”

他的一番话让林睿恍然大悟：“小祝也是这么看出来的？”

祝瑾年点点头：“那时我觉得，小志可能出现了一些幻觉。就好像我们看过恐怖片后，关了灯，总觉得有双眼睛在盯着自己，好像有什么东西一直躲在身后，随时会鲜血淋漓地扑过来。”

“你临睡关灯后，回想过小志那天的表情吗？”那个男人冷不丁非常该死地问。

祝瑾年暗暗咬牙，本来不会刻意想，看来今晚是挥之不去了！那个表情真的非常凶狠、扭曲，以至于她离开卢家后一直在思考它的含义。很明显，小志已然受不了父亲这样的监视和控制，出现了强烈的反抗心理。

“仅凭一段录音，能确定小志有什么心理问题？”陈昱好奇地问。

“当然不能。所以，利用业余时间，我……嗯……”她斟酌了一番用词，

“通过暗暗观察小志的一些行为，深入了解了一下……”

“你跟踪他。”

那个被称为“组长”的男人一针见血，毫不留情地说。

被戳穿的祝瑾年有点尴尬，但很快冷静下来，回嘴道：“请不要随便给我戴这样的帽子。我一没有在他家安装摄像头、窃听器，二没闯进男厕所、浴室去窥探他的隐私，三也不是为了满足我个人什么不道德的爱好。既然我接了这个 Case，当事人不能提供全面的信息，那么我自己从侧面去客观了解一下，也是为了工作。”

那男人不为所动，嗓音依旧低沉但是犀利：“跟踪他人是违法行为。”

祝瑾年在心里问候了他的祖宗好几遍。

“说说你的收获。”

她冷哼一声表示不满，继续回忆着。

2.

第二次在小志脸上看到类似那种表情，是在她利用业余时间跟踪他的第五次。

那是一个中午，小志和平时一样，放学后去学校附近的快餐店吃饭。祝瑾年戴着黑框眼镜，披头散发，冒险地坐在他斜对面，中间隔了两个座位。

她一边吃，一边偷偷抬眼看小志，同时随时准备着被认出来后替自己圆的理由。他吃得很平静，细嚼慢咽的，一个人端着餐盘从他身边路过时不小心碰到他胳膊肘，对方礼貌地道歉，他抬头微笑地摆摆手，看上去教养很好。但就在对方转身在不远处落座后，他又抬眼转头看了看那人，表情忽然就变了。

他再次瞪大眼睛，眼珠左右移动了一下，咧嘴，阴翳地笑了，忽然坐直了身子。

这个表情的扭曲度并不比上次恐怖，少了几分凶狠。

祝瑾年确定他并没有发现自己，就又认真看了一下刚才撞到他的那个男人，白衬衫黑西裤，一个黑色公文包，似乎只是个出门跑业务的上班族。那个男人吃得很快，没一会儿就离开了。小志死死盯着那个男人的背影，直到对方远去不见，才咬牙切齿地念叨着什么，放松下来。

下一秒，他恢复成腼腆忸怩的男学生，慢慢把剩下的饭菜吃完，然后起身要走。

祝瑾年注意到，门口有个洗手池，在家洗脸几十遍的他竟然看都不看一眼就走了出去。

她马上跟上去。

小志走走停停，时不时左右看看。这场景，跟谍战电视剧有几分相似。

是被害妄想症吗？祝瑾年心中疑惑，就小志目前的表征来看，确实有点这个倾向，比如，他总是觉得自己被人监视。

用过午餐的小志并没有和其他同学一样回学校，而是顺着校园外的小道绕去了另一条小巷子。

祝瑾年的心怦怦跳，一步一步走得格外小心，一个转角后，她停下，探头看过去。只见小志站在一棵大树边，从书包里掏出笔盒，拿出一把铁尺子，用力地在树干上划。

在同一个位置划了五六下，他退后看了看，伸出食指仿佛在数数，然后狠狠朝着树干吐了一口口水，握拳捶了几下，看上去非常愤怒。

小志离开后，祝瑾年在原地站了很久，约莫十分钟后，才跑到那棵大树前。树干上被人刻了好多个“正”字，算了算，竟一共二十三个，新的“正”字刚刚划下第一笔——他用“正”字计数，共记下一百一十六划。

因怕小志忽然返回，祝瑾年没多留，掏出手机拍了一张就赶紧离开。

“照片！照片还留着吗？”陈昱激动地问。

祝瑾年晃晃正显示着那张照片的手机屏幕。

陈昱伸出大拇指表示点赞，又问：“他真的是被害妄想症？”

“像。”

“哪几个方面像？”单人座上的男人发问。

“童年时期缺乏母爱，头部外伤，受父亲影响，一直缺乏良好的人际关系，这些都可以成为被害妄想的诱因。”祝瑾年说，“被害妄想症常常处在恐惧中，并且坚信某个群体或者某个具体的人试图监视、跟踪、谋害自己，经常出现言语混乱、逻辑不清的状况。但是，小志的日常状态还算正常，也从来没有过类似被谁迫害的言论。或许他这个症状是间歇性的？”

“因为他确实被人跟踪。”某人嘴角轻扬。

祝瑾年暗暗翻个白眼，不理这茬儿。

“还有什么发现？”他问，语气淡然。

“他会对某个忽然出现的人格外警惕，这个‘人’并不是固定的，有时是迎面走来的路人，有时是小吃店某个服务员，有时是他哪个同学或老师。每次警惕过后，他就会去那棵树上划一下。让他警惕的人并没什么统一特征，有的他根本不认识，不知道是什么特质让他忽然有那样的反应。我特别留意了——是警惕，而不是害怕，警惕之前，他又有那么一点点高兴，事后就会变得很愤怒，做出一些攻击性和侮辱性的动作，吐口水、竖中指、挥拳头什么的，有时还会比出枪的手势对空气射击。我观察他大约两周，发现三次。”

“洗几次脸？”

祝瑾年深吸口气，表情悚然：“在外头，他从不洗脸。”

林睿忽然打个响指，好像猜中灯谜一样：“嘿！你们说小志是不是双重人格？一个有洁癖，一个没有；一个腼腆，一个神经兮兮的，还有被害妄想症？他的另外一个人格在树上记录自己出现的次数！”

单人座上的男人沉默着，不知是在思考，还是在等跟踪过小志一段时间的祝瑾年开口给予肯定或者否定。

“不像。”祝瑾年回忆了一番，“双重人格患者的两个人格之间有着明显的界限，甚至互相不知道对方的存在。假设没有洁癖、被害妄想症是次人格，‘他’在树上刻完字离开，就恢复成主人格，那么主人格应该会有一种‘我怎么走到这里来？’‘我做了什么？’之类的茫然感，可是小志却没有，一切都很自然，他的个人意识没有断篇过。”

陈昱听完，对着林睿一顿讽刺打击：“哈，阿睿你就算了吧，还双重人格？要真是双重人格就麻烦了，他非坚持说作案的是次人格，我们怎么办？”

作案？！

说者无心，听者有意。祝瑾年心里“咯噔”一下，她一直没有打探卢律明失踪的具体情况，难道说真的跟小志有关？

卢律明该不会被自己的亲儿子给害了吧？！

严重的被害妄想症多有攻击和自杀倾向，如果真是小志干的，也并不意外。这会儿，祝瑾年想起自己跟卢律明的最后一次会面，忽然萌生扁鹊见蔡桓公一样的痛心疾首感。

“把我儿子带到你这里来，来一次正式的评估性访谈？”卢律明的表情充满困惑。

“是的，我需要以一个咨询师的身份跟他会面、交谈，做一些心理游戏，借此窥探他的心理问题，引导他说出内心的真实想法。”祝瑾年坐在咨询室的单人沙发上，严肃地说。

他皱皱眉，郑重地问：“你发现了……什么问题？”

“目前我不能轻易下结论，只能说，他在你我面前刻意掩饰了一些真实情况。”

“他是不是谈恋爱了？”卢律明狐疑地眯眼，然后又自言自语，“不可能呀……我没发现他跟哪个女生走得特别近……他班主任也没跟我提过……”

“你跟踪过他吗？或者，有没有去学校看过他上课？”祝瑾年打断他的自言自语，问出自己心中的疑虑。

“什么跟踪？有必要吗？”卢律明摆摆手，“我没时间，我自己也有课要上。你是不是建议我，去看看他在学校的表现？我带毕业班，估计空余时间不多……”

祝瑾年心里隐隐有个感觉，如果小志真是被害妄想症，那么他认为的那个“加害”他的人，会不会就是卢律明？

可是，面对卢律明，小志显得很乖顺，也从未向别人提过自己对父亲的不满或者恐惧，这跟被害妄想症不太一样。总不可能有个跟卢律明长得一模一样的人成天在监视跟踪他吧！

祝瑾年可以确定，除了自己，貌似没有别人刻意要用这种方法了解小志的生活。

“我不想让小志知道，你是心理咨询师。我怕他以为自己有什么问题。”卢律明直白地说，“我想过了，一直洗脸就让他洗吧，等高考完了，压力没了，他自然就不洗了。”

“卢老师，你的意思是，终止咨询？”祝瑾年觉得不妥，“小志的心理问题需要马上评估，及时干预和疏导。如果你觉得我不专业，我可以给你引荐比我资历深的咨询师，总之，小志的问题绝不是‘一直洗脸’

那么简单。或者，你还可以试试康宁医院的心理门诊。”

“开玩笑，康宁医院？”卢律明表现出极大的抵触，“那是治神经病的。我带我儿子去，不就表示我儿子是个神经病？”

“心理问题和精神问题之间……”

“你不要说了，我不可能带小志去那种地方！”

那次会面不欢而散，卢律明固执己见，听不进祝瑾年的建议。这类人有个特点，只会接受和自己三观一致的观点，任何跟他们思维方式有点不同的，就会被认为是悖逆。

后来，卢律明没有再来咨询的意思，回访中，他居然说，一切很好。

好吗？

怎么可能？

即便意识到小志有严重的心理问题，祝瑾年也不能强迫卢律明带他过来。这件事让她纠结了一阵子，后来随着时间渐渐平复。

3.

“你们说‘作案’？我能不能知道一下，卢老师……死了吗？”祝瑾年谨慎地问。

“口误口误！”陈昱清清嗓子，“目前还不确定。”

她松了一口气，又追问：“小志呢？他怎么样？”

林睿没有正面回答，而是说：“我们现在怀疑小志跟卢律明的失踪有巨大关联。你说的这些很有价值，我们目前一边对小志进行心理评估，一边继续查卢律明的下落。等到了局里，你把你知道的这些内容再说一遍，我们会详细记录。”

“你们是不是怀疑卢律明被小志给……”她停顿一下，“如果是这样，搜查他们家应该会发现点线索吧。”

林睿叹了口气："9月20号，卢律明的同事来报案，说他从16号开始，就无缘无故好几天没来上课，家里电话、手机都打不通。民警去他家问时，邻居也说这几天都没看见他。小志放学回来，被问起卢律明的去处，他说爸爸在家里。民警等人进去一看，里头根本没人。情况很不正常，又涉及在校学生，这个失踪案就从派出所移交给我们处理了。如果小志是个严重的被害妄想症，卢律明的情况就更不容乐观了。"

祝瑾年听到这里，感觉头发都要竖起来了。

只听林睿接着说："后期调查中，我们听说9月16号到20号期间，小志上下学时神态举止都跟平时一样。他始终不肯告诉我们卢律明在哪里，也不回答关于他爸爸是死是活的问题，一再坚持他爸爸就在家里。他家附近的监控探头显示，15号傍晚，卢律明下班后，就再没出现过。我们把他家翻了个遍，连最不可能藏人的抽屉、消毒碗柜都打开看，什么都没发现。我们已经派人清理下水道了，目前还没什么消息……"

祝瑾年拍拍他的靠背："别说了别说了，跟恐怖片一样……"

深吸几口气，她说："卢律明拒绝我的建议，刚好小志也放了暑假，他俩肯定二十四小时都面对面。开学就高三，不知道暑假两个月他是怎么压迫小志的，这很可能让小志的精神全面崩溃。"

"看出来了，我们取证的时候，小志的攻击性很强，而且行为啊眼神啊什么的都不太正常。爸爸失踪这么大的事，他好像不怎么在意，还想着要去写作业、背单词，我发现，他看我们忙得团团转，时不时会露出微笑。"林睿一边说一边打方向盘，车子在减速带上颠簸了几下，驶入鹏市刑侦支队，"他如果真是严重的被害妄想症，司法精神鉴定免不了。"

车子在停车场停好后，祝瑾年最后一个下车，费力地拉上车门刚转过身，几步外，单人座上那男人恰好也回头看她，二人的身影互相映入对方眼帘。

他很高，肩膀宽阔，背脊挺拔，经典格纹衬衫剪裁精良，下端整齐地扎进深灰长裤，黑色皮带环绕腰间，整体格调很高。那瘦削但隐约呈现肌肉线条的身材一看便知经常健身锻炼，他的身材丝毫不逊色于他的颜值。

身材高挑的祝瑾年在他眼里，则跟今日的太阳一样明媚。卡其色的五分袖针织衫，高腰黑色筒裙掐出她柔媚的腰线和臀侧丰满的起伏，裙下端的一段黑色透明蕾丝给双腿的绝对领域增添几分性感意味，鱼嘴黑色细高跟使双腿变得更加修长。

很面善，似乎曾经在什么地方见过。他回身，继续往前走，脑海中总有个什么似曾相识的影子不断闪现。

祝瑾年原地站了几秒，走到支队大厅门口的林睿对她招招手，她才迈步走去。

这是祝瑾年第一次到刑侦支队来。蓝白相间的建筑，绿树环绕，不远处的车库里整齐地停着一排警车，每辆警车的车牌都跟车库上的标识一致。

一楼大厅的指示牌上清楚地写明每个科室的具体位置，还有楼层分布图。一楼是值班室和接待室，二楼侦查一大队，三楼侦查二大队和三大队，四楼是技术室，综合办公室、领导办公室在五楼，六楼为会议室。

祝瑾年跟着林睿和陈昱进了电梯，看他俩按了一下二楼，又按了五楼。到二楼时，林睿、陈昱带她出了电梯，那男人留在里头，看来要去五楼的是他。

询问室里，祝瑾年把自己知道的一些情况如实说了，小志是否患有被害妄想症一事，因为不确定，所以她很圆滑地一直没给肯定的回答。

“小祝，你提到的一些地点，麻烦你带我们去核实一下。”林睿说。

祝瑾年微笑点头，然后眼睫一抬，笑容更深，机智藏于眼底：“我这种行为，究竟算不算跟踪？”

“哈哈，当然不算。”陈昱摆摆手，“你没有恶意，没有以此用来买卖盈利，这也是为了‘侧面了解’嘛！”

“OK，还有什么问题，欢迎随时问我，我一定配合。”祝瑾年话音刚落，只听两声敲门，一个平头便衣男子走进来，见了她，整个人像被施了定身咒，原地愣了好久。

“你！你是……”

“沈副，这位就是祝瑾年。”陈昱介绍道。

来人一僵，眼中似有失落，一会儿才笑开：“你就是格致提过的师妹小祝？我是沈子平。你……跟我以前认识的一人长得挺像，我刚才认错了，失礼失礼。”

陈昱打趣：“哈哈，沈副见了美女都眼熟。”

沈子平张张嘴想说什么，又微叹口气顿住了。

“你好，沈队长。”祝瑾年反应很快，忽略人家是副职直接喊队长，略带恭维的同时，心想，原来这人才是沈子平，敢情杜格致的老同学并不是车上那位？

林睿把情况跟沈子平汇报了一遍。

沈子平点点头，客气地说：“那棵树确实有必要去看看。这样吧，小祝，你跟我们上去开个会，后续一些调查，还需要你帮忙。”

祝瑾年跟他们去了六楼，一间小型会议室里已经坐了七八个人，其中一人就是同车来的那名便服男子。她坐在最后一排，沈子平和那个男人坐在前头，面向其他刑警。

沈子平笑着比了个“请”的手势，似乎是让那男人先发言。

“大家好。我并不是第一次来这里对案件相关人做心理评估，但不排除有些同志还不认识我。”他环顾一圈，微挑眉，若有似无地望向小会议室最后一排某个角落，“简单自我介绍一下——公共危机干预研究所心理课题组组长，荒漠甘泉心理工作室心理评估总监，聂羽峥。耳双聂，党羽的羽，峥嵘岁月的峥。”

好像一道闪电从头顶劈下。

“很难想象出卷人是如何起早贪黑、废寝忘食和用心歹毒。”

“从他出的卷子，我就能推断出他是心理扭曲的超级变态。”

“这几年的考卷都是公共危机干预研究所一个名叫聂羽峥的人出的。耳双聂，党羽的羽，峥嵘岁月的峥。”

……

祝瑾年低下头，狠狠地咬了咬牙。这种感觉，好像一不小心急吞了一口糯米粽，卡在喉咙里，咽不下去也吐不出来，憋得心慌气短。

不知者无罪，别人一个劲儿“组长、组长”地叫他，她就没把他跟其他行业联系起来。她是签了劳动合同的，就算是聂羽峥也不能因为她咒骂他几句，就马上炒她鱿鱼。不过，找个什么碴儿把她开了对他来说还是易如反掌，自己在“荒漠甘泉”的日子估计所剩无几。

再抬头时，她若无其事地跟聂羽峥对视了几秒，移开目光看向别处，心沉到了谷底。

他们开会的内容，她并没什么兴趣听，但还是从中得知几个信息。“荒漠甘泉”在提供咨询的同时还提供专业的心理评估，聂羽峥虽然是工作室的五大心理师之一，可只负责心理评估和督导这一块，基本不做心理咨询，所以既不坐班，也不常来。

聂羽峥此行的目的，就是查清卢酬志的心理问题，为办案机关同意申请司法精神鉴定做准备。

祝瑾年十分有心机地想，趁现在多跟聂羽峥接触接触，说不定能套出明年期末的考题，回母校高价出售。

“这起失踪案还不能被定义为命案，最大原因就是我们没有找到失踪人，不能确定他是否还活着。”沈子平十指交握放在桌上，表情凝重，，“接下来我们的重点有两个，一是继续寻找卢律明，二是弄清楚卢酬志的心理和精神状况。”

会议室门口，一个技术室女警探头进来，抬手示意了一下：“沈副，我们准备好了。”

“出发。”沈子平起身道。

几个人出了电梯，一个富商模样的中年人和一名戴眼镜的白皙男子边说什么边走进大厅。

戴眼镜的白皙男子余光瞥见他们几人，忽然停下，微笑着打招呼：“聂组长，沈队，又一起侦办什么大案呢？”

聂羽峥没答，好像根本没听见。

祝瑾年不知道聂羽峥对人家这个态度究竟是没礼貌还是高冷。

沈子平敷衍地一笑，脸上难掩厌恶：“呵呵，章律师。”

章靖鸣看上去丝毫不介意聂羽峥的冷漠以及沈子平的敷衍，依旧彬彬有礼，寒暄几句。他的目光落在了几人身后的祝瑾年身上，一愣，像发现新大陆一样，急切地问：“支队又添美女新成员啦？”

“我们哪有这好福气。”沈子平说着，故意上前一步，挡住了他看向祝瑾年的目光。见车辆已陆续在门口停好，他就指了指外头，示意有事要忙，一副不想多聊的样子。

章靖鸣颔首，和同行的中年富商走进电梯。

祝瑾年看得出来，聂羽峥和沈子平都不怎么爱搭理那个姓章的律师，她之前说聂羽峥是个超级变态，他都没对她如此态度，难道看上去文质彬彬的章律师对他做了什么更过分的事？

给他戴过绿帽子？

她几乎要被自己这个猜想逗笑。

4.

再次被安排进来时的商务车里，祝瑾年还是选择了后排，沈子平和聂羽峥坐在中间的两个单人座上，技术室负责刑事拍照的女警云珊坐在她旁边。

“小祝是哪届的？”沈子平起了闲聊的头。

祝瑾年报了自己毕业的年份，他向后捋捋头发，若有所思，一会儿，笑着摇摇头：“小咱们这么多届……有没有被羽峥的考卷刁难过？”

他不提这个还好，一提，林睿、陈昱和祝瑾年都觉得挺尴尬。不过，这又从另一个侧面说明，聂羽峥接手心理逻辑出卷者后，对学生们下的“狠手”已经尽人皆知。

祝瑾年心中暗爽。

这时，聂羽峥冷笑一声：“任何具备较高智商、情商并且平时认真听课、专心学习的人不至于在考试中被我刁难。”

祝瑾年听懂了，他的意思是，她的智商、情商都比较低，而且平时还不认真听课、专心学习。对此，她不屑地撇了下嘴，想到自己之前已经骂过他不少回，又窃喜地心理平衡了。

到了十二中附近，几辆车陆续停下。几个便衣负责去学校走访，商务车上几人则让祝瑾年带路，去刻着“正”字的大树跟前取证。

一小时前还阳光灿烂的天此时压了团团乌云，似乎一场阵雨即将登场，四周变得灰蒙蒙的。毕竟是几个月前的事了，小路又曲折，四通八达的，每条路好像都长得一样。祝瑾年有点不认路，走一走，停下来想一会儿，又接着走。

沈子平有些失神地望着祝瑾年的背影，心事重重。

高跟鞋敲击着石板路，发出一声声有节奏的脆响。但也有意外——祝瑾年急于找到那棵树，没留心踩到块半高不高的石头，歪了一下，踉跄几步，胡乱抓到个什么东西就赶紧扶着站稳，回神后才发现自己抓着的那个“东西”是手臂。

具体来说，是聂羽峥的手臂。

跟她目测的一样，看着瘦，其实挺有肉。隔着一层柔软的布料，还能感受到他的体温。

她收回手，退开一步，扯出一个勉强能称之为微笑的表情，很小声地说了句“谢谢”，也不知他是否能听见。

他没回应。呵呵，看来是没听见。

她刚准备继续找，一旁的他有了点回应。只见他掸了掸袖子，幽幽开口：“再找不到，就不知道谁是妄想症了。”

嗓音低沉，其中又带着点不怀好意的戏谑。

许是受了刺激，祝瑾年的记忆受到强烈召唤，终于找到了正确的路线，有些欣喜地指着前方那棵熟悉的大树：“那边！在那里！”

沈子平这才回神，看了过去。

云珊顺着她指的方向，先一步过去，绕着树看了一圈，对沈子平点点头：“我先固定一下。”说着，就打开装着摄影器材的箱子，调整一番相机，拍了一些照片。

接着，几个人纷纷走上前去。

祝瑾年站在他们身后，暗暗数了一下树上的字，“正”字徒增到了八十多个，约莫四百多画，小志到底在记录什么？什么事情发生了四百多次？

沈子平走到一边打了个电话：“喂，卢酬志现在状态怎么样？很安静是吧？你问问他，树上那八十几个‘正’字是什么意思。”

祝瑾年打开手机计算器，刚输入一个“5 ×”，只听——

“四百一十七。”聂羽峥报出了具体的笔画数。

祝瑾年下意识地偏头看了他一眼，他眉头微蹙，盯着树干若有所思。她扬起一边嘴角，再次斜睨他：“你现在认真的样子，就像夜市贴手机膜的。”

她的话打断了聂羽峥的思路，他沉默了几秒，偏头望着她手机屏幕上一只憨态可掬的猫，似笑非笑：“遇到某个学艺不精、考试挂科、思想幼稚的助理咨询师，连以往的咨询对象是否为妄想症都搞不清楚，我才会站在这里收拾残局，当然要比她认真一点。”

这一番话简直让祝瑾年急火攻心，一个嘴毒的女人竟然跟一个嘴更毒的男人狭路相逢，不痛快地撕逼一场真对不起这命运造化了。

“别忘了，我自始至终就跟小志会面聊天过一次，单独聊天时长差不多十五分钟而已，这么短的时间里能发现他有些异于常人的心理，已经很不容易了。换作别人，不见得比我好。”

“把你跟踪他的时间也算进去，不止十五分钟。最后，你还是什么结论都没有得出，不是吗？”

“我有结论，只是当时不方便向卢律明直言。”祝瑾年下巴一扬，解释道。

“你的结论？”

祝瑾年不肯服输，心里其实不太确定，但嘴上还在逞强：“就是被害妄想症。”

聂羽峥安静下来，回身不看她，笑而不语。

这笑，真令人浑身不舒服。

沈子平的手机响了，他接起：“怎么样？……什么？爸爸？他就一直说爸爸？那八十几个‘正’跟他爸爸有什么关系？……哦，知道了，先这样吧！”

挂了电话，他手一摊，转身无奈地跟聂羽峥说：“遇到这样的人，我们最头疼。如果像以前那些装精神分裂的也就罢了，这个，可能真有精神病！他一直闹着要回家，就是说他爸爸叫他写作业。技术处在他家发现了一些血迹，还有，卢酬志的指甲缝里，也提取到了血迹，经过检测，都是卢律明的。楼下的小卖部店员说，16号晚上，卢酬志忽然买了十卷透明胶，不知道干什么用。”

一旁的祝瑾年再次听得毛骨悚然，有点受不了这种结果，同时，又有点后悔当时没有继续关注父子俩的生活。她一边想，一边随意走动着散心。

聂羽峥瞥见一脸落寞的祝瑾年，似乎想起点什么，问：“卢酬志在被问询期间，有没有露出过特殊的表情？”

“什么特殊的表情？”沈子平不解地问。

已经离那几个人有五六米远的祝瑾年忽然有种不祥的预感，果然，不出几秒，她就听见沈子平叫住自己——

“小祝，听说你会模仿小志曾露出的异常表情？能不能再模仿一遍给我看看？”

那一刻，祝瑾年觉得，自己似乎真的得罪了不该得罪的人。

还能怎么办？见招拆招吧。

祝瑾年从包里掏出便笺本和一支水笔，写写画画，勾勒出小志的表情，还真惟妙惟肖。她忍住想瞪聂羽峥的冲动，克制地微笑着，递给沈子平：“模仿毕竟不够真实，而且只是昙花一现，还是画出来比较直观。差不多就是这样，画得不好，你将就看看。”

沈子平接过，看了两眼，抿嘴点了点头，又走到一边去打电话。

祝瑾年终于可以毫无顾忌、异常凶狠地瞪聂羽峥一眼。

“没有，没人看见过他露出这种表情。”沈子平一边按结束通话键一边说。

大家不约而同地看向祝瑾年，她耸耸肩，表示自己也毫无头绪。

聂羽峥适时建议道：“调查一下卢律明妻子的具体死因。”

沈子平马上会意：“你怀疑有遗传因素？我派人去查。”说着，他走向林睿。

陈昱摸着树上的划痕，喃喃自语：“这么多‘正’字，到底指什么呢？卢酬志是不是每妄想一次被爸爸加害，就跑过来画一道？他为什么不找个本子记呢？”

“可能怕记在本子上会被卢律明看到吧。”祝瑾年说，“搜查小志的书包对卢律明来说是家常便饭，一旦发现这种不明所以的记号，卢律明肯定要打破砂锅问到底。”

“他不是被害妄想症。”聂羽峥忽然说。

“打赌，他就是。”她非要抬杠，“跟其他被害妄想症不同，他妄想的对象不是什么高科技控制、外星人追杀，而是他爸爸卢律明。他早就出现了幻视，‘看见’卢律明在各个角落监视他，时时刻刻处在卢律明对他施加的压力之下。每次回到家中，见到真正的卢律明，他的压力就更加难以负担，只能用不断洗脸来减压……”

“你接触过几个被害妄想症？”他打断她的分析。

“两个。”她资历尚浅，入行以来接触到的大多都是一些一时想不开的人，经过一番点拨，大多能恢复平常心。好不容易遇见的那两个被害妄想症被家人带来咨询后，经由比她资深的心理师建议，已经进入康宁医院治疗了。

一个是个三十来岁的女性，据说因为感情问题受了刺激，间歇性有着被害妄想，没犯病时是一家杂货店的小工，被带来咨询时，忽然拿出两个知名品牌的罐头，说怀疑罐头公司老总杀害了她一家人，最近正在用这种特殊罐头试图弄死她；另一个是六十岁左右的丧夫独居老太，之前是某食品厂化验员，文化水平还挺高，不知是不是看多了微信朋友圈谣言，说家里冰箱藏满别人用高科技手段放进的放射性物质，导致她头晕眼花、成天想吐。

如果给她个机会跟小志再深入谈一谈，她就更有底气。可惜，现在没这个机会了。

“好。”

他忽然的一句，让祝瑾年一愣：“……什么好？”

“打赌。”

看来，他还是坚持己见，认为小志不是被害妄想症。

祝瑾年皮笑肉不笑地望着他：“赌什么，你说。”

她倒要看看，把主动权交给他，他会提出什么要求。如果提得不伤大雅，比如向他道歉、请他吃顿饭之类，那自己输了也没关系，提得过分甚至下流的话，自己合理拒绝的同时又可以狠狠羞辱他一番。

“女士优先。”他打太极，礼貌地推了回去。

难题回到了祝瑾年这里，她没怎么思考，本想说“不准炒我鱿鱼”，可忽然又觉得那样说很没面子，好像自己多稀罕留在“荒漠甘泉”似的，让他看轻了自己（虽然确实很想长留）。眼珠转了一转，她说：

“瑞典鲱鱼罐头，敢试吗？”

第三章

我的爸爸是超人

/HE NI DE SHIJIE TANTAN/

1.

祝瑾年没事也爱刷个微博，前阵子这种号称臭到极致的罐头莫名其妙走红，许多试吃视频接踵而至，她看过最反胃的是一个外国壮汉边吃边吐的一段自拍，隔着屏幕就能闻到一股臭气。

试吃瑞典鲱鱼罐头这个提议很凶残，具有惩罚性，但不至于下流，令人完全不能接受，毕竟没毒嘛。再说，谁是试吃者，还不一定。

聂羽峥沉默几秒，开口："你的意思是，如果你的判断错误，就吃一罐瑞典鲱鱼罐头？"

祝瑾年抱着双臂，抬眼跟他对视，小要无赖："对，如果是你错，就吃两罐。"

他眉一挑："一比二？不公平。"

"刚才还一副稳操胜券的样子，这下子却怕了？"她冷笑地激将。

他深深地望着她，眸色幽黑似墨潭："一言为定。"

交代完任务的沈子平走回来，看了看表："要不我们去趟学校跟他们会合？"

聂羽峥收回目光，点了点头表示同意。

“小祝，今天真是麻烦你了。这样吧，我派辆车先送……”

“快下暴雨了，不如让小祝跟我们一起去趟学校，等这场雨过了，再送她回去。”聂羽峥开口，截断他下半句话，看上去和颜悦色，语气真诚。

“哈哈，羽峥对手下真是怜香惜玉，我想得不周到。我都能感觉到小雨点了，大家快上车去。”沈子平笑着打趣，然后招呼着大家往回走。

“怜香惜玉？”走在聂羽峥身后的祝瑾年重复道，语气带着嘲讽，音量大得恰好能让他听清楚每一个字，“这个词用在聂组长身上真是比鬼片还恐怖。”

“用不了几天，你就会知道比鬼片还恐怖的是什么。”聂羽峥头也不回地说。

祝瑾年心里一紧，料定他已决意开除自己。自己出言得罪他在先，要补救，难于登天，何况低声下气地求饶并不是自己的性格，干脆破罐子破摔。于是，她加快步伐，走到了他身边，偏头一笑：“我现在就已经知道，那就是——你吃两罐瑞典鲱鱼罐头。”

“你提醒了我。”聂羽峥对她表示感谢，掏出手机拨了一组数字，“王谦，麻烦帮我买一罐瑞典鲱鱼罐头。原因你不需要知道，总之……不入我口。”

祝瑾年心中窝火，走得更加快了，不一会儿就撇下他先上了车。

沈子平望着她的背影，明知道她不是那位故人，还是觉得今天这一切像一场梦。

天色发暗，雨点越来越大。

几辆车驶入校园，停在行政楼前。几个便衣领着小志的班主任和几个同学，站在里头等。除了班主任李老师外，几个学生都不知道小志家具体出了什么事，竟然连警察都来了，脸上的表情又是惊讶又是好奇。

学生暂时被安排在了另外一个房间。接待室里，一干人等各自找位子坐下。祝瑾年刚落座，就看见聂羽峥朝自己走来，坐在她身边，离她十几厘米。

她身上清新优雅的一抹淡香，宛若林间花丛的气息随着山谷清风扑面而来，靠近了才隐隐能闻见。聂羽峥侧目看了看她，无言。

为了表示自己和他的势不两立，祝瑾年正打算换位置，就听他说：

“输，也应该输得明明白白。”

她不知这话是什么意思，暂时没移动。

沈子平和副校长说了一会儿话，最后一个进来。

“小志挺乖的……”知晓内情的李老师表情复杂，“学习成绩中上，考个二本是绝对没有问题的，高三冲刺一下，说不定能踩一本线。我认识他父亲，卢老师托我多关照酬志。在我看来，酬志对卢老师是很感恩很尊敬的。对了，我这儿还有酬志高一下学期参加作文比赛的一篇文章呢，写的就是他爸爸，获了二等奖。”

说着，李老师从文件袋里找出一份习作。

沈子平接过，转手给聂羽峥，聂羽峥看了一会儿，又给了祝瑾年。

原来如此，他刻意坐自己身边，是为了跟她分享这些可能泄露小志心理的物件。

她认真地捧起那份作文，只见标题为——《我的爸爸是超人》。

“我自小就失去了妈妈，我爸爸像慈母一样照顾我，像严父一样鞭策我。他能一个人抬着煤气罐和十斤大白菜上楼，能在三秒钟之内解出我怎么都想不出来的数学难题，还做得一手好菜，颠勺的样子跟大排档的厨师一模一样……”

这是一段运用了比喻、排比等修辞手法的精彩开头，既说明了身世，又引出了接下来的两段事例。

一个事例是很多表现父母恩情的作文中都会出现的“半夜送医院、不眠不休照顾”套路；另一个事例比较新颖，是说他某次和卢律明去乡下郊游，不听大人劝告，去水塘游泳，忽然腿抽筋，快要淹死的时候，卢律明跳下去救了他。溺水的感受，写得非常真实，让人读了都感觉有点窒息。

然而，祝瑾年发现有些不对，她不知聂羽峥是否察觉。小志写的爸爸跟实际上的卢律明相比，有些矛盾之处。不过，写作文不是写自传，不排除有捏造的可能，她学生时代写的那些作文，百分之八十不是真实经历。

此时的聂羽峥手里拿着一个小志的笔记本，上面记满了课堂笔记。

陈昱问李老师：“高三开学后，小志跟上学期有没有什么不同之处？”

“性格变得比较冲动，脾气变坏了。开学还没一个月，就和同学发生了两次冲突，一次是大骂一名女同学，还有一次直接和一个男同学打架。”李老师推了一下眼镜，“我正打算国庆去他家家访，和卢老师谈一谈他的情况。我知道卢老师对他要求非常严格，如果是进入高三，压力太大，我想跟卢老师说一下，试着给他减减压。望子成龙的心情我们都理解，方式方法需要注意一下。”

“被骂的女同学和挨打的男同学来了吗？”沈子平问。

“来了，在——”李老师指了一下外面。

沈子平抬手挥了挥，林睿会意，去另一个房间把几个学生叫了进来。

一分钟后，几个学生谨慎地走进来，李老师一一介绍了一遍，他们分别是班长小河、小志的同桌小健、关系较好的同学小宜和小坤、挨打的女生小笑，以及和他打架的男生小飞。

沈子平笑着说：“大家不要紧张，先找个地方坐下。叔叔问你们几个问题，你们知道就说，不知道就说不知道，都没关系，就聊聊天而已。”

“……好。”几个学生些许放松下来，纷纷坐下，等待他们发问。

小笑和小飞跟小志起冲突的过程惊人一致。据他俩说，自己跟小志既不是朋友也没什么隔阂，也不知他为什么忽然暴怒起来，冲他们发火，说他俩总是偷偷监视他。

监视。

大多被害妄想症的幻想内容之一。

祝瑾年扬了扬嘴角，感觉胜利在望。

说起这事，小笑依旧很困惑：“我坐在他后面，跟他的座位差了两组，中间隔着好几个同学，上课时很少往他那儿看，不知道他为什么说我在偷看他。那天，英语课下课，他像疯了一样，直直朝我跑过来，很生气的样子，叫我不要再装模作样了，以后不要再躲在后面偷看他。我觉得很没面子，他这么说，别人会以为我暗恋他的，他又不帅，晕死哦！”

小飞说：“我记得很清楚，体育课，我们刚跑完圈，我根本没招他惹他，他从我背后就是一拳，叫我不要再跟踪他、缠着他，说什么他真的很烦我。我骂他是个神经病，当场跟他干起来。事后我还写了检讨，感觉很冤枉，他打我在先，我不还手还是男人吗！”

和小志关系较好的同学小宜和小坤说，他们已经跟小志疏远了，因为从高二起，就觉得他有点怪怪的。

“哪里怪？”林睿追问。

小宜说：“说不上来，就是一种感觉……他总是心不在焉，有时会忽然很认真地打量我，好像我是陌生人一样，眼神很恐怖。本来我们仨中午都一起吃饭的，后来我跟坤子说，咱别和小志一起了，吃得都不安心。”

小坤点头：“还有个原因就是他爸，有次我们约周末打球，他爸不肯，不让小志出来，小志趁他爸去家访，偷跑出来，还没打一会儿，说发现他爸来了，吓得就跑回家。好几次了，渐渐地，我们打球也不喊他了。”

“他高一时写的这篇作文，你们看过吗？”祝瑾年插嘴问，把纸张竖起来，用手指了指。

“我们全班都看过。”班长小河回答，“李老师在作文课上让这些获奖的同学把自己的文章念了一遍，下课后还叫我贴在宣传栏上。我记得很清楚，我张贴完，刚好放五一假。”

“小志写得很好，不知道这里头的事件是不是真的……”祝瑾年看向小宜和小坤，“差点被淹死这种事，他有没有跟你们提过？”

“是真的。”他俩异口同声。

“大概什么时候？”

小坤回答:“高一上学期说的,好像是初中升高中那年暑假发生的事。”

“他不止一次跟我们形容过淹水的感觉，就是他作文里写的那些，哇……”小宜摇摇头，“听上去好恐怖啊。”

“那次他吓死了，之后就很怕水，连游泳池都不敢去了。”小坤说，“他跟我们说，那个水塘很深，听说以前淹死过小孩子。要不是他爸跳下去救他，他可能早挂了。”

许是有个关键词——“水”，祝瑾年隐隐有种感觉，小志在卢律明面前“一直洗脸”，似乎跟这次溺水有几分关联。

2.

学生们由李老师带回班级继续上课,几个人在接待室里,各自沉默着。

沈子平打破了沉默：“看来，卢酬志的畸变不是忽然的，很早以前，至少是一年以前，他就开始显露一些问题了，只不过当时没人会往坏处想。”

“两年以前。”聂羽峥纠正。

“嗯？”

“至少两年以前，卢酬志就出现了一些幻觉。”

祝瑾年心口一紧，难道他想的跟自己一样？为了试探，她说：“我觉得，小志的作文很能说明问题。这里头写了一些事情，如果确实是小志亲眼所见，就跟卢律明的实际情况有矛盾。比如扛煤气罐，卢律明腰不好，这种事他根本干不了；我吃过卢律明做的饭菜，寡淡无味，他不喜欢厨房都是油烟，几乎所有菜都只用水煮，拌点酱油了事，一点也不好吃，还有……溺水事件，如果我没猜错，卢律明应该是只旱鸭子，水塘真那么深的话，他跳下去救人就是去送死。”

“咦？”林睿发出一声疑问，“他会不会游泳，我们还没去核实呢。”

“卢律明有着很强的洁癖。”聂羽峥道，偏头瞥了一眼祝瑾年，表示肯定地扬了扬嘴角，“一个家庭条件一般的城镇居民要学习游泳，或者去大众游泳池，或者去一些比较浅的河、溪、水塘。这些地方，在卢律明眼里……干净吗？”

陈昱笑道：“外面的泳池我都嫌脏，卢律明估计更嫌弃。”

沈子平接过作文看了又看：“这么说，即便卢酬志真的溺水，卢律明也没能力下水救他，心有余而力不足呀！”

“可是，这篇作文说明不了什么。”虽然聂羽峥和自己的看法一致，祝瑾年还是要泼他们一盆冷水，“大部分学生写作文是为了切题、得高分，并不是为了抒发自己真实的人生感悟，真真假假，没个准儿。”

“溺水、被救，这两个事件哪个会是真的？”沈子平自言自语，“如果根本没溺水这回事，卢酬志犯不着跟两个朋友吹牛，如果溺水是真的，但卢律明没能力救他，那他是怎么上来的？”

“要不就是卢律明把他推下去的，他受了巨大的刺激，自己爬上来后开始变得疑神疑鬼。”祝瑾年很不负责任地瞎猜。

大家都当是玩笑话，哭笑不得。

“根据作文中出现的信息，查一查当年的事，或许有意外收获。”聂羽峥说。

“我怎么感觉这起失踪案比杀人案还复杂……”沈子平叹了一声。

祝瑾年也感觉有些棘手，有什么想法似乎呼之欲出，可就是找不到突破点，或许真应该回去好好理一理思路。想起自己一时好强和聂羽峥的赌约，有点后悔，自己太早将小志定性，而他一直对这个结论持保留意见，而且，他的选择范围其实更大，除了被害妄想症之外的一切问题，都能让他获胜。

“发什么呆，闻见鲱鱼罐头的味道了？”一声嘲讽自门口传来。

祝瑾年回神，才发现他们都已走出接待室，唯有自己还坐在原位。

她不甘示弱，起身斜睨聂羽峥：“我在想，某人离罐头越来越近了，却还在垂死挣扎。”

他淡淡一笑，在祝瑾年看来，他眸中暗藏老奸巨猾，她可讨厌他这副胜券在握的样子了。

一行人走出行政楼，暴雨已停，残留的雨水挂在叶尖，还在淅淅沥沥，空气里弥漫一股雨后的泥土青草味。下午最后一节课的下课铃声刚刚响过，大批学生涌向校门。他们避开这一拨的学生流，十五分钟后才驶出校门。

校门口的减速带让车辆颠簸了好几下，正握着手机回复好友消息的祝瑾年下意识往外看了看，一个熟悉的身影忽然出现在视线范围内。

郝易期。

他骑着电动车，一个穿着白色套裙的女子恰好走到他身边，他牵起她的手，两个人正柔情蜜意地说些什么，两个学生路过，礼貌地对女子打招呼。

看样子，那女的是十二中的老师，性格温柔乖巧，和她截然相反。

祝瑾年有些失神，眸色暗淡，左手握拳，又黯然放松。

分手时，郝易期对她最不客气的评论就是：高高在上、自以为是，无论他怎么表现热情，都得不到同等的回应。

祝瑾年是个很会压抑真实情感的人，这和她的成长经历有关。从小家教严格，她父亲一再跟她强调，在人前暴露过多的情感和情绪会处于被动，甚至被人瞧不起。初中时她也花痴过帅哥学长，被父母发现后，受到了来自父亲言语上的一番羞辱，说她不知廉耻，这虽然是为了让她全心投入学习，但用词过于难听，给她留下了不可磨灭的心理印记。此后，她总是习惯性在父母前面去压抑自己的快乐、悲伤、恐惧，就算谈恋爱，也不敢投入太多，生怕过于迷恋会像父亲说的那样，被对方瞧不起。她自以为是地觉得，郝易期没有发现她可爱的一面，所以他俩总是三天一小吵，五天一大吵，她一直忍着没提分手。现在回想起来，她和那些因为感情问题来找她咨询的姑娘半斤八两，都是脑子有坑。

郝易期的一个哥们曾经善意地与她相聊："你个性太强，感觉易期驾驭不住你。还是别那么要强，我们男人都喜欢傻一点、温柔一点的女人。"

对此，祝瑾年当即就干笑了一声，回了几句——

"在你说这番话之前，我一直以为'驾驭'一词是用在马身上的。女人聪明不聪明、温柔不温柔都是因人而异，只有傻瓜才需要找一个比他更傻的人来秀智商。虽然上帝是男人，可因此推出男人是上帝就大错特错，不要用男人狭隘的价值观衡量女人，你们喜欢什么样的，是你们的自由，至于我是什么样的人，只要不违法乱纪，就不需要符合谁的审美。"

这位仁兄被这般反驳之后哑口无言，私下说过，他感觉祝瑾年和郝易期走不远。

在这个问题上，他倒是慧眼如炬。

在见家长之前，她在郝易期的手机聊天记录里发现他和这哥们的对话，他说自己目前的人生进程是应该找个合适的人结婚，祝瑾年就是适合结婚的人。

到最后他对她的定义也就是——适合结婚的人。

她以前一直以为郝易期和自己的交往，至少是因为喜欢。什么叫适合结婚的人，她觉得很讶异，如果拉个大名单，仅鹏市符合这个条件的女青年没有十万也有五万，她难道仅仅就是几万分之一？

后来她提出分手，不仅仅因为感觉自己和郝家三观不合，更多的，是因为心气高的自己无法容忍他对自己下的那个定义。

再见郝易期，祝瑾年心里总不太舒服，没想到他这么快就又找到一个万分之一。适合结婚的人就是这般好找，也不知道这世上会不会有一个男人认为她祝瑾年是唯一。

“开快点，一会儿遇到晚高峰可堵死了。”沈子平的话打断了祝瑾年忽来的惆怅，只听他转头问聂羽峥，“你一直在翻卢酬志的笔记本，里头有什么重要的信息？”

“笔迹。”他简单作答。

祝瑾年从惆怅中回神清醒后，恍然大悟，字如其人，笔迹往往能真实地反应一个人的潜在个性。她总是留意跟被害妄想症有关的一切词汇，却忽略了近在眼前的关键证据。

“随手而写的这些笔记最接近卢酬志的真实字迹。可以看出，他写字时用力不均匀，时轻时重，字体大小不一，最后几笔为撇、捺的字，写得过于大，有的捺超出格子，甚至偏到纸张外面，两行字之间的间隔很大。”

“这说明什么？”沈子平问。

聂羽峥默了默，合上笔记本放在手边：“和表面平和、腼腆的样子不同，他情绪不稳定，喜爱胡思乱想，缺乏自制力，不喜欢受束缚，反叛性很强，对人与人之间的距离很有要求，对个人隐私非常在意。”

祝瑾年则在心里默默记下一句——提醒各位考生，字迹心理学是下次期末的重点。

沈子平啧啧两声：“这样一个人偏偏被他爸爸牢牢地攥在手心，不允许任何隐私的存在。一边要顺从，一边压抑对抗自己的真实个性，听着都累。”

“有个阶段的字迹出现了一些明显变化。”聂羽峥翻开另一个笔记本，指着其中几页，“字体总体向下偏斜，从记录的内容上看，是高一语文的前几篇课文，应该是两年前的九月份。这种字体持续了大概半个月，这半个月内，他的情绪有些不稳定，有沮丧和抑郁的倾向。”

祝瑾年不觉得这有什么不正常，替小志解释道：“高中课业跟初中相比难多了，很多学生面临这个转变会不适应，看到成绩比初中时差，都有点意志消沉。我高一第一次月考，数学和物理就差点挂了，也消沉了很久。”

“那时，你是不是也背地里咒骂出数学和物理考卷的老师？”聂羽峥带着几分反讽的笑意，问。

祝瑾年语塞，翻了个白眼。

前面坐着的林睿和陈昱觉得挺尴尬。

这个话题，聂羽峥没再继续，言归正传道：“卢酬志的获奖作文写于高一下学期，四月份左右，假设溺水事件为真，应该发生于气温高的月份。他的两个朋友也觉得，这事发生在初中升高中的暑假。暑假过后，高一刚开学，恰好卢酬志就情绪低落、抑郁，怎么这么巧？大难不死、劫后余生，在许多人看来，是件喜事。”

祝瑾年这时终于把自己的猜想说了出来：“我总觉得，溺水和他前几个月忽然开始一直洗脸有关系，我发现他其实没什么洁癖，他要的其实不是清洁，这么做，也许有另外的象征意义。”

“难道溺水事件真没那么简单？”沈子平摸摸下巴，“看来真得好好查一查……”

3.

前方不远处就是荒漠甘泉心理工作室所在的写字楼松海大厦，从这个角度已能很清晰地看到巨大的广告牌和“荒漠甘泉”的广告文案——“和你的世界谈谈”。

临下车时，想起些什么的祝瑾年忽然冷哼一声，拍了一下前方椅背，低声说：“其实这个赌约对我不公平。”

“2 ∶ 1的赌注，到底对谁不公平？”聂羽峥好整以暇地靠坐着，偏头说。

“我不是警察，不能直接参与调查，你却可以按着自己的想法指挥他们的调查方向，还有可能见到小志，直接跟他谈，了解他的想法。”她忽然耍赖，狡猾地半眯着眼睛，强调，“这对我，不公平。”

“提出赌约的不是我，继不继续的决定权在你。”他抬眼，深色瞳孔一片清明。

祝瑾年乐得要当甩手掌柜，正要下车，听他又说：“知道输定了就马上反悔，确实可以止损，我表示理解。”

“我不是认输。见不到小志，只能跟着你们旁敲侧击，对我来说一点意义都没有。”

“让你见到卢酬志，只会加快你成为输家的步伐。”他毫不客气地回应。

祝瑾年真是要被他不可一世的毒舌气晕了：“你，能不能让我见一下小志，跟他好好谈一谈？”

“你不是律师，无权单独约见他。”聂羽峥挑眉，“你是政法大学出身，为什么总喜欢做一些违法的事？”

祝瑾年语塞，抿了抿唇，傲然道：“你能不能让我见到他？如果可以，赌约一定继续，我们各自愿赌服输，如果不能就拉倒！”

“如果我说，我能？”他挑眉看她。

“你真的可以？”她疑惑道。

“最多只给你半小时。”他笑，“害怕就算了。”

“谁怕？”她横眉，“你有本事，就带我去见见他。”

聂羽峥抬手，比了个“OK”的手势。

祝瑾年刚转身要走，又回头，指了指上方：“来都来了，你不上去露个面？”

他坐在原位，对她的建议无动于衷，漫不经心地问：“这回的夏季招聘，来了几个新人？”

她有意试探自己是否能长留，故意说：“包括我在内，一共四个。其他三个分别是章湘，她当千惠姐的助理咨询师；巩鸿霄，目前在行政部；饶琪琪，前台小妹。”

“现在的‘荒漠甘泉’还有哪位主心理师没配助理？”

祝瑾年忽然倒吸一口凉气。“荒漠甘泉”共五位主心理师，每位心理师会配一个助理咨询师，即便是助理，也具备很高的专业水平。目前，除聂羽峥之外的四位心理师都有自己的助理……

聂羽峥自然而然理解了她忽然的沉默，发出一声轻笑后，说：“看来我确实应该多去工作室走一走，以免和自己的新助理‘相逢’却‘不相识’。若不是在案子中偶见，哪天你这位助理请求我心理督导，我都不知道来者何人。”

祝瑾年揣摩不出他此话的含义，他到底会不会把自己开除？

回到工作室，她忐忑不安了很久，第二天和同事聊天时故意提起聂羽峥助理一事，才知道所谓“聂羽峥的助理”向来单独开展咨询工作，上一个助理因考上博士而辞职，她才有机会进来。

杜格致听她简略地说了一下和聂羽峥见面的始末，笑她想太多：“你不认识他，很正常。他大我七届，也就是说，我才初中毕业，人家已经本科毕业了，保送到帝都读的研博，我在学校从没见过他。”

“比你大七届……”祝瑾年算了算，杜格致比自己大两届，那聂羽峥就是比自己大九届的“老师兄”了，“这么算算，他都是三十五六、奔四的男人了？”

杜格致摇摇头：“人家十五岁上的大学，今年最多三十岁。”

祝瑾年像生吞了一颗白煮鸡蛋一样，被噎得目瞪口呆——这得连跳多少级，才能这么早高考？

“当年他是我们东南政法绝对的风云人物，大二就凭借一篇关于心理能量转换的论文去纽约参加了斯金纳心理论坛，是斯金纳论坛有史以来年纪最小的参与者，当时美国几家报纸都有报道。对了，他的几位导师和他都属于荣格学派，你跟他讲弗洛伊德，他当然不爱听。”

“原来我们一个站弗洛伊德，一个站荣格，这二位大神本来就不对盘，怪不得我觉得自己跟他也不对盘。他有什么黑历史，八卦给我听听？”

“黑历史我实在不知道，只知道他在校时虽然年纪小，但一点也不影响他当所谓的‘校草’。哈哈……这也是一个师姐告诉我的，喏，你看。”说着，杜格致把微信群的聊天记录找出来给祝瑾年看。

只见那个 ID 是“长耳兔儿”的师姐评价道：“当时啊，聂羽峥和那些胡子拉碴的男同学站在一起，显得又嫩又干净，是我们千载难逢的小鲜肉学长。”

校草？还小鲜肉学长……祝瑾年汗颜。

杜格致摸摸下巴："听说他大四好像还参加了一个什么项目的比赛，得了个 U19 组全国冠军。我给忘了……"

"广场舞？"祝瑾年问。

杜格致被这一句逗得忍不住笑出声："你还别说，他为人挺低调的，毕业后大家都没得到他什么消息了。我想开个心理咨询工作室，通过千惠牵线才认识他的。他想做别的心理工作室所不具备的心理评估，而我们想做咨询，于是才有了现在的'荒漠甘泉'。他还有另外一个身份——特聘心理分析师，我们做心理鉴定、评估至少需要三个人，他却有'一票否决'权，在很多涉及心理鉴定的刑事案件中，他还是专家组成员。以前有个什么闹得挺大的案子，他认为嫌疑人动机存在问题，拒不签评估报告，好像到现在都没结果，一直拖着。"

"案子悬而未决，这对受害人家属也太不公平了！他怎么不为人家想一想？"

"不怪他，听说嫌疑人一直没找着才是案子一直拖着的主要原因。"

臭脾气，果然是他的风格。祝瑾年腹诽，冷哼一声。

杜格致几分担忧地试探："见到这样的风云人物，就没点感触？"

"感触太深，简直痛彻心扉。"她轻捶了两下胸口，并没把他的试探当回事，只当玩笑了，"希望他提出要开除我时，杜师兄帮我美言几句！"

"放心吧，他很少插手我们的人事安排。再说，他连这点肚量都没有，怎么做心理工作？"

"小年，这里这里！"兰洁斐向着门口欢快地招招手。

真正与祝瑾年熟识的都知道她不喜欢人家叫她小祝，听着跟"小猪"似的，比如兰洁斐，在外头叫她小年，私底下都亲热地叫她"年年"。

兰洁斐是祝瑾年的大学同学，是个典型的傻白甜，大学期间就是校电台的播音，现在在市电台做一档午夜谈话类节目《敲开你心门》的主持人。如果说前几天认识的聂羽峥像从言情小说中走出来的男主角，那兰洁斐就是小说中走出来的小白女主，或许她就是郝易期的哥们口中“男人喜欢的类型”。祝瑾年甚至想过，如果聂羽峥没给她留下那么糟糕的印象，或许可以把兰洁斐引见给他，没准儿能成就一番充满霸道 ×× 爱上我的狗血姻缘，就是不知道他是否单身。

国庆长假，大家都图个轻松，不要再想自己和聂羽峥的赌约，和傻白甜出来喝个咖啡、吃顿饭，才是正道。

两人聊着聊着，就聊到郝易期。

兰洁斐瞪着圆圆的眼睛，很小心地说：“其实，你们还在一起的时候，我以前见过他跟一个女的逛商场，很亲密的样子，我……没敢告诉你，怕你伤心。”

祝瑾年有些错愕，愣了许久，才摇摇头，说：“你真是我的好姐妹。”

“不客气啦。”兰洁斐开怀地笑，“反正你跟他都分开了，也别计较那么多。”

祝瑾年敷衍地点头，心里更加不是滋味。遇人不淑是一方面，她发现自己虽说以心理咨询为业，却一直没能看透身边的人，真是丢脸。

她开始担心自己的赌约。

如果聂羽峥真的带她去见小志，警察都问不出个所以然，她要如何切入问话？

也不知道他们调查得怎么样了，自己一点消息都得不到。祝瑾年这才意识到，自己非常被动，一时逞强去打赌，现在后悔莫及，早知道就把赌注设为请客吃饭，还简单些。但转念一想，跟聂羽峥同桌吃饭，不见得比吃瑞典鲱鱼罐头好受。

“你在想什么？”兰洁斐托着下巴，眨着眼睛问。

祝瑾年摇摇头，端起柠檬水喝了一大口。望着小白兔一样的好友，她忽然有个灵感——傻白甜做事手段其实都单纯简单，有时最简单的方法就是最好的方法。

“最近，我需要跟一个访客会面，就一次机会，如何在最短的时间里看透对方的心理？”

“沙盘、欧卡牌……嗯……催眠比较悬，可以试试意象对话之类的浅催眠。”

“我可能只有半个小时，说不定还更短。建立信任就得花点时间，哪有那么多时间引导他做游戏？”

兰洁斐抓抓后脑勺，抿起嘴想了一会儿，笑开：“拿张纸画画呀！你忘了？最经典、最直接的——房、树、人！”

茅塞顿开！

祝瑾年眼睛一亮，重重地拍拍她的肩膀：“你帮了我大忙！走，请你吃饭去！”

“太好了！”兰洁斐喜形于色，“那我要吃新开的那家墨西哥菜。”

“你还真不客气……”祝瑾年嘴上嫌弃道，然而还是喜滋滋地拉着她走出咖啡馆。

转眼到了工作日，祝瑾年按时到了工作室，泡了杯咖啡坐在窗边的卡座里，捧着 iPad 翻看自己这几天的日程。

今天早上十点安排了一个心理疏导，是个已经来过两次的女客户夏小姐，和男友分手后她一直郁郁寡欢；明天上午要和其他几个助理咨询师一起去附近一个中学做免费心理辅导、问答；后天下午有个新 Case，看初诊接待信息上说，是关于梦游症的咨询。

第四章

千言万语不如一幅图

/HE NI DE SHIJIE TANTAN/

1.

约莫十点，一位打扮入时而得体的年轻女子走了进来，轻车熟路去了祝瑾年的咨询室。

“嗨，小夏。”祝瑾年起身迎接，笑着打招呼道。

这位夏小姐家庭条件不错，自己工作也好，前男友却是一个吃软饭的家伙，不思进取，还特别花心。

他们分手后，夏小姐一直处在伤心难过中，每天晚上都会梦见他，梦醒后就再也睡不着，一直在纠结一些在祝瑾年看来完全没有必要纠结的问题。比如，她这么优秀，他为什么不爱她？为什么他劈腿的那些小三，条件都没有她好？为什么她没做什么坏事，偏偏让她遇到这种人？如此之类。

“你看上去气色不错。”祝瑾年坐下说，“最近心情平复了些？”

“前阵子我挺忙，有时加班到凌晨，没时间想别的事。这季度我业绩很好，拿了最高的奖金，上周去了趟帕劳，周五才刚回来。”夏小姐说，忽然皱皱眉头，“我忍不住去翻了他的微博，从留言中发现他可能又有新欢……”

看来，前男友又有新欢，每个女人多少都会有点介意。

夏小姐滔滔不绝地说着自己隔三岔五就要翻一遍前男友微博的“光荣事迹”，每个给他留言甚至点赞的ID她都要点进去看个明白。

“……我又去翻了那新欢的微博，发现那女的只不过是个小职员，恐怕一个月就三四千的死工资。我不停地在想，如果他知道分手后半年，我升职了，年薪达三十万，他会作何感想，会不会后悔？这三十万，本来他可以享有的。小祝，你说呢？”

这个问题很匪夷所思，祝瑾年顺着她的思路问：“你的意思是，他回头找你，或者，你们还没有分手，你愿意把三十万都送给他？”

“当然不愿意。”夏小姐飞快地摇摇头，“我只想知道，他知道我离开他之后生活更上一个台阶，会不会后悔，这个问题一直困扰着我。”

祝瑾年低头想了一会儿：“他后悔莫及、悔不当初，对我们来说又有什么意义呢？你想一想，获得他的肯定、他的喜欢，你才有价值吗？实际上，你的老板和客户肯定比他重要得多。你一直过不去这个坎儿，就是心有不甘，你征服了有竞争力的同事、难搞的客户，却征服不了一个吃软饭的。你跟这个男人完全就是两类人，一个在大城市里打拼，自力更生，一个就靠吃软饭，各自追求不同、生活方式也不同。这就好比西斯廷教堂里的壁画，非要那些只爱看春宫图的猥琐男点头说好，才是艺术？有些东西，审美观到不了那个层次，就是欣赏不来，没见哪个大师因此非要画几幅春宫图来证明自己的价值吧！”

比喻尽管有些低俗，但句句在理。

这番话，祝瑾年既是说给夏小姐听，也是说给自己听。郝易期就是个过去时，即便他现在痛哭流涕地回头找她，她也不见得会去当那个“几万个适合结婚的人之一”，那么因为看见了他的新欢而愤愤不平，又有什么意思。

夏小姐呆了一会儿，重重地点了点头。

“当你冒出想翻前男友的微博的念头时，不妨在白纸上写下自己的若干个优点和优势，再在一旁写下他的缺点和让你生气的地方，做一个对比，深吸几口气，再决定要不要看人家微博。可以做到吗？”祝瑾年望着夏小姐的眼睛问。

夏小姐显得有点犹豫，一时没有答应。

咨询时间已到，祝瑾年只能说：“如果你能把兴趣点从窥探他的生活转移到认识新的男性朋友上，很快你就会发现，他的新欢旧爱都不再能影响你的心情。”

“我尽量。”夏小姐耸耸肩，道谢之后起身告辞。

祝瑾年送夏小姐走出咨询室，前台的琪琪抬手示意了一下，引起她的注意。

“瑾年姐，有位先生找！”

“我早上应该没有其他预约吧……”她嘀咕着，顺着琪琪手指的方向看过去。

单人沙发上，一张展开的报纸几乎遮住了来人的整个上半身。即便如此，祝瑾年还是有种陌生中带着约莫一点熟悉的感觉。

她走过去，那人许是听到了越来越近的高跟鞋和地板的敲击声，移开了竖起的报纸。

是聂羽峥。

他微微抬着下巴，淡漠地和她对视，俊颜依旧。设计简洁的白色衬衫和黑色九分长裤，干练的同时还被他穿出一种时尚大气。

祝瑾年的心怦怦乱跳了几下，这种莫名的不淡定让她狠狠鄙视了一下自己，随即自然而然地俯视他，眉一挑：“你是来认识新人的吗？”

“卢律明找到了。”

祝瑾年一愣，急切地问：“他还活……”顿了顿，她冷静下来，沉声问，“他还好吗？”

“他在楼顶废弃的水塔中，浑身裹满透明胶，发不出声音，也动弹不得。”明知她急于知道卢律明的死活，他还说得慢条斯理，最后一句，他抬眼看住她，“所幸——活着。”

她紧绷的肩膀瞬间放松，单手扪在胸前，眼中露出些欣喜：“太好了……”

“好吗？”他反问。

她卡壳，莫名其妙地眨眨眼。

经过抢救、恢复清醒后，卢律明也不得不告诉警方，一切都是儿子干的。他靠小志送上来的一丁点水和食物维持生命，获救时已经奄奄一息，连说话的力气都没有。他额角有伤，应该是被囚禁前和卢酬志打斗留下的，捆绑他的透明胶上遍布卢酬志的指纹，人证物证俱在，证明这一切都是卢酬志所为。

“是囚禁还是故意杀人未遂——卢酬志目前不肯交代动机和犯罪过程。现在，他被羁押在看守所，只能给你半小时的会面时间，走不走？”他起身，身高差距使她的俯视不得不改成了仰视。

“足够。”祝瑾年自信满满地说。

她小跑到前台，交代了小妹几句，如果今天来了其他 Case，就移到下午一点后。

“瑾年姐，那个是谁啊？很帅哎！你新男朋友吗？”琪琪眨着眼睛问，双颊因为激动而涨得通红。

“……确实挺帅的。”祝瑾年回头看了一眼起身走向报刊架的聂羽峥，毫不矫情地肯定道，话锋一转，“他就是聂羽峥，我们的老板之一。

你跟我一样都是新来的，没见过他，难免因为相貌而对他产生一些好感，但其实啊，他是个非常可怕的人。”

“可怕吗？我不觉得哎。他在那儿等了你半小时哎，讲话也很有礼貌，看起来好有耐心好温柔哦……”

耐心？温柔？

这种美好的形容词怎么可以用在聂羽峥身上？

“那是因为——”祝瑾年语塞，这事一时半会儿解释不清楚，更何况自己还不能把小志的事往外说。她摆摆手，结束了话题，“总之……少看点偶像剧！”

杜格致出来取快递，恰好看见祝瑾年进入电梯，便随口问前台：“她去哪里？”

“不太清楚。”琪琪回答，“瑾年姐跟聂总出去了。”

“聂总……聂羽峥来过？”

“嗯！聂总是个大帅哥啊！连瑾年姐都说他很帅哦。”琪琪双手捧脸，花痴眼神还在持续。

杜格致微微皱起眉头，忽然有种莫名的危机感。

电梯里，聂羽峥看了眼手表，出口讽刺她在前台和人聊天的磨蹭行为——“你已经用去了四分二十八秒。”

祝瑾年不以为然，反击：“所谓‘半小时’应该是我与小志的会面时限。”

下到负一楼，祝瑾年却没有等到上次来接她的那辆警用商务车，一转头，一辆黑色奥迪 A8L 缓缓驶来，在她跟前停下。可能是要通风换气，四个车窗都开着。她眨了下眼：“你的车？”

他看了她一眼，答非所问：“顺路。”

她绕到后头，坐到了驾驶座后面，这里号称是安全系数最高的位置。

和上次的针锋相对不同，去看守所一路，二人久久都没有开口聊天的意思。

看守所离市区有段距离，车里很凉爽，但祝瑾年还是觉得有点闷，四处看了一会儿，发现问题所在。

“有音乐吗？放来听听。”

“没有。”

“广播总有吧！”

他右手离开方向盘，按了一下旁边的一个键。食指修长，骨节分明，兼具艺术家的美感和男性的硬朗。

“……此前，美国军方发布消息称，美方曾将两架叙利亚战斗机驱逐出驻扎着美军特种部队的叙东北部城市哈萨卡……”

“请换一个台。”祝瑾年没听几句就不耐烦道，“小老百姓对这种国际局势不感兴趣。”

“天下兴亡，匹夫有责。”

“美国和叙利亚不是咱们的‘天下’。”

“同一个世界，同一个梦想。”

“我的梦想没远大到横跨太平洋去操心美帝。”

“人无远虑，必有近忧。”

祝瑾年快要被他的巧舌如簧气死了。

“你……”她忍住即将出口的恶言，深吸一口气，安慰自己别跟他一般见识。硬碰硬估计是行不通的，那么……

“聂组长，你就换个台嘛！”她柔声撒娇。

她能感到聂羽峥的肩膀很明显地一僵，而后忽然踩了刹车。

因为惯性，她整个人趴在驾驶座后背上，几秒后才坐直，原形毕露：“你干吗！”

“红灯。”他答。

她不相信地往前看了看，发现他没骗她。

“你不换台，我可要自己换了？”软的不行，只能来硬的了。

他偏头：“这很危险。”

“车又没动。”她反将一军，抬杠似的探身上前，用力胡乱拧了一下调台键，顺利换了一个频道，优美的轻音乐传出，她得胜似的坐了回去。

后座的空间很大，她安逸地靠在椅背上，转头望着窗外的风景。

轻音乐没持续多久，主播的声音传出——“好，各位听众，优美的轻音乐后，让我们回到节目中，接听下一位的来电……您好？喂，您好先生，请问您有什么困惑呢？”

哟，看来随手一调，还调到心理类节目了？兰洁斐曾提过要叫她去当嘉宾，解答一些心理疑问，她要好好听一听。

“主持人你好！我得好好感谢‘火箭炮’胶囊！它让我重新找回男人的自信了……老婆总是满足不了，都要跟我离婚了！”

不是吧……祝瑾年的嘴角抽动了一下。

2.

“原来你喜欢听这个。”聂羽峥点点头，很受教地说。

“我没……”祝瑾年急急解释的声音被广播中男人激动的大嗓门淹没——

“自从服用了‘火箭炮’，仅仅两个疗程，我就‘一站到底’，花样百出！根本停不下来……”

她听不下去了，飞快扑上前去，又扭了一下调台键。

“我想咨询一下……”“好的这位女士，您要咨询什么内容呢？”“我跟我老公结婚五年都没有怀孕，我们全家都很着急，我想问问刚才那位专家……”“嗯，那么请问您与丈夫的性生活频率怎么样？”“我们以前是一周两三次，现在……”

绿灯亮起，黑色奥迪也随着前方的车流启动，倍感窘迫的祝瑾年知道再探身上去换台就真的是自己作死了，就用力拍了拍前方座椅靠背。

“想听国际新闻？”聂羽峥语气中带着戏谑的笑意。

“想！”祝瑾年坚定地说。

几秒后，男主播正经严肃的嗓音传来——“根据民意调查，另一位宣布参加总统选举的共和党重量级政治人物阿兰·朱佩虽然在全国范围内……”

祝瑾年长舒了一口气，开始向他发难：“什么卖假药的，治不孕不育的……你的车里怎么尽是这种频道！”

“是谁动手调的频道？”聂羽峥反问。

“什么样人的车里就会收听到什么样节目。”她强词夺理，非常蛮横地下结论。

聂羽峥看出了她的狗急跳墙，以他的成熟和稳重，自然不会再和她做无聊的争辩和斗嘴，仅飞快地从后视镜中扫了一眼她的方向，她正偏着头看窗外，耳朵却染上了一抹羞怯的粉红。

祝瑾年自我调整了一会儿，清了清嗓子，将“广播事件”翻篇：“现在这种情况，小志还需要被心理评估吗？还是说，心理鉴定和精神鉴定同时进行？”

“由我先对卢酬志进行心理评估，如果确定他的行为不属于心理障碍而是精神方面的问题，司法精神鉴定才会启动。”他回答，“近几天我得到一些反馈，卢律明的妻子蔡美淑患有被害妄想症，卢酬志三岁左右时，她死了。”

祝瑾年眼睛一亮：“确定是被害妄想症？”

聂羽峥知道她心里在想什么："确定。"

"具体表现是……"

"她是个化学老师，宣称卢律明用一种高科技手段控制了她，并在她的饮食中下毒，导致她慢性铅中毒至少一年。她去过至少五次派出所，拿着医院的输液单，说自己正在进行排铅治疗，要求警察去把丈夫卢律明带回来审问、坐牢。某天放学后，她忽然失踪，两天后在市郊一个废弃的工厂里找到她的尸体，从现场痕迹上看，她攀爬厂房外的铁梯，爬到约三层楼高时坠落身亡，不能判定是失足意外还是自杀，除了警察外，周遭没有其他人来过的痕迹。"

祝瑾年皱眉喃喃自语："怪了，为什么她的假想敌也是卢律明？他到底何德何能，把自己老婆孩子逼得都不正常了……"

聂羽峥不喜跟人讨论家长里短的事，从副驾驶座上拿起一个装着知情人笔录复印件的资料袋，向后递给祝瑾年。

"可以看吗？"她相当谨慎地问。

"这有助于你全面了解卢酬志的原生家庭状况。"

祝瑾年从善如流，马上拆开袋子，一份一份认真看过去。原以为里头会充满蔡美淑的亲友对卢律明的控诉，什么家庭暴力啦、婚内出轨啦、吝啬鬼之类，谁知这些人提供的情况却挺让人扼腕叹息。

蔡美淑和卢律明的结合有点像《水浒传》里的潘金莲和武大郎，不过结局和那一对完全不同。蔡美淑长得很漂亮，但自幼丧母，家境不太好。她心气很高，常常用《红楼梦》里的晴雯自比，说自己也是"心比天高，身为下贱"。与卢律明结婚前，和一个家境非常好的花花公子同居怀孕又被抛弃，她流过产的事情就传开了，在那个时候，还是很被人不齿和嫌弃的。

她怀着一腔愤懑和不甘，经人介绍嫁给了家境也不怎么好、长相一般的大龄男青年卢律明。婚后，在外人看来他们相敬如宾，实际上，和蔡美淑走得比较近的一两位朋友知道，她非常看不上卢律明，新婚时一度拒绝跟他睡在同一个房间里。她经常打扮得花枝招展出去跳交谊舞，衬托得卢律明更显得好像武大郎一样与她不相配，那时就有不少人传说她在外勾搭了其他男人。

他们结婚四年后，蔡美淑才怀孕，“孩子不是卢律明的”传言四起，她的朋友说，从那时起，她就有点不太正常，怀孕期间常常说卢律明要给她吃堕胎药、要推她下楼、要害她一尸两命什么的。

关于这一点，卢律明的亲友说，他俩婚后感情确实不好，卢律明一再跟蔡美淑强调，是自己不计前嫌接纳了她，她就应该收一收性子，好好听他的话，做一个普通的持家妇女。每次蔡美淑出门跳舞，很晚回来时，卢律明都会去等她，一定要亲自把她接回来。其实，蔡美淑和其他男人单独约会甚至过夜的机会少之又少。

但即便如此，卢律明还是有疏忽。蔡美淑的好友说她曾经坦白，她跟一个男人有过一段婚外恋，所以不确定孩子究竟是不是卢律明的，加上卢律明独占欲和控制心都很强，所以很怕他要害她。

孩子出生后，蔡美淑开始发胖，一个人带孩子的劳累和身材的走形让她没办法像以前一样出去交际、跳舞，很多人见到她的第一句话都是“你变了好多，我都认不出你了”。

小志和卢律明长得很像，所以这个孩子是卢律明的已是个不争的事实。蔡美淑被爱哭闹的小志搞得很烦躁，和卢律明的矛盾升级，生活上遇到一丁点烦心事就情绪失控，说他害了她。

蔡美淑的朋友说，真正使她陷入不正常的是某次她们在早点摊吃完早餐，偶遇蔡美淑的前男友，就是那个抛弃过她的富家子弟，他正好从一家高档早茶馆走出来，依旧风度翩翩，身边的妻子打扮入时、身材婀娜，牵着一个大眼睛、平刘海的可爱女儿。蔡美淑认出了他，而他不知是故意的还是真的忘记了，根本没认出她，一家三口从她们面前经过，上了一辆凯迪拉克。

朋友一直记得蔡美淑当时的眼神，震惊、欣羡、羞愧、嫉恨交织，还长长吐了一口气，说："我这辈子！错了！完了！没了！"

之后，蔡美淑就变得神神道道的，课也不好好备，渐渐地，学生家长就有了意见，学校让她回家休养，换了一个化学老师接她的班。

碍于面子，卢律明没有带蔡美淑去求助心理或者精神科医生，只让她在家继续带孩子、做家务。由于卢律明的洁癖很严重，蔡美淑不得不一遍又一遍擦着家里所有东西，一刻不得闲，并且经常跟别人说，如果哪里做不好，卢律明就会要她死。

因为没有收入，生活变得更加拮据，卢律明控制着家中的"财政大权"，蔡美淑的生活水平和精神状态双双下降，回天无力。她不断追悔过去，拒绝看清现实，成天胡思乱想。

后来的事就像聂羽峥一开始说的那样，蔡美淑的被害妄想症越来越严重，终于走向了不归路。

看完之后，祝瑾年心里有些不是滋味。

小志对他的亲生母亲而言，不是一个受欢迎的孩子。蔡美淑把自己的现状全部怪罪于卢律明和小志的出生，她心里总有一个高高在上、出人头地的梦，梦碎之后没有及时认清现实，把自己毁了，还直接给小志带来一个没有母亲陪伴的童年。

心比天高，身为下贱？这样的心境或许很多人都有。初恋失败后，如果蔡美淑不自暴自弃，而是自强自立起来去寻找一段适合自己的婚姻，恐怕结局就会有所不同；又如果，蔡美淑和卢律明结婚后能得过且过、互相忍让，现在也能勉强维持一段老夫老妻的平静生活。

祝瑾年又翻了一遍文件袋，并没看到关于当年溺水事件的资料，看来，那次事件还没调查清楚。

“有的人根本没做好准备当父母，就干脆不要生孩子。生了又不好好养，把孩子一辈子都害惨了，自己也没落什么好。”她重重地把文件袋放在一旁，满肚子的感慨，只化为这一句。

眼看目的地快到了，聂羽峥适时提醒她：“这次，你以卢酬志曾经的心理疏导师身份与他会面三十分钟，以交谈为主，不允许对他进行心理攻坚或者其他审讯人员才会用的手段，他没有必须说的义务，另外，也有保持沉默的权利。这是心理分析人员的一个原则，要严格地和警察区分开。”

“我能把握，你放心。”祝瑾年心里涌起一阵小激动，“再说，那些什么审讯手段，我又不是刑侦专业的，想用也不会用。”

路的尽头就是鹏市第二看守所的大门，里头环境幽静、绿树成荫，时不时还能听见悦耳的鸟鸣。

“环境还挺好的……”祝瑾年下车时感慨。

聂羽峥抬眼见她一脸陶醉，直接泼了一道冷水：“怎么，也想来住一阵子？”

祝瑾年白了他一眼：“不想。”

“聂组长再次大驾光临，咱们这儿蓬荜生辉！上次陈局长还特别提到你，说你年轻有为，前途不可限量啊！”看守所所长是个中年女人，笑脸迎人，声音洪亮。她身边的几个副职领导也一一跟聂羽峥打了招呼。

官场上的话，夸张之余，都是那么顺耳好听。

所长似乎跟聂羽峥很熟络的样子，和他一路交谈着。

祝瑾年听所长介绍道：“卢酬志还算配合，偶尔情绪失控会乱摔东西，但没有自残或者自杀的倾向。他经常对着我们干部（狱警）叫什么爸爸带我走之类的，有时候看着很可怜，不知道为什么会做那种事。”

3.

聂羽峥和祝瑾年不是以审讯人员的身份前来，因此小志并没有以提审程序安排去审讯室，而是去了判决前律师会见的地方。

“我一个人进去。”

“你自己进去。”

他俩同时开口，观点出奇一致。

祝瑾年点了点头，聂羽峥留在走廊上，目送她在两个狱警的戒护下进去。

一个大房间内，小志穿着看守所统一的马甲站在中间，身后站着个高大的狱警。他很憔悴，瘦了很多，明明是十八岁少年，看上去就像三十来岁的游民。他很紧张，双手机械地搓动着，对祝瑾年似曾相识，又想不起在哪里见过的样子。

祝瑾年下意识地理了理裙摆，自己今天的打扮和那回的休闲运动风格截然不同。

“小志，你好，还记得我吗？”

小志呆滞地看了她很久，忽然，好像受到什么提点，指着她“啊”了一声，就要冲过来，却被狱警制住。

他低着头安静下来，咬了咬嘴唇，一如祝瑾年初见他时腼腆羞涩的模样。忽然，他又抬起头，诡异地咧嘴笑，同时一直盯着祝瑾年，像在看她，但目光好像透过她看到她身后去。

祝瑾年看了看身后，只有两个狱警。也正是这制服笔挺的狱警给了她胆量，否则她一定会后退至门边。

“你！我知道你……哈哈，我知道……”他像是在自言自语。

“你知道？”

“别装了，我知道你，嗯嗯，我知道。”小志瞪大眼睛，一个劲儿点头，抻长了脖子，“我知道你的秘密，以为我看不出来？”

“我的秘密？”

“你就是眼睛，偷看我……哼哼。”他忽然露出令祝瑾年倍感熟悉的笑，这笑，他在快餐店里也露出过。

眼睛？难道自己在他眼里，不是一个具体的人而只是一个器官了吗？祝瑾年心里起疑，想起在小志家里的事，便主动解释：“我是你爸爸一个朋友的女儿，我们见过面，在你家的时候。”

“不是！”小志出声打断她，“你是我爸爸的眼睛！你在看着我！”

“为什么这么说，能告诉我吗？”祝瑾年耐心道。

小志得胜似的扬起下巴，像个守着秘密不肯告诉陌生人的孩子，剧烈呼吸着，眼神迷乱。

之后，祝瑾年再问什么，他都不肯开口，时不时防备地看看她，嘿嘿笑一下。他本就不善言辞，现在更是乐于沉默。

坐在监控室里的聂羽峥面对安静得好像一出哑剧的画面，静静等待着祝瑾年下一步行动。

“他进来的这些日子，据我观察……”所长坐在一边说，“和那些故意疯疯癫癫装精神分裂来逃脱法律制裁的嫌疑人不同，他不是装的，精神状态确实异常，有点间歇和反复性，他眼睛看到的东西和我们能看到的不太一样，当然，他看到的肯定是幻觉。”

“举个例子。”聂羽峥建议。

“他总是能看到他爸爸，有时不止一个！而且他用的名词也很怪，我们说人，都是‘一个人、两个人’，或者是‘一位某某、几位某某’，他呢？居然说什么‘一片爸爸’‘两块爸爸’之类，就算是见鬼，也没听说什么一片鬼、一块灵魂吧！”

“他的‘爸爸’都出现在什么位置？”

所长摆摆手：“不是凭空出现的，他会把我们几名干部认为是他爸爸，就好像刚才，他把你带来的那位心理咨询师说成是他爸爸的眼睛。他刚进来的时候，总想在墙上画什么记号，被我们干部阻止了，这种行为在咱们这儿是绝对不允许的。”

画记号……难道又是画“正”字？

“嗯？她要做什么？”所长指着监视屏。

聂羽峥的目光又回到屏幕上，只见祝瑾年从包里拿出一张白纸，放在房间中央的桌子上，顺带给了小志一支黑色水彩笔。

“投机取巧。”马上会意的聂羽峥评价道，虽用了个贬义词，但唇边带着一丝笑意。

小志握着笔，有些迟疑，过了很久才慢慢在纸上画着祝瑾年要他画的房子、树和人。她刚才说，除了这些，如果还有什么其他东西想画进去，也可以。

十分钟后，他把自己的画往前方一推：“嗯……给。”

祝瑾年草草看了一眼，眉头忽然一皱——这幅画太有挑战性，足以成为“房树人”心理学的经典案例，很多她一时反应不过来的符号，还得回去好好查一查书。

慢着，她一时想不起来，作为专业心理分析的聂羽峥会不会……

这是我的主意，干吗会想到让他插手？祝瑾年鄙视自己。会面时间眼看要到了，她只能先行离开，暗搓搓地把小志的画折好放进包里，打算独自好好研究一番。

哪想到，狱警带着她一路走到了监控室，门一开，只见聂羽峥和所长坐在里头，他们面前的监控画面正是刚才她和小志会面的房间。

祝瑾年心里明白了七八分，想对聂羽峥冲口而出的一句“你监视我干吗”硬生生吞下去，换了副微笑的表情，拐弯抹角地问所长：“刚才我应该没有什么不当言论或者举止吧？”

“没有没有！你放心，这都按照我们规定的程序来的。”所长笑着回答。

“所有人跟嫌疑人会面，都需要全程监控吗？”她假装好奇，“连聂组长都要？”

“这要分情况。”所长耐心地解释，“如果是辩护律师，他有权利要求单独会见，我们不能进行监听。其他办案人员，我们是会录像以备检查的，聂组长当然也是一样会被监拍监听。”

祝瑾年受教地点点头，心想，看来我那张画是藏不住了。

聂羽峥起身，车钥匙握在手里，像是要走。她几步赶上，问：“聂组长不跟小志聊几句吗？”

“他与陌生人有沟通障碍，我见过他两次，他把我当成警察，排斥度很高，不愿意透露任何心理活动。目前，只有你能让他安安静静坐在原位画画十分钟。”

“你听见了吗，他说我是……眼睛。”祝瑾年顿了一下，补充道，“卢律明的眼睛。”

聂羽峥转身对所长比了个“请留步、再见”的手势，回身示意祝瑾年跟他走，同时问：“他的精神状态与你第一次见他时相比，如何？”

祝瑾年惋惜地摇摇头，默了一会儿：“他的那些言论已然不像是一个具有正常认知水平的人了。他有自己的一套逻辑，暂时能控制自己的身体，但对一些事物的是非感很模糊，而且他的那套逻辑，我感觉……也有点怪异。”

“心理障碍和精神病之间的界限之一就是当事人自知和不自知。”

聂羽峥垂眸复又抬眼，周遭一片绿荫纵然让人感觉清爽，可不远处的岗哨和围墙上的铁丝网又一再提醒你这里并不是个放松之处，“对卢酬志的司法精神鉴定在所难免，但我必须弄清楚他的心理和精神走向异常的原因。”

“以便这学期为难学生吗？”祝瑾年不合时宜地反讥道。

他不怒反笑：“是不是恨不得早点认识我？”

“是啊，相见恨晚。”她自嘲道，“说不定还能得个 99 分。”

“作为一个不及格的考生……”他挑眉斜睨她，“你还坚持，他是被害妄想症？”

祝瑾年卡壳了。

“上车。”他走向自己的车，没有提赌约的事。

那一刻祝瑾年觉得，他根本不在乎那个赌注，她一时的逞强在他看来或许就跟小孩子过家家一样。她聪明地也没有去提，依旧坐在后座，车子启动后，从包里拿出小志的画。

广播里还在播报着国际局势，可能是不想打扰她的思考，他调小了音量。

这张可能包含小志大部分内心状态的画对祝瑾年来说弥足珍贵，同样，对警方也是如此，说不定还关系着小志最后的量刑。

她虽有些气盛，可毕竟还是识大体的人，犹豫再三，掏出手机拍了几张全景和细节图，之后把画纸放在副驾驶座的资料袋上，意思很明确——留给警方取证用。

专心开车的聂羽峥余光瞟见她这个动作，便往副驾驶瞥了一眼。

“你有结论了？”他沉声问。

“暂时没有，我想回去慢慢研究。”

“下次，什么时候有空？”

“你要干吗？”祝瑾年防备地问。

“心理分析会，我想听听你的看法。”他默了默，忽然轻笑一声，“难不成，你以为是约会？”

“周四上午。”他的语气真让人不爽，祝瑾年冷声回答，“明后天我都没空。”

他点点头：“来访者多吗？”

“还能应付。”她答，一会儿，问他，“你挂着主心理师的名，却几乎不去工作室，这样合适吗？”

“我的重心是心理鉴定。至于咨询，就像你说的——你们完全可以应付。”

“你查了这么久，警方的调查结果你都能第一时间看到。”祝瑾年再次发难，“难道连个思路都没有？”

“有。”他答，“我需要一些更能证实我推论的细节。”

祝瑾年心里涌起一阵紧迫感，好像一个奋笔疾书的考生在考试时间还剩五分钟时发现邻座的对手已经连最有难度的附加题都写完了。

路遇红灯时，祝瑾年余光见他向后要递什么东西给自己，低头一看，他手里握着一部手机。

“号码。”他解释道，“我不是每次都能‘顺路’。”

“你向女士要电话的方式毫无趣味。”她接过手机，屏幕上已是添加电话本的页面。

“凡是有趣的要电话方式，目的都不单纯，祝助理。”他说，意思是，他的目的非常单纯——工作联系方便。

祝瑾年心想，既然他不怎么来工作室，又不做心理咨询，恐怕此次“工作联系”后，他们再联系的概率很低，最多逢年过节，她的免费短信还有剩余时不小心给他来一条群发拜年，什么“我怕三十晚上的鞭炮太响，怕初一的祝福太多……”。

她一边想，一边输入自己的办公室电话。

这么毫无趣味的要电话方式就要配上这种无聊的办公电话才搭啊。

手机还回去时，她看见他抽空低首瞄了一眼，似乎没什么不满的样子。

是啊，工作联系嘛，能在上班时间找得到人就好。

4.

接下来两天，除了去学校做义务心理辅导外，祝瑾年都闷在办公室里研究小志的画，翻了很多以前的课本，上网查了不少资料，小志的内心形象一点点在她面前丰满起来。

周三下午，原定要进行梦游症咨询的客户按时来了。对方戴着个口罩，一身白色连衣裙，穿着十分朴素清爽，齐眉的平刘海，后面扎着一个长长的马尾辫，不知用的是哪款香水，味道挺特别，但祝瑾年不太喜欢。引人注意的是，她左手腕上戴着一个造型夸张的手镯，有点重金属摇滚风，似乎跟她的打扮格格不入。

“你好，我叫欣雪，叫我小欣或者小雪都行。”她微笑着向祝瑾年做自我介绍，落落大方。她的嗓音低沉沙哑，加上一直没摘下口罩，不知是不是因为感冒。

“你好。”祝瑾年递上自己的名片。

“我在你们工作室网站上见过你的照片。”欣雪很有礼貌地双手接过，“不得不说，你真人比照片更漂亮。爱美之心人皆有之，可能和大多数人一样，我倾向跟一个赏心悦目的咨询师袒露心事。”

一番话中的马屁拍得滴水不漏又不过分夸张，让人听了身心舒畅。

刚才欣雪接名片时，祝瑾年刻意盯着她的左手。果然，女人的直觉很准，造型夸张的手镯下有几道狰狞的疤痕，看走向，应该是割腕留下的。

她不禁想，难道欣雪也是一个曾经受过情伤、寻过短见的傻女人？

“睡眠不好吗？”她委婉地问，顺便还小小地回拍了欣雪一个马屁，“你的皮肤很好，也没有黑眼圈，并不像是被睡眠问题困扰的人。”

说起这个，欣雪脸色一变，低着头，似乎在组织语言：“坦白说，我觉得……我会梦游。”

“‘觉得’——也就是说，没有人亲眼见过，你自己也不是很确定？”祝瑾年追问。

“是的，我一个人租住在一个小区里。房东把那套房子隔了三个房间，我在其中一间，因为作息规律不同，和另外两个租客谈不上认识。”欣雪打开了话匣子，“我在一个私人舞团，有时我们团也会去外地商演，住在酒店或者宾馆里头，跟我同住的姐妹并没发现我睡觉时会无意识地起来，我自己……嗯……可能偶尔会梦游吧。”

“你是怎么发现自己梦游的？”

“我第一次产生这样怀疑是……去年冬天的时候，我晚上洗了些衣服，因为太冷了，我想着先玩会儿手机，临睡前洗漱时再去公共阳台晒。可我那天玩着玩着就睡着了，第二天早上起来发现，衣服已经晒好了。”欣雪表情悚然，“一开始，我以为是某位同租的人顺手帮忙，觉得很不好意思，刚想写个字条塞进他们门缝里道谢，却发现我装衣服的筐放在自己房间里！就算是他们帮我晒了衣服，也不可能把筐放回我锁着的房间里啊！”

听上去像闹鬼。

“有些人执念很强，半夜忽然挣扎着爬起来把衣服晒了，第二天早上全忘记也是有可能的。”祝瑾年说这句话时想到了兰洁斐，这姑娘是拜仁的超级球迷，有次欧冠她看着看着睡着了，可能心有不甘，忽然醒来恰好看见最后的比分，发了条微博后又睡死过去，第二天居然嚷嚷着不知道是谁盗她的号。

“如果第一次是我记性不好，那么之后好几次类似的事件出现，就不得不让我怀疑了。”欣雪说，“昨晚吃剩的快餐盒早上自己跑到了门口、忘了按下开始键的面包机第二天居然做了个面包，还有……我有次故意试探自己，把没电关机的手机放在桌上，第二天起来，已经充满了电！像闹鬼一样！”

祝瑾年觉得，她家即使真闹鬼，始作俑者也是一只勤劳的田螺姑娘。

欣雪陷入回忆中，双手交叉抱着自己，有些瑟缩：“我睡前故意擦掉了手机屏幕上所有指纹，但你知道吗……我看到了上面印着的指纹，就是我自己的！”

说着，她竖起右手大拇指，那儿有个斜斜的伤痕，很深，即使用肉眼也能轻易分辨这个指头的指纹。

祝瑾年若有所思地点了点头：“所以，你觉得自己半夜会梦游。”

欣雪耸耸肩，显得很无奈：“我想知道自己梦游时究竟会去干哪些事、有没有危险，还有，会不会有自己的思想……我甚至尝试装一个摄像头在自己房间，录下梦游时的一切，可只要我录像，就从来不梦游。”

这时，祝瑾年开始适时地暗示：“梦游确实会带来一些困惑，但我听你的描述，你在梦游的时候都在进行睡着前没有完成的工作，可以说，是在帮自己完成一些事情。所以，这些事不危险，也不莫名其妙，都是符合你生活规律的，也没对你个人产生什么负面影响。或许你在日常生活中，是一个比较执着的人？”

欣雪肯定地点点头：“嗯，我很执着，有点认死理，有时还挺钻牛角尖。”

“每个人都有独特的个性，所以我们的世界才这么精彩。”祝瑾年用一个轻松的微笑来缓解欣雪过于紧张的心情，“梦游的成因大多是心理压抑，80% ~ 90% 的梦游行为都代表内心的真实想法。可见，你的真实想法只不过是把未完成的家务完成，说明你其实是个很贤惠的人。”说罢，她又幽默地说，“如果你梦游时去抢劫银行，那可真成问题了！”

“原来是这样！我可能真的太执着了。”欣雪舒了一口气，“可是……我怕自己将来结婚后，被老公发现有这个症状……唉！”

“梦游并不是一辈子的，也不是你天天的‘必修课’。刚才你说自己的作息不规律，和上班族不同，我建议，以后渐渐调整一下——按时睡觉、按时起床，练舞累了就停下，吃胖了一斤也没什么大不了的。再说，即便还偶尔存在，跟自己的伴侣坦诚说，如果他连这个都接受不了，也配不上‘白头偕老’这个词了。要知道，男人睡觉打呼噜可比你这种偶尔梦游干家务要烦人得多，而且，他们可能天天都打，还越打越大声！”

为了增强论证，祝瑾年还学了两声夸张的打呼噜声。

欣雪忍不住笑出声。

“让你感觉困扰的，究竟是可能会梦游这件事，还是梦游被人发现、有点丢脸？”

欣雪想了想：“我也不太清楚，就是觉得自己总是感觉到一阵无形的压力，有时心里慌慌的。”

“确实，很多心理问题都是由于压力产生的。”有时候，访客的心理问题和他们自己所描述的或者所表现出的行为根本是两码事。想到这里，祝瑾年上前，为她调整了一下座椅靠背的角度，“我们来玩一个简单的想象小游戏，放松一下，也清理清理你脑中所谓‘慌慌’的情绪，怎么样？”

欣雪近乎半躺着，双手交叠放在自己腹部：“好。”

“需要摘掉口罩吗？”

“不行！呃……我的意思是，最好不要，我感冒了，不想传染你。”

“OK，小雪，你可以闭上眼睛，让自己安静下来，想象一下自己正沿着一条小路走向一所房子。”祝瑾年尝试用意象对话，开始了解欣雪的内心，“能不能告诉我，你看到房子了吗？”

“唔……看到了。一个小平房，像自建的。”

“请你走进去。”

“门关着，我没有钥匙，怎么进去呢？”

“钥匙就在你口袋里，你试着把门打开。”

“哦，好，打开了，可是里头没有灯，很暗，我什么都看不见。”

祝瑾年蹙眉：“我们马上把灯打开。Ok，你看清楚了吗？”

“嗯，都看到了。虽然外头看上去挺小，里面倒挺宽敞的，分了两间，有两个门，一个门开着，另一个门关着。”

“再试着走进去看看。”

“好……里头很漂亮，都是木质的家具，床单、窗帘都是粉色的，小茶几上有一个插满鲜花的花瓶，墙上还挂着好多幅油画，我站在窗户边往外看还能看见外面的树。”

“这个房间可真不错，像是女孩子住的。桌上的花是什么样的？”

“五颜六色，玫瑰、向日葵、桔梗……很多，很漂亮。”

祝瑾年颔首，鼓励道：“你可以挑一朵带走，去吧。”

“那太好了！哎呀，算了，我想拿朵玫瑰，可是每朵玫瑰枝条上都是刺，就不拿了吧！”

“好，那你再走出来，去另一个房间看看。”

欣雪默了一会儿，然后皱了皱眉：“我打不开门，敲了一会儿，没人来开。”

“门是什么样的？”

“跟刚才那个房间的门不一样，是黑色的，很厚，没有钥匙孔，没有把手，不知道从哪里开。哦，我知道了，这可能不是一个房间，是地下室的入口吧！”

“地下室里会有什么东西呢？你能不能猜一猜？”

“关着门不让进，感觉是什么可怕的东西，比如，被封印的恶龙或者是妖怪，又或者是什么被诅咒的东西……天啊，太恐怖了。”

祝瑾年感觉到她的不安，适时停止引导，说：“也许是一大堆的金银财宝呢？既然无缘一见，就算了吧。请你退回到另一个房间，看一看粉色的窗帘和户外的美景……怎么样，感觉还不错吧？”

“是的，还是这个房间好，又干净又有阳光，我喜欢。”

……

意象对话结束，欣雪睁开眼，似乎还陶醉在那个温馨的房间里。

“谢谢你祝老师，来之前我还一直很担心自己的梦游症是丢人的大问题，可和你聊了一下，觉得也没什么大不了的。”

祝瑾年笑，心想，从这次的意象对话中看，欣雪想象出的玫瑰、窗户、门等等，表示她个性开放，但遭受过情感方面的打击，对自我认识不清，内心有个闭塞的角落，对一些事心存恐惧，想象出的房间过于美好，意味着她还有一点点癔症倾向。尤其值得注意的是，她看见了墙上挂着的油画，这个意象和荣格说的人格面具有关，似乎外界对她有一种强烈的要求，而她不得不按照要求给自己戴上人格面具。

她教了欣雪一些自我放松的方法，以及如何用积极的目光去看待周围的一切，欣雪看上去真的很高兴，人还没走就用手机登录工作室网站，在电子评价表的“很满意”后面打钩提交。

“拜拜！”她走到门口，回身一笑，抬手再见。

祝瑾年抬手摆了摆，忽然看到欣雪的夸张手镯，总觉得她身上还有一段故事。当时的祝瑾年没有想到，这次梦游症的咨询，只是欣雪这个特殊人物的一个序幕而已。

祝瑾年在休息室坐了一会儿，回到办公室时恰好电话响起。

她轻轻提起话筒，嗓音温柔："喂，您好，荒漠甘泉心理工作室，我是……"

"祝瑾年。"连名带姓，不带一丝个人感情，严肃正经得就像大学教授上课点名。

"聂……组长。"祝瑾年换了个语气，似笑非笑，比起"聂总"，他的身份还是更符合"组长"这个称呼。

"明早十点，支队会议室。"

他说话的时候，祝瑾年飞快地按了一下来电显示键，发现他使用的也是座机，估计也是办公电话一类。

"你顺路吗？"她无赖地调侃他。

"不顺路。"——意料之中，毫无风度。

祝瑾年笑："好吧，我尽量准时到。"

他马上接话："必须准时到。"

"能拿交通发票找财务报销吗？"她故意抬杠。

"可以。"他回答，放缓了语速，"你坐飞机来，我报。"

毫无诚意！

她若不是没时间陪他玩，真会坐趟来回飞机，拿着机票找他报销。

挂了电话，她翻开被自己写得密密麻麻的笔记本，心想，我倒要看看，聂羽峥能分析出什么课本中没有的新结论。

5.

第二天早上九点，到工作室打完卡的祝瑾年在请假理由中输入"配合警方调查"，发送给杜格致。没一会儿，他果然拒绝了请假要求，敲开她办公室的门。

“我听说羽峥在带你做一个心理鉴定的Case，你要去支队，算是公事，不算因私请假。对了，事情还没水落石出？”

“我是刚好和这事有瓜葛。”祝瑾年觉得他用词不准，在她看来，聂羽峥根本不需要她的帮忙，“他们把重点放在了嫌疑人的心理分析，因为嫌疑人的动机目前不是很明确。我等会儿就过去。”

杜格致笑道：“妥，去吧。”

祝瑾年比了个“OK”的手势。

“对了……”他上前几步，坐在她办公桌前的转椅上，抬眼看住她。她今天穿着套正红色针织连衣裙，一条黑色宽皮带环绕在腰部，明艳的色彩衬得皮肤更加白皙。

“月底，有空吗？”

祝瑾年眨眼：“嗯？”

“有个小范围的同学聚会，你要不要考虑参加一下？能认识一些圈里圈外的人。”

“都是你的同学，我就不去了吧。”祝瑾年笑了笑，“除了你，估计谁也不认识，不太习惯那样的场面。”

杜格致摆摆手：“也不都是我的同届同学，上几届、下几届都有，沈子平说他有空的话也会参加。”

这是个比较委婉、聪明的邀约方式，杜格致如果单独约她出去吃饭、郊游之类，目的性太明显，两人单独相处时一旦话题接不上就显得尴尬，但一群人就不一定了。大家插科打诨，开开玩笑，相处时更加轻松惬意，说不定还有人帮着撮合。

祝瑾年也不傻，杜格致的意思她心里明白七八分。这个学长一直对她不错，在学校时，她见过他女朋友。当时只觉得自己和他是普通校友的互相帮助，进入“荒漠甘泉”工作后，听说杜格致的女友因为要出国留学，已经跟他分手了，后来，连兰洁斐这种傻白甜都看得出来，杜格致想挖墙脚。如今杜格致知道了她已恢复单身，采取一些行动也是早晚的事。

想到那天在学校门口看到郝易期和他的新女友，祝瑾年看了看仪表堂堂的杜格致，扬了扬嘴角：“应该有空吧。”

“那行，到时候再约。”杜格致点点头，看了看表，心情很好的样子，“我九点半约了个客户，先出去了。”

“拜拜。”

发展办公室恋情，这并不明智——心底有个声音这么对她说。

罢了，随缘吧。祝瑾年不是矫情的人，如果她和杜格致深入相处下来觉得他确实不错，继续发展也不是件坏事，如果觉得他并不适合她，大不了谢绝他的示好，他也不是那么小气的男人。

九点二十分，祝瑾年走出大厦，向左张望着是否有出租车驶来。繁华地段车辆很多，就是……空出租车比较少。她存了一笔钱，计划明年买辆车代步，十来万的就好。

正想着，一辆闪着转向灯的黑色奥迪从车流中缓缓靠边，稳稳停在了她跟前。

有些熟悉的车型，但这座城市里开这种车的并不只有他一个人。她有些愣愣的，瞪着这辆停在自己跟前的车，直到开车的人降下了副驾驶的车窗，她才看清，确实是聂羽峥。

许是今日阳光有些刺眼，他戴着墨镜，原本就很英俊的眉眼被黑色镜片一遮，反而锦上添花。

她有点愕然，不单为着扑面而来的帅气，更为“不顺路”的他为何能适时出现在这里。

“你要发傻到交警过来开罚单？”他皱眉摘下墨镜，这里并不能长时间停车。

“哦。”祝瑾年回神，下意识拉开车门，坐进去才发现，自己坐到了副驾驶座。

她揉了揉鼻尖，低声嘟囔：“你……不是不顺路吗？”

“我怕你一个人……”他说了半句就停了下来，偏头看她一眼。

不是吧，他担心我一个人去支队的路上不安全？笑话！祝瑾年也皱了皱眉，他看上去不像是会操心自己安危的人。

“——真的跑去坐飞机。”他说出了下半句话，嘲讽地勾了下嘴角。

“你还真了解我。”这句话，祝瑾年是发自内心的。

聂羽峥嘴角扬了一扬，没有接话。

祝瑾年百无聊赖，四处乱打量着，掉在脚边的紫色小花、中间真皮扶手上的杯垫，底下还压着几张像是名片的东西……忽然，她眼睛一亮，摸了摸空调出风口，触感有些冰凉，想了几秒后，她说：“咖啡还没喝完，就被人叨叨得挺烦躁吧？确实，坐在车里还清净些。”

没头没脑的一句话让聂羽峥不禁偏头看了她一眼：“什么意思？”

祝瑾年狡黠地笑了笑：“一开始，你坐在大厦斜对面的TUTU咖啡露天座对不对？是不是好几个人搭讪或者直接要你联系方式？”

这话再次让聂羽峥对她投去一个试图探究的眼神。

祝瑾年从座位侧边捡了一个什么起来：“这朵紫色小花让我意识到，你很有可能把车停在对面某处，还未关上车窗时，它不巧掉了进来。街边两排一模一样的绿化树，对面那排长势喜人，每到这个季节就开满这种花，很漂亮，可写字楼这侧的呢，却从不开花。接着，我看到了你随手放在中间扶手上的这个圆形杯垫，包装都还没拆。”

说着，她指了一下："……看起来很廉价，且车里莫名其妙出现一个杯垫挺不符合常理的，这应该是你刚拿到不久但根本不想要的东西，所以不可能是你买的，那么，就可能是免费得到的。路上捡的？朋友送的？当然都不可能，你不至于连这点便宜都要贪。只有一个可能——赠品。"

她停了下来，看了他一眼，像是求证。

感受到她的注视，他开口道："说下去。"

她撇了一下嘴，不满他这样的回应，可还是继续说了。

"总不可能买一套房子，送一个杯垫吧？你买的东西可能也不是很贵，就成本来说，送一个可能连一块钱都不到的杯垫对商家来说不是负担，但一定程度上还是能起到诱惑消费的目的。什么类型的商家在消费者购物时选择送杯垫比较顺理成章？我很自然地能想到杯子。没什么人会因为送杯垫就去买一个杯子吧？我觉得，商家搞促销的应该是杯子里的东西——"她打了个响指，自顾自说得挺高兴，"停在某处、杯子、杯垫——我想到了饮料，以我对你浅薄的理解，你绝不会去喝小女生爱喝的奶茶和果汁，所以其他几家甜品、饮料店可以排除，进而我想到了对面几家咖啡馆。"

"不，你挺了解我的。别忘了你曾把我精辟地定性为'心理扭曲的超级变态'。"他插话。

祝瑾年翻了个白眼，没理他。

"所以这个赠品杯垫应该是某咖啡馆的促销活动之一。"说罢，她拿起杯垫翻过来，果然在另一面上看到 TUTU 的 Logo，杯垫底下果然压着几张名片，她刚才就发现了。

"你所在的那个咖啡馆可以直接看到松海大厦的出入口，所以不可能是距离比较远的那几家。离大厦比较近的一共三家而已，其中一家，也就是我刚才说的 TUTU 有露天座，离能停车的位置也很近，方便你看见我出门后，马上开车到前面掉个头过来。呵呵，谢谢你。”她非常没有诚意地一边假笑一边道谢。

他不为所动：“继续。”

“TUTU是一家创业咖啡馆，很多怀揣创业梦想的人都聚集在那儿，当然也有一些上班族，比如我，有时也去那儿吃个三明治套餐。你开着这么好的车，下车往那儿一坐，一部分人以为你是来找项目的投资人，也让另一部分人觉得有机可乘。让我冒昧地看看你收到的这些名片……”她伸手拿起那一小沓卡片，一笑，“三个男的，六个女的，其中，六个女性都把自己的微信号补在了名片后头。我想得没错，想跟你约……”

她适时住嘴，咽下了未出口的那个“pao”的发音，重新说：“想跟你互加微信、没事聊几句、点个赞，幻想着发展一段恋情的女性比想找你投资的创业者多了一倍。”

把它们放回原处，祝瑾年遗憾地想，名片没怎么整理地被压在杯垫底下，估计下车后他就准备一齐扔掉。

黄灯闪烁着，聂羽峥放慢了车速，在红灯亮起时恰好停在了白线后头，转头看住她：“你怎么知道我又回到了车里？”

“空调。”祝瑾年回答，“我刚上车时，发觉车上温度比外头低很多。从马路对面掉个头过来，如果没有遇上堵车，最多一分多钟，假设你是从露天咖啡座直接上车开过来的，短短一分钟里开个空调制冷，然后关掉空调开窗户，这不是没事找事浪费钱吗？刚上车时，很多司机都会习惯性地把所有窗户打开透气，上次，你去看守所时也是如此。所以我觉得，你为了避开那些塞名片的人，应该早就上车了，因为不想继续收名片，所以没开窗户，选择开空调来保持车内的凉爽，见我出来后，你把车开到这一侧来，同时关了空调、开窗透气。”

她说完，深吸一口气，将紫色的小花托在手心里，抬手挨着车窗，一阵风吹来，小花随风而去，她拍了拍手，扭头问："我说得对吗？"

聂羽峥没有回答，安静地和她对视着，她漂亮而明媚，眼中洋溢着自信和睿智，还有约莫一丝桀骜。

"一直盯着我做什么？"她不满地移开目光，调侃道，"我成功引起了你的注意？"

他收回目光看向前方，食指在方向盘上有一下没一下地敲击着，像是在等待红灯读秒。

"很好，你分析一下，我为什么要亲自接你？"

"反正不是因为想追我。"她夸张地耸耸肩，表示——I don't care！

他的食指停止了敲击，车里变得很安静。

"如果是呢？"

祝瑾年心跳漏了一拍，好像很冷似的，缩了缩肩膀："大白天的，别讲鬼故事。"

车内又安静下来，她有些不安，兰洁斐说她总是嘴上不饶人，说话不留余地，现在氛围变得有些僵，但……她确定他那就是句玩笑话。

"卢酬志溺水事件的调查结果昨天出来了。"他转移了话题。

好吧，真的是句玩笑话——祝瑾年放心下来。

6.

还是上次那个会议室，祝瑾年也和上次一样，坐在最后一排角落的位置，撑着下巴、半眯着眼睛望着聂羽峥。

的确赏心悦目，然而，高不可攀——刚才，她看到他把一沓名片毫不留情地扔进了电梯旁的垃圾桶里，廉价的杯垫被他带了上来，顺手放进茶水间的抽屉里，服务大众。

他的目光飞快地扫过她的脸："卢酬志的心理状态是此案的难点，同时，也是重点。我的助理祝瑾年是第一个发现嫌疑人可能存在心理障碍的咨询师，和嫌疑人接触的时间比我们在座每一位都早。"

等等，他居然当着所有人的面说我是他的助理？祝瑾年错愕地眨眨眼。虽然，她名义上是。

"看守所里，她引导嫌疑人动笔作画……"聂羽峥用下巴指了一下幕布，"这幅画对我们来说，非常珍贵。我也相信她的一些判断和意见会使案情更加明朗。"

这番话说得真漂亮，祝瑾年都忍不住要站起来为他鼓掌。原来他来接她，是看在她引导小志画了这幅画的份上给她当一次免费司机，她差点感动得要忘记他们之间关于鲱鱼罐头的赌约了。

希望他已忘记。

"小祝，你坐到前边来吧。"沈子平笑着对她招招手。

祝瑾年公式化地笑笑，坐到了前几排去。

沈子平恢复严肃："卢酬志对自己的溺水事件描述得太含糊，可以说，我们调查的难度很大。但是……"他话锋一转，拿出一个物证袋，里头装着一份半新不旧的剪报，"不知道是谁，给我们寄来了这个——"

聂羽峥眉心一蹙，昨晚他只听沈子平在电话中说溺水事件有眉目了，没想到还有这么一出。

见聂羽峥露出那种表情，沈子平释然，摇摇头："查过了，检测不到指纹，也没能找到投信邮箱附近的监控。呵，这热心市民还挺神秘。"他不以为意地说，"我们试着顺着剪报查下去，还真查出点东西——这是关于卢酬志溺水事件的调查，不知道这次事件对他心理、精神上的变化有没有什么影响。你先看看。"

聂羽峥接过报告，飞快地扫了一遍。

祝瑾年挺好奇，盯着他手中那几张纸。抬眼，他发觉了自己的目光，直直和她对视，眉眼英俊，黑眸如潭，时间仿佛在那一刻静止，视线所及，都是他的特写镜头。她心跳略快，不禁移开目光看向别处，他却朝她走来。

将报告放在她手边，聂羽峥未发一语，又走了回去。

祝瑾年翻开，看了几段，眉心微蹙。

小志初三暑假那个时间段里，只有一条提及溺水的新闻。主角是一个平时挺能游泳的男子，三十来岁，新闻里头说，该男子是复员军人，见义勇为救上了掉入水塘里的两个人，自己精疲力竭游不上岸，留下家中一个三岁的大儿子和一个出生仅六天的小儿子。

办案民警到当地走访了一些村民，找到几个目击者和知情人。他们说，一个十几岁的孩子不听劝告到水塘游泳，不知怎的溺水了，一个中年男子一边叫人救他儿子，一边自己跳进水塘救人，他明显不会游泳，二人一起在水里挣扎。见义勇为的男子路过，二话不说就下去救人，最后牺牲自己救上父子俩。可气的是，这父子俩醒来后竟然趁乱不声不响地离开了，连句谢谢都没有。一个目击者记得很清楚，中年男子称呼自己的儿子为“× 志”。

“由此可见，被救的父子俩很有可能就是卢律明和卢酬志。剪报八成就是当时哪个目击者，或者舍己救人那位的什么亲戚朋友给寄来的。”沈子平说。

林睿说：“我们在网上找到的新闻下面有很多网友评论，立场很一致，都大骂被救的两个人应该去死。”

沈子平疑道：“我不明白的是，明明别人救了自己，为什么卢酬志会以为是被爸爸救了？”

“这恐怕是小志症状开始加深时一直洗脸的原因。”祝瑾年试着猜测，“我观察过，他在外头从来不洗脸，只有回家和爸爸见面时才会一遍又一遍地洗。而且，他洗脸的方式跟我们不太一样，有时，整张脸都埋进水里。现在想来，也许并不是洗脸，而是不自觉地重复模拟当年溺水时的感觉。我猜想，卢律明出于别的什么考虑，非说是自己救了他，终于成功洗脑。”

林睿不解：“出于……什么考虑？”

这一点，祝瑾年一时还没想到。这时，只听聂羽峥回答：“卢律明是一个非常要面子而且对自身权威性要求很高的人，他一直想完全、绝对地控制卢酬志，这是一个绝好的机会。让儿子相信是自己救了他一命，有助于让儿子完全服从自己。所以，他选择赶紧带儿子离开水塘边。因此，当时的卢酬志不一定知道事件真相，即便后来隐约从网上或者其他渠道看见新闻、产生怀疑后，也不得不选择相信父亲的谎言，这就是他高一开学后感到沮丧后来又渐渐平复的原因。雁过留声，这种心境，从他开学的字迹中清晰地反映出来。”

“也太卑鄙了吧？”祝瑾年不可思议道。

聂羽峥望着她微笑：“你早就说过，父子俩都不是省油的灯。忘记了？”

“那只是我的感觉。”

“你的感觉，很准。”

聂羽峥居然肯定我，太阳从西边出来了？祝瑾年眨眨眼，或许这是他另外一种讽刺人的方式吧。

“可是……”祝瑾年刁难道，“你说的这些都是主观臆断，证据呢？”

“你有没有想过，卢律明对卢酬志的所谓‘监控’并不是为了让他专心学习，而是怕他看到当年的那则新闻？”聂羽峥反问。

“什么意思？”

“单纯只是怕影响学习的话，可以通过规定上网、娱乐时间来实现，为什么卢律明要监听他的电话、阻挠其上网，并且严禁他看鹏市新闻和本地报纸？”聂羽峥环视一圈，眉头一皱，“我早就怀疑，鹏市新闻和本地报纸上有什么是卢律明不希望让儿子看到的东西。”

沈子平倒吸一口气：“鹏市新闻和报纸一般都关注本地发生的大小事件，遇到类似事件还会跟以前的新闻做个串联。”

陈昱一拍大腿：“处心积虑啊……我看过一个电影，一个女的把毒药放在某根水管里，花了一年时间盯住老公不要喝那个水管里的水。等到决定干掉他时才放任他从那里取水，结果成功毒死了他。”

聂羽峥颔首，表情肃然：“卢律明是个偏执狂，妻子的自杀其实对他打击很大，激发了他的自卑感、孤独感和掌控欲，他把自己对蔡美淑的恨意和对碌碌生活的无力感加倍投注在卢酬志身上，他养的不是儿子，是傀儡。”

“真相是不会被掩埋的。”祝瑾年笃定地说，“小志一定隐约知道了当年的真相，可迫于对卢律明的敬畏，强迫自己认同他的说法，洗脸时把头埋进水里既是对溺水的模拟又是对心理压力的纾解。”

至此，小志频繁洗脸之谜终于有了解答。大家不约而同地叹口气，一时，会议室里的气氛变得有几分压抑。

站在白色幕布前的聂羽峥按了一下手中的遥控器，小志的画出现在幕布上，沉默被打破，底下的刑警议论纷纷。

“画得也不是很好嘛。”

“房子、树和一个人，我在电视上看过，一些心理专家会针对这几个形象做出很多分析。”

“看起来有点乱。”

……

白纸上的留白处很少，居中位置画着一个占据白纸三分之一面积的房子，树偏右，人在左侧。

右边天空位置画着一个太阳，太阳中间有一只眼睛，左边天空画着一轮弯月和三颗星星。

树是第一个画上去的，由粗大的树干、零星的枝桠和几篇摇摇欲坠的树叶组成，是一棵没什么生机的枯树。在树干中间位置，小志画了一个树洞，洞里还有一只什么动物，分不清是猫头鹰还是松鼠，或是其他什么。

第二个画上去的房子被这棵树挡住了一些，房子由三角形屋顶和一个正方形墙体组成，没有门和窗，也没有烟囱，只在三角形屋顶中央画了一个眼睛，和太阳中间画的那个一样。从笔画上看，小志很用力地在描绘着这栋简单又诡异的房子，线条粗而黑，同一个线条画了不止一次，所以这栋房子在整张白纸上显得很突出。

树和房子下角被一个类似围墙或篱笆的东西围了起来，看不见地平面的位置。

左侧的小人画得也很简单，由头和四肢组成，不见躯干。圆形的头比例很大，一半被涂黑，底下用类似“介”的样子画了四肢，手掌和脚用了四个椭圆表示，其中，手上还画了五指，像一个土豆上插五支牙签。

“通过对这幅画的解读，我推断卢酬志目前的状态为——”聂羽峥微微停顿了一下，“心理年龄远远低于实际年龄，兼具压抑和强烈的反抗性，陷于妄想不能自拔，精神、人格双双崩溃，内心充满罪恶感。”

祝瑾年翻开笔记本，抿着唇，他的结论跟她差不多，不知他的思路和自己是否……正想着，她下意识抬眼，恰好他也看过来，就好像刚要提问的老师遇到主动对视的学生一样，他不怀好意地一笑：“对于这幅画，小祝可能认识、分析比我更加深入，所以，我想请你跟大家具体分析一下画中这些细节的含义。”

“我哪有聂组长那么慧眼如炬，就不献丑了。”祝瑾年飞快地推辞掉。

他接招，按了一下遥控器，画上忽然多了许多醒目的红色记号："这些是我认为值得分析的地方，我一一说一下自己的想法，你随时可以叫停，补充或者说出你的看法，OK？"

"OK！"祝瑾年比了个"请"的手势。

"整张白纸被填得比较满，没有大面积的留白。卢酬志第一个下笔的是树，其次是房子，最后是人。树代表着环境，房子代表家庭，人则代表自我。在他的潜意识里，环境、家庭对自我的影响非常巨大，甚至到了不堪重负的程度，'自我'因此被压抑得沉到了最底下。树木与房屋的距离，从心理学分析角度上看，代表了家庭成员关系的距离，太远、太近都表示不和谐。这幅画里，树木遮住了几乎一半的房屋……"聂羽峥屈指敲了敲幕布上相应的位置，"这意味着什么？"

林睿忍不住答道："靠太近了，没有什么秘密，卢律明和他相依为命，好像成为一体似的！"

"不是。"祝瑾年看向他，解释道，"这表示他潜意识里感觉自己受到了父亲过多的支配，亲子关系实则非常紧张。"说着，她指着幕布上的房子，"你们注意看，那房子非常怪异，屋顶和墙线条又浓又黑，但却少了几样必需品，现实生活中，不会有人搭个这样的屋子住。"

沈子平点点头："是啊，没有门窗，怎么透气？"

"而且也没烟囱。"陈昱说。

"封闭——就是这栋房子给人最大的印象。"聂羽峥接着说，"无门无窗，外来的人进不去，里面的人也出不来，更何况，外面还有一道围墙。这就是卢酬志的内心世界，自我防卫心很强，同时拒绝交流，更拒绝情感的互动。"

"物极必反。"林睿释然道，"几乎每天向爸爸做思想汇报，汇报得越多，不想说的东西也越多。"

“屋顶和墙体轮廓线条太过粗重，只有精神崩溃甚至是精神病初期的人才会这么画。”这条结论是祝瑾年网上看来的，但她不太能将这种粗重的线条跟糟糕的精神状态联系起来，看来，她得把这个难题交给别人——“聂组长，为什么这类人会将这里的线条画得这么浓重？”

她有点想看聂羽峥被难住，然后绞尽脑汁想移开话题的模样。

7.

她失望了，聂羽峥没有被难倒。

“刚才说了，房屋代表家庭。家庭是大多数群居动物最初安全感的来源，人类也是一样。这幅画里，你们看到地平线了吗？”聂羽峥问大家，目光却正对祝瑾年，进而又马上作答，“——没有。一个没有基础平面的空间，卢酬志只能通过不断强调房屋的轮廓来告诉自己和他人，这是一个能给他带来安全感的‘家庭’，其实在他心里，这种来自家庭的安全感根本不存在。研究显示，许多具有攻击性和躁狂症的精神病人都缺乏安全感，缺乏什么就渴望什么，人之常情。”

聂羽峥拿起手边的一个档案袋，点了点袋子上“蔡美淑”三个字，动作潇洒自然：“年幼丧母，卢酬志的安全感随着母亲的离去已经丢失了大半，成长过程中，父亲对他的影响不是‘保护’，而是压迫。可以说，他是个‘心里没底’的人，就像这幅画一样，渴望稳固的家庭，却不得不站在一个没有地平线的地方。”

听完他的这段分析，会议室里响起好几声叹息。

“再说这棵树。”聂羽峥的思路还在继续发散延伸，“粗大的树干，枝桠却都是枯枝败叶，会画出这种树的人，都比较内向，甚至抑郁悲观，在现实和空想中挣扎，有强烈的攻击倾向。”

沈子平直指前方：“那中间的树洞是……”

“这不像一个成年人会画的东西。”祝瑾年插嘴，“尤其树洞里还有一只松鼠，这……”

“猫头鹰。”聂羽峥纠正。

“明明是松鼠。”

“猫头鹰。”

她瞪大眼睛看了又看：“哪里像猫头鹰了？”

“好，松鼠。”聂羽峥看着她说，退让了一步，“这不重要。”

知道他俩过节的林睿忍不住扑哧笑了一声，用胳膊肘撞了撞陈昱，眨眨眼睛，陈昱也跟着笑了。

祝瑾年忽然觉得有点尴尬，低头不语。

“这幅画里有几处只有低龄儿童才会描绘的细节，所以我推断卢酬志的心理年龄远远低于生理年龄。”聂羽峥言归正传，并一一指出具体位置，“树洞里的猫……松鼠、太阳星月同时出现在天空、所画人物分不清性别，还有，这里——”

他再次指向树干。

大家也再次把目光汇聚在那个位置，祝瑾年抬头，忽然发现了一丝反常，对，她之前一直没注意到。

树干中段居然有两根细细的树枝。

普通树木怎么可能在没有分支的树干上忽然长出枝条，枝条应该长在顶端的枝桠上才对。

“卢酬志智商正常，这种‘节外生枝’的树体现出他心智的低龄化。”聂羽峥继续说，“一个成年人，画出具有幼儿符号的作品，一方面是自我意识过于压抑的结果，另一方面也标志着他的行为跟不懂事的幼儿一样具有不可预测性。”

见他有所停顿，祝瑾年举手示意了一下：“星星、月亮和太阳同时出现，我有不同的看法。”

聂羽峥颔首，看向她，眼中早已无初次见面时对立的冷锋：“请指教。”

“小志将太阳画在右上角，星月在左上角。太阳中间有一只眼睛，看上去像妖怪似的，星星月亮却没有别的修饰，很普通，没什么怪异之处。我去看守所时，他说我是卢律明的眼睛，在这幅画里，他将眼睛分别画在太阳和屋顶中间，我觉得，这有着非常重要的意义。”祝瑾年语速比平时快了许多，但仍然追不上此时冒出来的滔滔思绪，她不得不停下，理一理思路再重新开口。

“太阳被认为是万物生长的主宰，象征意义很多，在一个家庭中，太阳就是父亲，月亮是母亲，孩子是星星。画里的太阳，很可能就是卢酬志心里的卢律明。”

沈子平急急地问：“屋顶呢？”

“屋顶位于房屋的最上方，在这样一个封闭的房子里，就跟饼干盒盖子一样，一盖上，就不能出也不许进了。我觉得屋顶也是小志心里的爸爸，所以他也将一只眼睛画在上头。”祝瑾年翻了翻自己的笔记，顺手将一侧头发捋到耳后，眼睫低垂，鼻梁秀挺，圆形领口露出锁骨的轮廓，一条细细的白金链子穿着个珍珠吊坠，恰落在双峰沟壑上方，令人遐想。

聂羽峥的视线一时凝住了，或许祝瑾年在车上一句调侃的话，一语成谶——“我成功引起了你的注意？”

王谦，他为数不多的至交，婚前曾跟他形容过喜欢一个女人的标志，说来非常肤浅——越看越漂亮，而后怎么也看不腻，就算她冲你无理取闹、用平时你觉得很恶心的语调撒娇耍赖，你不仅不排斥，反而周身温暖。

“陷入感情容易使人智商变低，逻辑感和判断力下降，进而出现这样的幻觉，这是激素和心理暗示双重作用的结果。”当时，聂羽峥以一个专业心理分析师的思维向王谦解释了产生这一现象的原因。

王谦笑而不语，转身携手一生挚爱踏进了婚姻之门，之后双双移民欧洲。

那罐经王谦之手购买的鲱鱼罐头恐怕已经在途中了。

自祝瑾年在车上准确地说出他的行动轨迹和原因后，他就对她多了几分想要深入探究的关注度，这个曾被他的试题难倒、事后还用“超级变态”来形容他的女人，很有意思。

竟也越看越漂亮。

这是相当危险的信号。

“聂组长？”祝瑾年抬手摇了摇。

没反应。

“咳咳！”她清了清嗓子，“聂！组！长！”

聂羽峥闭了闭眼，从走神状态恢复，下巴微抬，表示自己在听。

“我刚才说的，你同意吗？”

“再说一遍。”他面无表情地要求，“从屋顶上的眼睛那段开始。”

奇怪，他没听懂吗？祝瑾年有点莫名其妙，深吸口气，重复了一遍：“对小志来说，卢律明既是像太阳一样供他成长的恩人，又是带给他压抑、封闭的始作俑者，可他自己并不渴望与爸爸‘捆绑’在一起，因此，代表‘自我’的小人并没有画在太阳那一侧，而是画在了纸张左侧，而且远离了房屋、树木、围墙。你……听得懂吗？”

“继续。”他这次没走神，当然听得懂。

“小人的上方，就是月亮和星星。潜意识里，小志是渴望着母爱的。”祝瑾年说，“可是，他画的月亮并不是满月，可见他对母亲的感情是复杂的，既向往，又可能因为从父亲那里听到些不太好的评价，而有所疏离和戒备，甚至……厌恨。和其他幼儿化表现手法不同，太阳、月亮、星星同时出现，是小志对父母的理解，很遗憾，无论是爸爸还是妈妈，在他心里都是混乱、缺憾的。聂组长……你怎么看？”

会议室一时陷入安静，大家都在等待聂羽峥的回复。

短短十秒，祝瑾年感觉好像过了一小时。

“我同意。”聂羽峥扬扬嘴角，慢慢踱到幕布另一边。

明明同意，干吗还叫我说两遍，哼。祝瑾年暗暗长舒一口气，刚才她还以为他要在自己重复时忽然指出什么矛盾、错误处，害她神经绷得死紧，生怕出丑。

“画中唯一的人物。”他抬手示意了一下小人的位置，“寥寥数笔，足以让我对他的精神状态下最后的结论。”

“这要怎么看？”沈子平好奇地问。

“首先看性别，接着，结构，最后是细节。”聂羽峥抽出一支笔，指向小人的头部，“性别，刚才我已分析过，这个人物没有任何性别特征，发型、衣着、身材都没有显示出‘他’是男是女，甚至，‘他’连衣服都没有。”

陈昱提出个疑问：“会不会是他画到最后觉得很烦躁，不想画那么具体？”

“注意看人物的手。”聂羽峥的笔尖点在手部位置，“不但画了手掌，连五指都画了出来。如果真那么不耐烦，不必具体到手指部分。”

“可‘他’没有身子。”陈昱不死心地追问，“只有四肢啊。”

“是的，没有脖子，没有身体，只有四肢。”祝瑾年点点头。

林睿啧啧两声：“根本就不是一个完整的人。”

聂羽峥赞赏地点了一下头：“人物代表作画人的自我认知，头部巨大，比例失调，没有颈部和躯干，就是没有‘主心骨’，不是一个完整的‘人’的形象。卢酬志能刻画手指，却没有刻画一个正常活人必须有的颈部和躯干，这是自我躯体印象丧失的反应，说明他——毫无理智可言。他囚禁卢律明时也处于这种状态，这种行为，是他内心攻击欲望大爆发的结果。”

随即，他播放了一段音频，看向祝瑾年：“这是我们离开看守所后，小志和狱警的一段对话——”

祝瑾年一怔，和大家一样，都沉下心注意听，生怕漏掉一个字。

“我爸爸非常厉害，他会七十二变，但他没有告诉我他会变成什么，我是他儿子，我都知道。那个女的是他的眼睛，她来看我就是他来看我，他以为我不知道。爸爸！我看到你的眼睛，我还能看到你的手、你的嘴，还有你！我爸爸分散开了，分得很开，他要监视我，就要变成很多人，还把自己分成很多块……”

之前在祝瑾年心里一直联系不上的两个点忽然接上了，小志是不是每发现爸爸变成一个东西或者一个人，都会画一笔，用“正”来计数？祝瑾年想起小志的朋友说，他们一起打球时，小志总是忽然以“我爸来找我”为理由匆匆回家，或许，并不是卢律明跑到学校去找他，而是他看到了“爸爸”。

这种场景，光想象一下就觉得很恐怖。

8.

音频里，狱警忽然打断了小志的碎碎念，故意问他：“你爸爸现在在哪里呢？”

“他在家里。”小志说，“就在客厅坐着。”

“一直都在？”

“当然。他每天都会坐在那里看我，他把他的眼睛移出去，自己看不见了，不能走。他的眼睛在外面，知道吗？会变，藏在我周围。其实我很自觉，我要上大学，要离开家，我爸爸不能一直分散，总有一天他都找不回来自己的身体。我一直在找我爸爸，想把他固定下来，我要弄清楚他到底分散了多少片，变成了多少东西。暑假的时候，我看到好多片爸爸在家里，走来走去，一大堆，非常多，非常多。我想把我爸爸拼好，固定下来，我觉得他很累，我也很累。”

那个狱警不屑地说：“你还想把他拼起来？呵呵。”

“对，很难。”小志很困扰地回答，“我爸爸总是动来动去，走个不停，变来变去，只有睡觉的时候才比较固定。”

听了这话，祝瑾年背后有点发凉，很快又冷静下来，思考着为什么小志会有这样的幻觉。

对了……暑假，身为数学老师的卢律明会不会叫了一些学生来家里补课？而小志就把学生们全部幻视为卢律明？这就能解释在短短两个月时间里，为什么小志画的“正”字会猛然增加——以前他总是把某几个人幻视为卢律明，而在暑假里，因为临近高三，卢律明对他更加严格、监控也更多，使他的症状严重了，把一群人都幻视为卢律明！

这——不是被害妄想！而是……

那个名词，忽然在祝瑾年脑海中清晰起来。

“他已经疯了吧！”林睿郁闷地自言自语。

“错觉认知综合征。”聂羽峥纠正了他的用词，“具体来说，是——”

祝瑾年认真而急切地望着他，等他说出最后的判断。

“弗雷格利妄想综合征。”

这个名词让刑警们一头雾水，面面相觑。祝瑾年心里则“咯噔”一下，大脑被这个名词狠狠一撞，产生了强烈的共鸣和认同感。没错，刚才正是这个名词也在她脑海中浮现。

弗雷格利妄想综合征，又被叫作替身综合征，患者通常认为身边一些人是同一个人伪装或者变身的，这种身份识别障碍非常少见，现在已经被认为是精神疾病而产生的错觉。

患有弗雷格利妄想综合征的人同时也存在着被害妄想，不管别人的相貌、性别，在患者看来，就是某一个他所认为迫害自己之人的化身，但患者的症状已经超越了普通的被害妄想症，一旦妄想发展完全，就很容易产生暴力攻击行为。

聂羽峥解释了一遍什么是弗雷格利妄想综合征，接着说："卢酬志为人内向，受卢律明制约和影响，人际沟通能力很差，存在一定程度的社交障碍。生活中，事无巨细，都要被父亲监管，渐渐，外人的具体形象被抹杀，他的世界里只剩下自己与卢律明。"

祝瑾年暗自叹息，说："卢律明教育小志的方法很暴力，听说以前还把他打得头破血流。也许这种头部外伤影响到了大脑，使他往更加糟糕的方向发展，从一开始的以为遇上的某几个人是卢律明变成了以为所有人都是他。小志就像一个气球，卢律明不断往里头灌气，气球越来越大，终于……爆炸了。"

"他想摆脱卢律明的束缚，想把他杀了？"林睿问，这可关系着动机。

"他的动机不是这个。"这时，聂羽峥提出了异议。

大家都用询问的目光看向他。

"和狱警对话时，卢酬志说得很清楚，他想把分散的卢律明'固定'下来。"聂羽峥调整了音频进度，把对话最后几段重播了一遍，"他认为卢律明只有睡觉时才是'固定'的，其余时候都变换成其他人。我们可以这么理解：当卢律明躺着不动时，卢酬志才将他看作是三次元人类，其余时候，他在卢酬志眼里是一个个类似漫画中的二次元人物，像纸片一样覆盖在其他人身上——这是卢酬志妄想发展到完全状态的产物。"

林睿不可思议道："他想让爸爸不再动弹，以达到'固定'的作用？"

"没错。"聂羽峥说，"替身妄想终于令卢酬志陷入无理智状态，他想通过'固定'卢律明来达到摆脱监视的目的。做这些事时，他已经处在完全妄想阶段，不能辨别自己这种行为可能产生的后果。"

沈子平消化了一会儿他的话，慢悠悠地点着头："因为不想再被无数个爸爸监视，所以选择把他固定得严严实实，差点没死了，这动机还真是……"

林睿一脸发现新大陆的表情："Crazy……"

"无理智状态……"沈子平抓住了关键点，"这么说，司法精神鉴定势在必行了？"

聂羽峥颔首："我会写一份关于卢酬志的心理发展历程和近阶段所处的精神状态的报告附在卷宗里，你们聘请的鉴定部门对他进行精神鉴定时，脑部扫描和入院观察都必不可少。"

"麻烦你了。"沈子平笑。

祝瑾年转头低声问林睿："现在是不是每个嫌疑人都热衷申请司法精神鉴定？"

"一次鉴定五千块呢，我们哪有那么多办案经费供他们一个个都去鉴定？想装精神病，没门！"林睿摇摇头，用下巴指了一下聂羽峥，"像卢酬志这种……行为明显很古怪的，聂组长才亲自参与，被他认定有严重心理障碍或者精神问题的，我们肯定同意鉴定申请。"

一旁的陈昱听到他们的谈话，凑过来说："鉴定时，聂组长的报告是非常重要的参考。精神鉴定是追求结论的，比如，你究竟有没有行为能力、作案时处在什么状态，而聂组长的报告则比较侧重嫌疑人产生异常心理的过程，给推导结论提供了关键性证据。"

祝瑾年不解地问："过程真的那么重要吗？"

陈昱嘿嘿笑了两声，神秘兮兮地说："当然重要了……"

林睿举了个例子："记得去年那个校花惨遭硫酸毁容案吧？罪犯被

抓后说自己是表白遭到拒绝，一时冲动就干了坏事。他家可能也有点‘关系’，请了个律师……对了，就是那个章靖鸣，咱们碰见过。”

章靖鸣？章律师？祝瑾年想起来了，可能就是上回聂羽峥和沈子平都不太爱搭理的那位。

林睿接着说：“罪犯积极地赔偿，还大搞什么磕头认错之类的，看上去诚心悔过。一些媒体记者各种报道这个罪犯，什么从小品学兼优啦，什么孝顺爷爷奶奶啦……”

“我记得。”祝瑾年点头。这个事件当时是鹏市的头条，那时她就觉得再怎么“诚心悔过”也赔不起人家女孩子如花的容貌，如果这件事发生在她自己身上，她保不齐会不顾一切先干掉那男的。

回想一会儿，她说：“可是那罪犯最后也没有轻判啊。”

“判了十五年！”林睿非常解气地回答。

陈昱说：“他要小聪明，无所不用其极就是想从轻判决。他老爸不知从哪里打听出聂组长的住址，带了不少‘好东西’上门，总的意思就是想让聂组长帮忙做鉴定，说他其实有抑郁症什么的。”

说起这个，林睿兴致就来了：“哈哈哈！居然去找聂组长！这就是传说中的‘no zuo no die’！这种因果关系和嫌疑人都很明确的案子，聂组长本来根本不会被要求参与，这么一来，好了，聂组长向支队要了一份调查资料，说要‘看一看’，我顺带还把媒体报道也复印一份都给了他。”

陈昱说：“组长看完之后给沈副打了个电话，建议补充侦查三方面的内容。一是罪犯的上网记录，二是重查一遍校花出事前一周内出入、活动地点的监控，还有就是走访罪犯住址附近的花鸟、宠物市场和清洁工。”

说起这个，林睿记忆犹新：“我们补充侦查了一阵子，发现罪犯在案发前一个月不断地搜索关于硫酸毁容的量刑，案发前半年的淘宝交易记录显示他购买了二十双强力耐酸碱手套；花鸟市场一些商贩回忆说，这半年里，罪犯陆续购买过至少五次小鸟和小猫、小狗；清洁工说有次没戴手套清理垃圾桶，结果手指被什么东西灼伤，垃圾里多次出现猫狗尸块，都惨不忍睹；另外，校花出事前一周，罪犯就开始跟踪她了，并且还一直抬头找摄像头的位置。”

祝瑾年恍然大悟：“早有预谋？”

林睿点点头：“他至少在半年前就开始利用职务之便购买硫酸，然后先拿小动物练手，最后盯上了引人注目的校花，故意表白，然后趁她不注意泼人一头一脸硫酸。我们前阵子听说那校花患上了严重的抑郁症，多次自杀未遂。唉……”

第五章

小鲜肉与冷冻肉

/HE NI DE SHIJIE TANTAN/

1.

“聂组长对罪犯的判断是，反社会人格。用硫酸泼校花的动机不是表白被拒绝，而是纯粹以伤害别人为乐趣，是一种报复社会的心理。这么一来，什么积极道歉赔偿、抑郁症，统统是浮云。一审时，法院采纳了我们向检察院提交的补充证据，以‘以特别残忍手段致人重伤造成严重残疾的，处十年以上有期徒刑、无期徒刑或者死刑’为依据判了十五年，罪犯不服，上诉，最后还是维持原判。”陈昱用崇敬的目光看了看聂羽峥，“如果不是聂组长的建议，罪犯那么积极地补偿，加上他家人的‘公关’，可能也就判个三五年。所以你说，‘过程’重不重要？”

“不去送礼、鉴定，没准不会判那么重。”祝瑾年嘀咕着，也觉得一阵爽快，“天意啊……”

“说起这个，你不知道那家人多么阴险！”林睿义愤填膺道，“他们去聂组长家，还偷偷录了音！故意把最后聂组长拒绝收礼的那段给截掉！庭审时忽然拿出来，断章取义说聂组长嫌礼少，公报私仇！干扰案件调查！说我们同流合污，冤枉他！”

“后来呢？”祝瑾年追问。

林睿笑开：“他们想不到聂组长留了一手，当时也录了音，还是完整版。”

祝瑾年一愣，然后忍不住也笑：“我就说嘛，论阴险，他不会输。”

这时，沈子平拍了拍手，打断了干警们的窃窃私语：“行，卢酬志的事就算定性了，先散会。”说罢，他拍拍聂羽峥的肩膀无声地表示感谢，又看向祝瑾年，“案子开庭时，欢迎小祝来旁听。”

“好的，我会持续关注。”祝瑾年起身道。

大家纷纷站起，收拾着桌上的文件和文具。聂羽峥的手机振动起来，他瞥了眼屏幕，没马上接起。手机仍在振动不停，他走到一旁的安静角落，拇指在屏幕上一划。

“喂。”

“老公！老公你终于接电话了！”电话里头，一个焦急的女声响起。

聂羽峥眉心忽然蹙紧，从耳边移开手机，再次看了一眼屏幕上的来电显示：“你有事吗？”

“你最近好忙啊，我知道不该总是打扰你，可是……你这么久……”

“我在开会。”聂羽峥的声音忽然变得很冷，脸上好像结了层冰霜，“没什么事，挂了。”

“等等老公！那……你今晚回来吃饭吗？我妈买了你喜欢吃的龙胆鱼，你看是煮汤还是清蒸？”

聂羽峥沉默了几秒，平静地开口：“不回去了。”

电话中的女子很失望，也沉默着。

忽然，传来一阵嘈杂，电话被挂断。聂羽峥原地等了一会儿，电话再次振动起来，还是刚才的号码，他接起，听了一会儿，应了声“嗯”，就将挂断的手机放回口袋中。

转身，只见祝瑾年已经收拾好了东西，拎着包朝会议室门口走去。

“祝瑾年。”他出声把她叫住。

“嗯？”祝瑾年很识趣，她一点也不认为聂羽峥这尊大神会再当免费司机再把她送回工作室。她想，该不会要提鲱鱼罐头的事吧？

背后有些凉飕飕的，她不禁轻轻咬了一下下唇。

他看了一眼她的包：“你的笔记本，我能看看吗？”

原来如此。她松口气，抿了抿唇，低头找出来给他。

跟她想的一样，他翻开，专注地看她这几天对那幅画的解读。

祝瑾年安静地站在一旁，交叉抱手等他。

只见聂羽峥眼睫低垂，鼻梁显得更加立体，好似文艺复兴时期雕塑家们最得意的杰作。祝瑾年没留神多看了他一会儿，发觉后赶紧移开目光，心想，我怎么跟那些花痴一样？

一会儿，他合上：“介不介意把这几页复印一份给我？”

“请便。”祝瑾年不是小气的人，他要复印，就说明她的笔记有价值，这是对她的肯定。

聂羽峥指了一下楼梯，示意她一起走。

祝瑾年迟疑一下，移步上前，与他一前一后去了五楼的综合办公室。

文印室小妹坐在电脑前，余光见有人进来就站起来，目光落在聂羽峥身上，忽然愣住了，脸一下子涨红：“聂……聂组长，您要复印吗？”

“麻烦印两份。”聂羽峥神色如常，将笔记本翻开，告诉她需要复印的页码范围。

“好。”小妹赶紧接过，走到复印机前操作着，时不时抬眼偷看他一下，分明就是迷妹脸。聂羽峥似乎不太在意这种目光，随便拿起旁边一份案件通报当杂志看。

倚在门口的祝瑾年看得真真切切，想起自己刚才的失神以及某位师姐当年对他的称呼“小鲜肉学长”，突然觉得有点好笑。

哪里是小鲜肉啊，分明是块冷冻肉。

“聂组长，好了。”小妹整理好复印件，捧着给他。

他放下通报，双手接过：“谢谢。”

聂羽峥把笔记本还给祝瑾年时，她还是跟他抬杠了一下：“如果这部分引用在你将来的论文或者哪本教材里，我有稿费吗？”

他偏头望着她，一时没回答，好像在算计什么，眼中几分危险的笑意，忽然开口道：“不会亏待你。”

祝瑾年有些摸不着头脑，总觉得他又有什么阴险的想法，可一时猜不透。既然如此，她不妨厚颜一次——“稿费怎么算？”

“半罐鲱鱼罐头。”

祝瑾年眨眨眼：“什么……什么意思？”

“你输了，本该吃一罐。鉴于这些笔记，我做主，免去一半。”他一副法外开恩脸。

“我怎么就输了？”祝瑾年马上反弹，“小志的弗雷格利妄想综合征存在被害妄想的成分，他那是被害妄想症的 plus 版本！你可不能在这儿扯‘白马非马’。我没输，你也不算赢，按照我们 2:1 的赌注，我吃一半你就得吃一罐。”

“白马非马？”他挑眉，酝酿了几秒，问她，“假设这是一道考题，正确答案是弗雷格利妄想综合征，而你的答案是被害妄想症，你认为我可以给你几分？”

祝瑾年想也没想：“我答对一半，至少也 50 分。”

聂羽峥对她这种作茧自缚的答案很是满意，提醒道：“50 分就是不及格。”

“只要不是 0 分，就不算错。”她坚持。

“我改卷，就是 0 分。”

她不满地皱起眉头：“你改得也太苛刻了，在你手上到底还有没有人能及格？”

他不与她抬杠，而是问：“我问你，你是什么？”

“什么？”她觉得这是个陷阱，暂时不回答，反问他，“你说我是什么？”

“是人。”

祝瑾年仿佛看见一只乌鸦呱呱叫着飞过头顶，她翻个白眼，低声道：“无聊。”

他望着她：“如果按照你的逻辑和思维方式，回答是水，也能得 70 分。”

“……嗯？”祝瑾年一脸问号。

“因为，人体 70% 是水。”

“那怎么能……”意识到自己即将搬起石头砸自己的脚，祝瑾年马上闭嘴。

“对，那怎么能？”聂羽峥逼视她，“人就是人，水就是水，不能因为人体含水，就说水是 70% 的人。同样，不能因为弗雷格利妄想综合征中存在被害妄想，就认为被害妄想症是 50% 的正确答案。”

这绕口令说得祝瑾年脑袋发晕，她沉默了一会儿，眼珠转转，拿出手机登录了淘宝，搜索一番后，说：“瑞典鲱鱼罐头代购大约是 200 块一罐，你让我吃一半，那就是吃掉 100 块，剩下半罐 100 块你肯定不会吃，倒掉也是浪费。反正也中午了，不如这样，我请你吃饭，到一个人均 100 的地方，我们就点 200 块左右的东西，吃完了事，至于那个罐头……要不你退货吧。都是 200 块的东西，就不必拘泥于吃的是罐头还是其他，你说呢？”

聂羽峥本来就没什么兴趣跟人打赌，传说中的鲱鱼罐头也不是非逼着她吃下去不可，她这么巧言令色、理直气壮地耍赖，让他又想起王谦那句“就算她冲你无理取闹、用平时你觉得很恶心的语调撒娇耍赖，你不仅不排斥，反而周身温暖”。

温暖倒没觉得，她说要请客吃饭，他不排斥。

“你定。”

见他半天不回答，祝瑾年本来还在绞尽脑汁想着他如果坚持要她把鲱鱼罐头干掉一半自己该怎么应付，忽然听见他吐出这两个字，一瞬间有些心花怒放，几乎忘了之前自己一度觉得跟他同桌而食也是一种煎熬。

欣喜过后，回过神来的祝瑾年有些犯难。

偌大的鹏市，人均百元的餐厅说好不好，说坏也不坏，关键是她得跟聂羽峥来个双人午餐，不想吃得太尴尬，所以不能去情调很好的地方，像谈恋爱一样。最好是一个充满市井味、即便二人同桌也不会被人误会是男女朋友的地方。

反正都是自己破费，她才不会让聂羽峥吃得舒心顺畅呢。这么一想，祝瑾年计上心头。

聂羽峥扣好安全带，一瞥，她手机壁纸还是猫，只不过换了一只。看来，她很喜欢猫。他似乎无视了她头上冒出的阴险小火苗，问：“去哪儿？”

“呃……”心里打着小九九的祝瑾年卡壳了，清清嗓子，才回答，“楠山区八卦路。”

他的唇边浮现一道笑纹：“母校情怀？”

楠山区正是大学城所在，八卦路距离东南政法大学很近，非常繁华，餐馆、百货、KTV、网吧应有尽有，是学生们周末逛街、娱乐、聚餐的好地方。

“算是吧。”祝瑾年也笑。

2.

八卦路繁华依旧，打折优惠的广播不绝于耳，炭烤活鱼摊位冒出的热气和炊烟迎面扑来。

越往下走越不好停车，聂羽峥把车留在路口，两人步行。一路上，一张张年轻面孔交错，谈笑声往来，祝瑾年感觉走一遭就好像又回到了学生时代。

“川牛火锅”的大招牌就在前头，祝瑾年用下巴指了一下：“那里。”

这家主打麻辣火锅的饭店恰好符合她“人均 100”的要求，上学那会儿来一趟就算很奢侈了，工作之后，这种价位只算普通，却很少再来。

兰洁斐曾经说：“人嘛，就是贱。”

祝瑾年却更加精辟：“这跟男人追女神的心理是一样的，越是难得，越是稀罕，追到手了就变成每天都能吃到的白米饭。”

傻白甜兰洁斐却觉得，总有一个男人即使把你追到手了，还把你当成一辈子难得吃几次的怀石料理一样。

祝瑾年想，这可能就是很多傻白甜能当言情小说女主角的原因。而她这种说话呛人还自我感觉优良的，是不是万年的女配命？

“这种店，热闹，很有人情味，能让你体会到什么叫从群众中来，到群众中去。”进去之前，祝瑾年先给聂羽峥打了预防针，又拐弯抹角地问，“这条街，你常来吗？”

不用脑子想也知道，聂羽峥这种专门在幕后搞研究和分析的人不可能常来这样的地方逛。

“我擅于接受新事物。”他也拐弯抹角地回答她。

——那就是根本没来过。

哼，不食人间烟火的冷冻肉。祝瑾年耸耸肩，推开饭店玻璃门。还没迈步进去，一股麻椒混合着牛肉香的味道扑面而来，大厅里人声鼎沸，杯子碗筷的碰撞声、锅底的滚动声交织，果然非常热闹。

“你能吃辣吗？”她故意问。

聂羽峥环视一圈，微微一笑：“一点。”

祝瑾年揣摩不出他所谓的“一点”到底是什么水平。

“帅哥美女，这里这里！请跟我来！”开朗的老板亲自上前服务，一边引路一边笑呵呵地胡侃，“看这位美女好眼熟啊，感觉以前见过，但又比以前更漂亮了，我老眼昏花的都认不出来啦！要包厢还是……”

“大厅就好，我们就两个人。”祝瑾年偏头看看他，长袖白衬衫最是考验一个男人的身材和气质，若不够健壮，则显得松垮垮，若赘肉过多，又让人觉得虎背熊腰，他不但经受住了简单白衬衫的考验，还把这样一件单品穿出了儒雅清俊感。她又看看大厅里那些吃得酣畅淋漓干脆把衣服都脱了的男生，不禁狡猾地暗暗笑了——热死你热死你！

落座之后，她噼里啪啦自顾自点了一大堆，明明记得自己刚刚问聂羽峥能不能吃辣，他的答案是“一点”，她还是钩选了“中辣”锅底，这是她自己的耐辣极限。

她要看到聂羽峥辣得喉咙冒烟、热得汗如雨下的狼狈模样！

聂羽峥很平静地左右看了看，旁边一桌的三个男生全部赤着上身，在十月凉爽的天气里仍挥汗如雨，一边大声谈论今早的院系篮球比赛，一边将滴着红油的牛肉按进油碟里而后塞进嘴里，烫得一边吸气一边马不停蹄从锅里捞起下一片火辣辣的牛肚。热血青春就跟麻辣火锅一样，让你流泪流汗、急不可耐，可你却深深爱着这种不知道下一筷子会捞到什么的新鲜神秘感，正是因为碗里一无所有，你才乐于容纳一切、敢于破釜沉舟。随着年龄的增大，碗里的东西越来越多，你就得开始衡量取舍，到了最后，碗装得满满，吃不下，倒不掉，你或许又忽然怀念起碗里空空的年代和陪你吃饭的那些俗人。

他收回目光，望着祝瑾年，她正埋头钩选菜单，没发现这道洞悉一切却趋之若鹜的目光。

“聂组长，你给补充补充？”祝瑾年点完一轮，才把菜单捧起来给他，客套一下。

聂羽峥随意扫了一眼，拿笔又钩了两个素的。

锅底很快端了上来，红红一盆，散发着麻辣鲜香，祝瑾年闻着都感觉浑身发热。她用漏勺搅了一搅，香味和热浪一同升腾起来。

为了显得自己的目的不是那么明显，她很有耐心地给他倒了一杯茶，用一种闲聊的语气：“请教一下，你是什么时候意识到小志是弗雷格利妄想综合征？”

聂羽峥点头致谢，端起茶杯，却没喝：“当你说到自己跟踪他，看到他画‘正’字开始。”

祝瑾年一怔，随后有点气急败坏地说：“不是跟踪！”说完，又有点无语于自己的情绪波动，他手里就像拿着根逗猫棒，而自己就是那只猫。

“怎么会那么早？”她有点不甘心，他居然能仅凭自己一段回忆讲述就判断得如此精准，“你怎么不说从我上车开口说第一句话时就猜到了？”

“你们一开始谈论的似乎不是案件。”他看住她。

祝瑾年不惧与他对视：“以前，你遇到过这种案例？”

“第一次。”

“那为何……”

“最近我在做卡普格拉妄想综合征的课题，作为它的相反症状，弗雷格利妄想综合征肯定也是研究对象之一。”聂羽峥解释道，“或许我应该说很幸运，这两种心理障碍都属于千载难逢，甚至，你不知道它还存不存在。”

卡普格拉妄想综合征和弗雷格利妄想综合征，亲爱的考生们，期末新重点又来了！祝瑾年心里嘀咕着，把端上来的嫩牛肉片一股脑儿倒在大漏勺上，浸进红汤中。

随后，她惊异地看到，聂羽峥在油碟里加了足足三勺油辣椒。

他是不是不知道这家店的油辣椒有多厉害？祝瑾年一边瞪着眼睛观察他，一边小心翼翼地加了一勺到自己的酱料碗里。

嫩牛肉片熟得比较快，漏勺提起来时，都已经变了色。祝瑾年不动手，假惺惺地邀请他先尝。

他尝了一口，或许嫌不够味，竟然又往碟子里加了两勺油辣椒。

祝瑾年倒吸一口气，用筷子尖尖沾了一点自己碗里的辣油，舔了一下，火辣辣的灼烧感从舌尖向上蔓延到舌面，她有些不解地看着他，抬手用小指挠了挠眉尖，就像几年前被他出的试卷难住一样感觉困惑。

如果她知道聂羽峥的父母分别来自最无辣不欢的两个省份，就不会这么摸不着头脑了。

牛肉、牛肚、牛肉丸依次下锅，祝瑾年没吃两口，已经闷出了一头薄汗。她以手作扇，在耳旁扇了几下，抬眼看聂羽峥，他恰好解开领口两颗扣子。

发觉她投来的目光，聂羽峥看似漫不经心地问：“来点饮料？”

祝瑾年咬了咬发麻的舌尖：“嗯，行。”

她抬手挥了挥，一个女服务员走来。

“麻烦拿两瓶雪碧……”

“一瓶普通雪碧，一瓶冰薄荷味雪碧。”聂羽峥抬头看着服务员，微笑，“谢谢。”

“呃……”女服务员愣了一下，眼中明显几分惊艳，“我马上拿。”

祝瑾年深深鄙视他这种靠颜值刷好感的行为，但又不得不承认这很管用，以往怎么的也要磨蹭个几分钟再拿饮料过来的服务员三十秒不到就一路小碎步而来，把两瓶雪碧放在他们桌上。

祝瑾年瞅准冰薄荷味雪碧蓝色的瓶身，飞快地伸手拿到了自己面前。她辣得要死，需要清凉一下，这瓶冰薄荷味肯定是聂羽峥想要的，她料定他不会开口要回去。

见她自觉拿走了冰薄荷味，他不动声色，把普通雪碧打开，仰头喝了几口。

祝瑾年懒得在他面前维持什么淑女形象，反正她本来就不是。于是也直接对着瓶口就喝，才喝了两口，马上发现不对。

随着液体的滑过，口中的辣度被提升了一个档次，更有一种灼烧感。她怔了几秒，为什么明明喝的是冰薄荷雪碧，却好像喝辣椒水一样——那么那么辣！

吃辣的时候再喝冰薄荷雪碧等于要你命三千，这是所有不慎这么搭配着吃的人最痛彻心扉的感悟。

祝瑾年捂着嘴，舌头又辣又麻，好像含着芥末味跳跳糖，欲哭无泪，她似乎忘了聂羽峥是个阴险的浑蛋。

“你怎么了？”聂羽峥明知故问，一脸关切。

“没什么！”她死鸭子嘴硬，逞强道。

她深深怀疑，其实这一切就是聂羽峥将计就计、见招拆招的阴谋。

饮料是不能再喝了，祝瑾年不想他发现自己的窘迫，只能佯装无事，继续“淡定”地吃。她越吃越觉得热，感觉背后的布料被汗浸湿了，领子一圈更是热，都能察觉到豆大的汗水顺着脖子往下滴。

聂羽峥起身离开，祝瑾年见他走向洗手间，赶紧抽出纸巾擦了擦脖子上的汗，掏出镜子看看自己的脸，用随身带着的海绵压了压脸上的浮粉。

“你很热吗？”聂羽峥的声音从头顶传来，她吓了一跳，发现他脱去了长袖衬衫，只穿一件打底短袖白 T 恤，看上去很凉快。

“不……不热。”她继续嘴硬，把镜子和海绵一股脑儿丢进包里。真糟糕，她今天穿的是套连衣裙，一件也不能脱，况且，针织布料比棉质更热！

“我热。”聂羽峥重新坐下，把衬衫搭在一旁的椅背上，表情坦然，用下巴示意她看旁边几桌赤膊男生，又开始逗猫，“介意我和他们一样吗？”

“介意！你可不准脱！”祝瑾年微咬牙警告他。

“还以为你特地带我来这里，就是为了看我赤膊上阵的样子。”聂羽峥笑着摇摇头，“看来，我误会了。”

看看邻座的赤膊男生、自己桌上的冰薄荷雪碧、他的短袖 T 恤，再向后摸了摸几乎湿透的背部，祝瑾年的后槽牙都快被自己咬断了。

正所谓自己点的麻辣锅，跪着也要吃完，结账的时候，服务员告诉她，已经买过单了。

她错愕地瞪着聂羽峥，一时不知该说什么，刚挤出一个“你……”，他就屈指敲了敲压在玻璃下面的点菜底单，接口：“你的二百五，我替你付了。”

这话说的充满了讽刺意味，祝瑾年下意识看了一下底单，她点的那些菜加上聂羽峥点的两盘素菜、两瓶雪碧，刚好 250 块！

她惊觉，这一局，自己——完败。

3.

“所以，你就热成狗回来，因不慎吹到风而光荣感冒一星期？”电话里，兰洁斐哭笑不得，她本想邀请祝瑾年做《敲开你心门》改版后的新嘉宾，谁知听到了一大堆苦水，“你搬起石头砸自己的脚，明知他是个极难对付的人，你还要去摸老虎屁股啊？”

祝瑾年吸吸鼻子，嗓音微微嘶哑，增添了几分娇气：“我发誓以后再也不沾他一分一毫，只要他出现的地方，我退避三舍，就算倒霉得在大街上狭路相逢，我也要恭敬地停下请这尊大佛先滚蛋！”

“哈哈哈哈！”兰洁斐乐不可支，“真难相信这世上还有能压制得住你的男人！”

“话不能这么讲，我又不是武则天，哪个男人愿意送给我五百万，我保证服服帖帖。”

兰洁斐提醒她：“可是聂羽峥花了二百五就让你服帖了。”

祝瑾年气得差点挂电话，想起杜格致的邀约，就转移了话题：“哎，你周末有没有空？跟我一起参加一个校友会吧？”

“好啊，我正好没事。男的多还是女的多？有没有帅哥？”

祝瑾年啼笑皆非：“这个很重要吗？”

兰洁斐嘿嘿笑着，两人又调笑几句，各自收线。

和杜格致一起去校友会，祝瑾年觉得目标太大，万一成为别人开玩笑的对象就不好了，叫上兰洁斐，三人一起出现，就平常许多。不知怎的，最近她总觉得自己和杜格致之间缺了点什么，表面上关系不错，是非常好的朋友，可要跟他发展成恋人，总有层什么堵在中间，又或者她还在等着什么。

等什么？她还真不知道。

内线电话响起，琪琪的声音从听筒中传来：“瑾年姐，有人找。”

祝瑾年应了一声，小妹把电话转了进来，只听一个似曾相识的女声：“祝老师，我是小雪，还记得我吗？”

小雪……哦，是欣雪，前不久咨询梦游症的那个姑娘。“记得。怎么样，最近睡眠好多了？”她委婉地打听。

“嗯，好多了。”欣雪的嗓子还是那样沙哑特别，但语调轻快，“跟你聊了一下，心情放松了，按照你的建议，我积极调整自己的作息时间，不再熬夜，现在一觉到天亮，感觉很舒服。我特地打电话来谢谢你，不知道你最近忙不忙，周五晚上在百纳广场有个GM公司成立三十年商演，我们给一个明星伴舞，送你两张票，到时候可以来看看。”

“这都是我应该做的，你太客气了。”祝瑾年推辞。

“没关系的，我手头恰好有几张票。你看这样行不行，我把票快递到你工作室？”

盛情难却，祝瑾年答应下来：“那谢谢了，我一定去捧场。”

欣雪笑了：“OK，那我不打扰了，拜拜！”

“好，再见。”

一次的心理疏导，效果就这么显著，祝瑾年小有成就感。

“我超爱跟你出来逛街哎，每次都有成功傍上高富帅的嘚瑟感。”万达二楼的女装区外，一个穿着宽大衬衫、破洞牛仔裤的年轻女孩抱着聂羽峥的胳膊开心地说。

“这就是你大学三年无人问津的原因。”聂羽峥不为所动。

“那是因为学校里的男生眼睛都瞎了好吧？”她明显很不爽。

聂羽峥再次毫不留情地指出：“他们不瞎，是你太高。”

“从小看着你的脸长大，我的眼光当然高。”

“我说的是身高。”

身高175cm的聂羽倩仿佛被施了定身咒语，僵在原地，半晌，大喊一声：“我要跟你断绝兄妹关系！永不往来！”

“这样就能变矮了，嗯？”聂羽峥抬手摸了摸她的发顶，明显有点宠溺。

被哥哥顺了毛的聂羽倩继续往前走：“我也不算很高，排球队那些人比我还高十几二十厘米呢，我看她们有的也交了男朋友。”

“看长相。”聂羽峥再次点燃了她的怒火。

聂羽倩指着自己的脸：“我！又！不！丑！”

聂羽峥抬手，食指上钩着三个装着新衣服的纸袋：“你的服装品位惨不忍睹，为什么不干脆去楼上的男装区？”

“我也想穿裙子啊。”聂羽峥可怜巴巴地抬眼看他，“可是一穿裙子就要穿高跟鞋，一穿高跟鞋就超过一米八……”

“买。”

“买什么？”

“裙子，高跟鞋。”

“我才不……”聂羽倩刚要拒绝，余光看见一个女装店模特身上那条裙子看起来还不错，她转头去看了个清楚，用胳膊肘撞了聂羽峥一下，“哥，要不这样，我穿裙子和高跟鞋扮淑女给你看，你告诉我期末要出什么考题？”

“回家吧。”聂羽峥转身。

“哼！”聂羽倩几步追上去，“你不告诉我也没关系，上次我在校论坛里看到一个帖子，说精确预测期末心理逻辑学的考题，好多人顶贴，说楼主另辟蹊径、抓题方向准……”

聂羽峥冷笑：“什么内容？”

“不知道……”聂羽倩摇摇头，“查看内容要交纳 10 个论坛金币，好贵的，我没点开。”

聂羽峥不以为然，径直往电梯走去。

“明早我跟你一起回学校吧，给你省点油费。”聂羽倩看了看时间。

聂羽峥颔首，开车带她回家。

车子开进怡和路，在一幢陈旧的二层小洋楼前停下。怡和路是一片民国建筑群，建筑风格融合了近代和西洋的特色，比起市区近些年崛起的新楼盘，这里旧是旧了点，但胜在独门独户还带个小院儿，环境清幽古朴，许多土豪一掷千金想买下一栋当别墅，都难寻房源。这栋老派洋楼是聂羽峥太祖父当年南下时住的，几年前，聂羽峥重新装修了内部，定居在此。就读于东南政法大学的聂羽倩但凡出来蹭吃蹭喝都懒得回学校，到这里住一晚了事。

聂羽峥才下车，就看到一个熟悉的身影倚在门口，西装革履，昏昏欲睡的样子，身边还有一个行李箱。

“王谦？”

王谦睁眼，见了他二人，愣了好久，又叹口气：“聂羽峥，我还想着大晚上的你难得带个美女回家，自己当了不速之客，仔细一看，原来是小倩。”

“奇怪，这片儿治安应该挺好，可闲杂人等是怎么溜进来的？”聂羽倩也认出了他，开玩笑道。

“这丫头，嘴跟你哥一样毒。”王谦嫌弃道，“好歹谦哥我没出国前也是鹏市有头有脸的人物，老朋友家都进不来，白混那么多年了。更何况，我现在是‘归国华侨’好吗？”

“华侨抛弃妻子回国，有何贵干？”聂羽峥开门。

王谦伸着懒腰走进去：“你不是叫我买鲱鱼罐头吗？这不，我亲自给你送回来了。”

“你我的交情不足以让你远渡重洋。”聂羽峥无视他的花言巧语，“谈生意？”

王谦无奈地摇头，他的这位老友活得可真明白，连假装感动都不会。

“鹏市有个大项目，我努力努力，应该能拿下。”

聂羽倩抱着浴巾和换洗衣服出来，插嘴道："拿下了要请客。"

王谦笑嘻嘻地说："肯定啊。几年没见我们小倩都上大学了，但有空居然来你哥这儿过夜，一看就知道没有男朋友。"

"你跟我哥俩人都特讨厌！"聂羽倩白了他一眼，冲进浴室。

王谦一点也不客气，冰箱里找了瓶饮料开了就喝，慢慢地踱到巨大的落地窗前，眯着眼睛眺望，漳江支流横在眼底，夜幕下的江景分外迷人，江对岸是鹏市商业中心，霓虹灯五颜六色，勾勒出一抹繁华。他很喜欢这个位置，如果他要安家选址，肯定也选在这里。

"羽峥，上周我看校友群里发了个消息说周末有聚会。你知道吗？"

"你认为我会加校友群？"

"哦！"王谦拍了一下脑门，"我都忘了你是个无情无义的浑蛋了，当年我们的班花小月月拉你入班级群从来没成功过，私下还哭了好几次。"

"有这回事？"聂羽峥挑眉。

"当然。"王谦将饮料一干而尽，把玩着空瓶，"你到底什么时候能接接地气，跟我们稍微联络联络同窗情？"

"我跟你们有代沟。"十五岁就上大学的人非常诚实地对眼前这位大自己四岁的同班同学说。

王谦翻个白眼，哼一口气："好不容易回国一趟，我打算过去玩玩。"

聂羽峥站在他身边，沉默地眺望一会儿江景，转头问："你要竞争的项目负责人是哪位校友的亲朋好友？"

"在你眼里我就是这么一个功利的男人？难道我就不能因为想再见初恋情人一面而参加聚会？"

"你的无情无义和浑蛋程度向来不亚于我。"

"我真是被你打败了，你能不能装着无知一点，不要什么事情都看得那么透？"王谦举手投降，拍拍聂羽峥的肩膀，"班花小月月的舅舅，就是项目负责人。怎么样，要不要跟哥哥我去追忆似水年华？”

“人，应该向前看。”聂羽峥仍旧没有松口。

王谦知道聂羽峥的性子，肯定不会去这种聚会，没有再勉强。聂羽倩出来后，他也洗了个澡，窝在沙发一角，目的性很强地捧着 iPad 在校友群拉着小月月聊天，顺便填一下参加聚会人员的基本信息。

聂羽倩凑过去问他：“你去参加校友会，是不是想见一见那些年你们一起追过的女神？”

“啧。”他捶了捶胸口，故意操着湖南老家的方言，“倩小妹，我告诉你一个事实，当时我们学校只存在我睡过的女神和追你哥的女神，至于我们一起追的女神——不存在，根本不存在。”

“自恋狂。”聂羽倩撇撇嘴，看了看屏幕上的聚会名单，“看样子根本没几个女的去，明明就是你们没有魅力。”

“唉，也是，除了当年的班花小月月、小我们一届的师妹华贞之外，这些女的……刘莺莺、兰洁斐、祝瑾年、江翠……哈哈，我都不认识，可能比我们晚入学好几年……”王谦话还没说完，手里的 iPad 忽然被人抽走，他一怔，抬头一看，刚刚还在跑步机上的聂羽峥不知什么时候站在他后头。

“聚会定在什么时候？”聂羽峥把 iPad 还他。

“这周六。”

“Interesting.”聂羽峥扬了扬嘴角，比了个“请”的手势，“我的基本信息，你都清楚。”

“你……”王谦会意，瞪大了双眼，指着他，“……不会吧？”

聂羽峥不语，走回跑步机。

王谦摸着下巴，转头对聂羽倩说：“你哥要参加校友聚会！今晚不睡觉了，明早我要亲眼见证太阳打西边出来。”

第六章

失忆

/HE NI DE SHIJIE TANTAN/

1.

“瑾年姐，快递，我放这儿了。”前台小妹琪琪敲门进来，把一个纸质文件袋放在祝瑾年办公室门边的矮柜上。

“谢谢。”祝瑾年走过去，拆开袋子，里头果然是两张 GM 房地产公司成立三十年纪念晚会的票，票面上印着几个十八线小明星，位于中间的女歌星 Amy 无疑算是最红的。Amy 前两年以一个草根歌手的身份参加了某电视台的选秀，夺得了亚军，后来凭借出色的外表和歌喉，在歌唱界发展得还算不错，虽然跟那些港台巨星不能比，可还是有一帮少男少女为之疯狂的。

祝瑾年记得，琪琪貌似挺喜欢 Amy，在 Amy 的新歌打榜时，琪琪还号召她帮着一起投过票。

她走出办公室，把一张票放在琪琪跟前：“你看这是什么？”

“天啊！ Amy！”果然，琪琪双眼放光。

“晚上跟我一块儿去玩玩。”祝瑾年说着，就要回办公室，却听身后响起琪琪兴奋的大叫——

"瑾年姐！你就是我亲姐呀！太感谢你了！我太幸福了！"

祝瑾年笑着摇摇头。

晚上七点半，祝瑾年和琪琪来到百纳广场，人还挺多。

演出持续了两个小时，Amy压轴出场，祝瑾年在六个伴舞女生中找了一圈，艰难地认出了欣雪。她们的舞跳得很动感，祝瑾年想着演出结束后上去打个招呼，表示自己有来捧场。

散场后，琪琪顾着去找Amy签名，没影了，祝瑾年绕到舞台后面，看见了刚才伴舞的几个女生，便飞快地走过去，找到欣雪，抬手挥了挥："嗨，你们舞跳得很漂亮，我都看呆了。谢谢你的票，我和我朋友今晚都很开心。"

欣雪茫然地眨了眨眼睛，然后问："谢谢，你是……"

祝瑾年一愣，心想自己最近也没换发型啊，怎么她认不出自己了？"我是'荒漠甘泉'的祝瑾年。"

欣雪尴尬地笑了笑，好像根本想不起来似的。她的同事也觉得莫名其妙，用好奇的目光打量着祝瑾年。

祝瑾年也很尴尬，不知道她为什么前几天才说要送票，今天就忽然不认识自己了。她脑子转得快，许多前去做心理咨询的都不太想让别人知道这件事，也许正是因为如此，欣雪上次才戴着口罩。她抱歉地点了点头："我可能是认错人了，不好意思。"

"没关系。"欣雪释然地说。

祝瑾年转身离开，走了几步又回头看她们，欣雪也恰好看过来，她颔首，欣雪却没有回应，仍用一种莫名其妙的目光和她对视。

"瑾年姐！我拿到签名了！"前方人群中，琪琪欢快地挥手。

"来了。"祝瑾年一时无法深究欣雪的陌生态度，上前去跟琪琪会合。

琪琪挽着祝瑾年的胳膊，叽叽喳喳地说自己今晚的兴奋感，祝瑾年心不在焉，闷闷地往前走。

“这位美女，我们好像在哪儿见过？”擦肩而过的一个男子停下，回头望着祝瑾年。

“嗯？”祝瑾年回神，看向说话之人，似曾相识，但一时有点想不起来。

“我记起来了，刑侦支队。”那人笑，从怀里拿出一个名片夹，抽出一张，“你好，我是章靖鸣。”

哦，对了，那个不受聂羽峥待见的律师。

“你好……”祝瑾年双手接过名片，本想从包里抽张名片交换，可一想起聂羽峥、沈子平他们的态度，就聪明地打消了这个念头，“不好意思，我临时出门，没带名片。”

“哈哈，没关系，有缘再见。”章靖鸣看上去并不介意，抬手比了个再见的手势。

祝瑾年看到，他手里也有一张纪念晚会的票，原来他也恰好参加。

这个小插曲，祝瑾年并没放在心上，她在意的是欣雪的奇怪态度。第二天，她交代值班的琪琪，如果有一位名叫欣雪的女士打电话来，就把她的手机号给对方。

荒漠甘泉工作室的休假很人性，如果周末两天没有预约，咨询师就享受双休假，如果有，那么就顺延到周一、二两天补休。这周末祝瑾年都没有客户来访，可以休个双休。

直到她下午准备出门去校友聚会时，欣雪仍未打电话来解释一句。

杜格致的车停在小区外，已顺路接了兰洁斐。祝瑾年坐进后座，夸了好友一句：“哇，打扮得跟小公主一样。”

“讨厌啦！”兰洁斐瞪她。

“两位美女陪我参加聚会，真长面子。”杜格致笑着说，发动了车子，“本来在万豪会所订了个二十人的大包厢，昨天又新增了十多个人，就换成一楼一个小宴会厅，自助餐，可以容纳四十人。”

“这么多？”兰洁斐讶然。

杜格致沉默了一下，不知在想些什么，很久之后，才说：“听说羽峥要来，多了十几个女校友报名参加。”

一向对这类活动毫无兴趣的聂羽峥这次居然同意参加，别人都认为是王谦邀请的结果，可杜格致不这么想。他从沈子平那儿得知，聂羽峥在支队公开宣称祝瑾年是自己的助理，以前，挂名助理是不会跟着聂羽峥做事的，即便是需要三名心理师共同进行的心理评估业务，助理也最多在事后整理整理档案而已。因此，杜格致敏感地觉得，聂羽峥的出席和祝瑾年有点关系。

祝瑾年上下打量一遍兰洁斐，越发觉得她今天清纯水嫩得像只小白兔，心想，虽是冤家路窄，可身边这位傻白甜和聂羽峥那种腹黑男说不定会擦出火花呢，小说和电视剧不都这么写吗？

“如果聂羽峥真的会来，我带你认识认识他。”她趴在好友的肩膀说着悄悄话，“我感觉，你会是他喜欢的类型。”

“啊？我？”兰洁斐愕然，不禁叫起来，“你怎么知道他会喜欢我……”

杜格致听不见她们在嘀咕什么，就在前面乐呵地问：“谁喜欢上我们小兰了？我吃醋了。”

“喜欢我的人多着呢，大到四十岁大叔，小到十八岁小鲜肉，杜师兄哪里会吃我的醋，哈哈……”兰洁斐意味深长道。

“哟，还小鲜肉呢……”祝瑾年不屑道，“真会嘚瑟。”

“不信就算了。”兰洁斐昂首。

三人一起走进万豪会所小宴会厅，已有许多校友先到了，三五成群交谈着近几年各自的生活工作情况，笑声时起，气氛友好。

杜格致认识其中一些人，带她们过去打招呼，互相介绍着认识。祝瑾年觉得他的交际能力真的太好，怪不得能拉来不少“生意”。

校友中既有本院的，也有外院的，大部分人从事着警察、法官、律师等工作，当然，也有些自己创业当老板的。杜格致一一指给她们看：“那个是检察院的杨敏……黑裙子那个在行政服务中心……小月，窗帘旁边那个，年纪最大的师姐，貌似是羽峥和王谦那届的……‘长耳兔几’就是那个红裙子的，我给你看过聊天记录，记得吧？”

正说着，忽然不远处几个女声此起彼伏——

“来了！”

“不会吧？！真的来了！”

“是他吗！”

“真的是他！”

祝瑾年有点被她们吓到，如果搞不清楚状况还以为是哪个天皇巨星来了。

她往门口看去，一身黑色修身西装的聂羽峥和一个穿银灰色休闲西装的陌生男子一起走进来，都是精英模样。和几个同届师兄肥头大耳的形象比起来，这二人的长相的确过于出挑。

聂羽峥一眼就确定了祝瑾年的位置，朝她那个方向看去。

她穿着一件宽松的灰白色针织毛衣，一条黑色皮质长流苏包臀裙，毛衣前摆扎进裙内，突出了腰和臀部的线条，高跟鞋和手拿包都是黑色，看起来色调和谐，富有时尚感。她的头发全部向后扎起，眉眼略施粉黛，唇色桃红，更显白皙明艳。

“王谦，羽峥，你们来了。”当年的班花小月上前打招呼，现在已是两个孩子的妈，见到当年暗恋过的人，她还有点紧张。

王谦的目的本来就是小月，马上跟她天南地北地聊起来，聂羽峥则转身朝祝瑾年走去。

“他走过来了。”兰洁斐动了动祝瑾年的胳膊。

“聂总，这么巧。”他还没走近，急于牵红线的祝瑾年就开口道，“认识一下——这是我的好朋友，兰洁斐，目前在电台当主播，夜间谈话类节目《敲开你心门》，说不定你还听过呢。洁斐，这位是聂羽峥，是我们工作室创始人之一，还兼任公共危机干预研究所心理组组长，他……”

想夸他几句，居然找不到好话，脑中浮现的都是“狡猾”“毒辣”“阴险”一类的词……祝瑾年感觉很棘手，自己把这样一个人介绍给小白兔一样的闺密，是不是不太厚道？

“您好。”兰洁斐抬眼看看聂羽峥，这尊大神近在眼前，可她感觉两人距离十万八千里，“听小年提起过您，幸会。”

“她提起我时，都用了哪些贬义词？”嗓音迷人，却出言不善。

亲切友好的气氛在聂羽峥开口时瞬间降至冰点，祝瑾年有意牵的一根小红线就这么硬生生被他斩断。

兰洁斐无辜地眨眨眼，用眼神向祝瑾年求助，这句话她该怎么接？

“聂总太会说笑了，哦呵呵呵……”祝瑾年捂着嘴假笑，他真是一只犀利的老狐狸！“我带着敬佩的心情，将小志事件的始末分享给了我的这位好朋友，您英明神武、慧眼如炬，破解了他的心理谜题，真的很令我受教……”

聂羽峥面无表情，可不知为什么空中平白出现一个小品的画外音——忽悠，接着忽悠。

“羽峥！你真的来了？哈哈哈！”沈子平风风火火地走进来，打断了他们之间充满虚情假意的寒暄。

见聂羽峥转身和沈子平一起走远，祝瑾年舒一口气，对兰洁斐使了个眼色：“走，我们找个安静角落吃东西去。”

2.

校友会的组织者拿着话筒开始带动气氛，发了一堆的奖券，每隔半小时就开一次奖，大家吃吃喝喝的，还有奖品拿，都挺高兴。

王谦噙着笑，双手插在裤子口袋里，看着慢慢走回来的聂羽峥。“让我猜猜，那两位风格各异的美女，哪个是你打西边出来的太阳……”

聂羽峥望了一眼祝瑾年的背影，又回眺好友：“请便。”

“黑裙子那个——”王谦看向祝瑾年，“不可能。你要是喜欢这一款，当年追禾诗蕊的大军中就会有你一席。”

禾诗蕊……

这句话使得聂羽峥脑中灵光一现，对，初见祝瑾年时，那种面善感原来是因为她长得跟禾诗蕊七八分相似。当年，禾诗蕊的名字虽如雷贯耳，可他对此人的长相印象不深，所以对祝瑾年只有似曾相识之感，却想不起在哪里见过。

“我猜是粉裙子那位。”王谦用下巴指了一下兰洁斐，“小鸟依人，清纯可爱，水蜜桃一样，一看就是惹人怜惜的小白兔，八成激起了你埋藏多年的保护欲？”

“你真了解我。”聂羽峥语带反讽地评价道。

“看起来挺好搞定的。”王谦没听出这句话的真意，摸了摸下巴，“要不要我教你几招，百试不爽？”

“不必了，用不上。”

“那我过去跟小白兔打个招呼？”考虑到自己过几天又得回欧洲，王谦打算提前熟识一下，作势就要往那儿走。

“站住。”

“别告诉我你在害羞。”他捧心，“我会吐的。”

“找个镜子照照你现在这副猛虎出笼的模样，别说兔子，大灰狼都会被你吓走。”

“哎哟哎哟，心疼了？”王谦笑吟吟的，本想再开几句玩笑，忽然，他的表情僵住了，微微皱了一下眉，“你看那是不是……章靖鸣？”

聂羽峥顺着他目光的方向看去，而后又点了点头。

“啧！”王谦全然忘了自己几秒前还在调侃聂羽峥，重重地哼了一声。看得出来，他也不太待见章靖鸣，“他怎么还没被抓起来坐牢……”

“缺乏证据。”聂羽峥简略地回答。

“诗蕊还没有找到？”

他沉声：“生不见人，死不见尸。”

禾诗蕊，当年在东南政法大学是出了名的美女，通俗点说，就是校花，追求者一大堆，无人不晓，风光无限，却忽然失踪。疯狂追求并多次跟踪骚扰她的章靖鸣被怀疑跟她的失踪有关，但一直没找到有用的线索，诗蕊也一直没再出现，就像聂羽峥说的，生不见人，死不见尸。

十年前，初入警局的沈子平、何安邦等人恰好接了此案，盘问过章靖鸣不知道多少次。章靖鸣也不是吃素的，家里有点关系，最后沈子平、何安邦被说成是侵犯个人名誉，差点搞得转不了正，闹得沸沸扬扬。

说起这个，王谦重重叹口气，颇有感慨：“以前我对她有些误解，看她那么漂亮，那么多人追，觉得她就是个花瓶。后来，我们在学生会活动中见过几次面，打了几次交道，我发现她人很聪明，可以称得上是才貌双全。你记得有次去昌朵的支教活动吧？据我所知，她也报了名，又没去成，说是家人反对。现在想想，当时如果去了，可能就不会出事。造化弄人，太可惜了。最不可思议的是，章靖鸣居然还活得这么风生水起，我预感，哪天禾诗蕊被找到，他就会去坐牢。”

王谦出国多年，对一些情况不了解，聂羽峥却心知肚明，这些年，表面斯文友善的章靖鸣一点也没消停，劣迹斑斑，沈子平和他底下几个刑警对这人恨得牙痒痒，谁不想抓他坐牢？

“啊……”王谦挑眉，话题跑偏，“人渣章朝你的小白兔那边走去了。”

祝瑾年和兰洁斐、杜格致坐在一起，边聊天边享用美食。兰洁斐趁杜格致被人拉到别处喝酒，低声跟祝瑾年说：“聂羽峥时不时往我们这儿看呢。”

“看你吧。”祝瑾年伸手捏捏她的脸颊。

“不，我觉得……”兰洁斐想法单纯，看事情想问题很直接，“他好像喜欢你。”

“噗——”祝瑾年没想到自己也有把刚喝进口的饮料喷出来的一天。

“他看你的眼神，不一样。”兰洁斐抽了张纸巾给她，自顾自地说，“有时你离开位置去拿吃的，他往这里看，没看到你，就会多看两眼会场其他地方，找到你的位置，才又移开目光。他虽然坐得离我们有点儿远，可我感觉他和你距离很近。”

“你说得这么诗意，我都吃不下东西了。”祝瑾年窘迫地说，她先后三次装了满满一大盘回来，都被他看见了？“你放心，他只是想抓我把柄再次调侃羞辱我，别会错意。”

“你不信就算了。”兰洁斐噘嘴，看上去非常可爱，祝瑾年又想捏她的脸了。

“又见面了。”这声音，好熟悉。

祝瑾年抬头，因为昨晚才见过，很快就认了出来。

“你好，章律师。”

章靖鸣微微一笑，推了一下眼镜：“很荣幸你记得我。算了算，我们见面已经三次了，你知道我的名字，我却连你姓什么都不清楚。这，不公平哦。”

祝瑾年站起来：“我……”

忽然，她的手臂被人握住，还来不及做出什么反应，就被带着往门口走，她本想大叫，可看清这位“不速之客”是聂羽峥后，有些错愕。兰洁斐刚才的一番话一遍遍在她脑海中回播，以至于她还没决定是走是停，脸上就浮满了红云。

当你的朋友笃定说某人喜欢你后，无论你多不相信这个事实，可还是会不自觉地把它当回事，而后下意识地对这个人多加观察，试图发现一些他是不是真的喜欢你的证据。

“哇哦！”兰洁斐惊喜地眨眨眼，喃喃自语，“我就说他喜欢你嘛……”

搭讪被打断的章靖鸣站在原地，垂着眼睫不知在想些什么，表情有点阴翳。十步外的王谦也处在惊异中，看看聂羽峥的背影，又看看留在原座的兰洁斐，一摊手，知道自己猜错了，但还是觉得不可思议，不禁自言自语：“啧啧……你真喜欢这款的话，以前怎么对禾诗蕊丝毫不感冒呢？”

“那个人很危险。”聂羽峥把她带至会所大厅才松开手，细数这些年来报案说被章靖鸣跟踪的女子，气质和当年的禾诗蕊多多少少有些相似。相反，和祝瑾年同来的女子、王谦口中的那只“小白兔”却明显不是章靖鸣心仪的类型。

祝瑾年努力使自己冷静下来，显得脸没那么红：“很危险……是什么意思？”

“他是个 Stalker。”

跟踪狂？！她愣了愣，考虑着要不要把昨天的事告诉聂羽峥，抿唇犹豫了一会儿，她把和章靖鸣偶遇的经过简单说了一遍。

聂羽峥有种不祥的预感，表面上却没多透露什么，只是问：“你吃饱了吗？”

“还没。”

“吃了三大盘热食外加两份现烤牛排，还填不满你的胃？”聂羽峥退后一步，上下打量她一遍，“或者说，你特地为了今天饿了三天三夜？”

他这么一问，祝瑾年倒放下心来，看来他时不时瞅她完全是为了找机会讽刺打击自己，兰洁斐说的什么“他好像喜欢你”纯属傻白甜单蠢的 YY。

“我是个非常实诚的人，交了聚餐费，自然得吃回来。聂组长总喜欢二百五二百五地请人吃饭，当然不介意多吃块肉少吃条鱼，干脆你那份我帮你吃，怎么样？”祝瑾年拍拍肚子，话中也有刺。

“如果你还吃得下，我没意见。”

“但是我希望聂组长你可别再计算我到底吃多少盘食物了，这多影响人发挥啊。”

“自助区空盘的速度过于快，探查一下真相是我个人的习惯。”

那又不全是她吃的！祝瑾年刚要回嘴，只见杜格致匆匆出来找她，见到她面前的聂羽峥，他的表情先是一滞，然后换上一贯的微笑：“嗨，羽峥兄。”

“总之，记住我的提醒。”聂羽峥郑重地告诫她，对杜格致回以一个礼貌的颔首，转身走回小宴会厅。

“你们……聊什么？”杜格致走到祝瑾年身边，假装轻松地问。

“你知道章靖鸣吗？”

“有所耳闻，风评不太好。我发现他今天也来了……”杜格致一边说，一边和祝瑾年一起往回走，“以前我听沈子平提起过，说他是个斯文败类，还用上了‘心理变态’这种词。我刚想提醒你，其他校友认识认识不是坏事，可最好离章靖鸣远一点。沈子平一直觉得他跟当年的什么校花失踪案有关，不知道你在学校时有没有听说过这个事。”

“没听说过。”

“我也不太清楚，有人说找到了，有人说她被拐卖了，也有人说她可能早就……”杜格致耸耸肩，“多少年前的事了，也打听不出个所以然。”

祝瑾年若有所思地点点头，虽然聂羽峥总是触她霉头，可在这种大是大非问题上还挺拎得清，要不是他及时出现把她暂时带到外面，她刚才很可能把个人信息透露给章靖鸣了。回头得把章靖鸣的名片扔掉！

回到厅里，兰洁斐坏笑着捅了捅她，俯在她耳边问：“怎么跟杜师兄一起回来？聂羽峥是不是跟你表白了？看刚才的架势……他‘壁咚’你了吗？”

“什么跟什么啊……”祝瑾年推开她，“你的想象力也太丰富了。”

“你们刚才出去的时候，我百度了一下他，感觉好牛逼的。你如果没空来参加我的节目，能不能帮我邀请他一下？”

“他连咨询都不常做，叫他去你那个家长里短的节目，解答什么老公出轨了怎么办、我的老婆性冷淡之类的话题，他会同意才有鬼！”祝瑾年觉得兰洁斐异想天开，顿了一下，又问，“对了，你真对他不来电？”

“他跟我根本不是一个世界的人好吗！”兰洁斐拒绝了祝瑾年的“美意”，压低了声音说，“你自己倒是真可以试试，我觉得他比杜师兄适合你。”

祝瑾年抿唇，不置可否。下意识地抬眼去找聂羽峥的位置，却发现章靖鸣站在某个角落，直勾勾地看着她。她赶紧移开目光，心头隐隐有点堵。

3.

十点半，聚会进入尾声，组织者抽出了一等奖的号码。只见一直坐在聂羽峥身边的男人站起来，欣喜地摇了摇手中的兑奖券。

“哇哦，王谦中大奖了，哈哈……”周围许多人起哄，纷纷鼓掌祝贺。

一等奖开出后，聚会正式结束，大家纷纷离开。祝瑾年和兰洁斐在地下停车场出口不远处等杜格致的车时，看见王谦捧着一大一小两箱东西朝她们走来。

“嗨，二位美女。”他站在她们面前停下。

两人跟他都不熟，只能笑着点点头，寒暄几句师兄路上小心之类的话。

“小白兔，这个给你。”王谦把刚才的一等奖奖品放在兰洁斐脚边，然后转头对祝瑾年笑了笑，把另外一盒体积稍小些的箱子递给她，“祝小姐，这个……送给你。”

“对不起，我们……”二人莫名其妙又受宠若惊地推辞，他却摆摆手，刚好聂羽峥的车驶来，他做个“拜拜”的动作，进了副驾驶。

“欧洲进口电磁炉……”兰洁斐蹲在地上，“他拿这个给我做什么？还有，他为什么叫我小白兔？！”

祝瑾年掂了掂手上的小箱子，也是一头雾水。

“殷勤过了。”王谦刚上车，聂羽峥就冷冷吐槽。

“咱俩认识也十几年了吧？这是我第一次发现你从神坛上下来，走到咱们凡间的花花世界里。”王谦不以为意，“那个电磁炉，哈哈哈……欧洲进口，带回去不被我老婆骂死才怪，就好像出国玩扛了箱小家电回来结果写着 Made in China 一样，你家又什么都不缺，留你那儿也是闲置着。全部送给祝瑾年呢……显得太刻意，一人一个多公平，但是你真的确定她收到那份礼物不会气得睡不着觉？”

“礼物是你送的。”聂羽峥把责任推得一干二净，“不是我。”

傻子才会以为是我送的。王谦笑而不语。

祝瑾年和兰洁斐上车之后，识趣地没有提王谦送她们礼物的事，杜格致其实老远看见了，车上也聪明地没有提，当不知道。只是，心里隐约的猜想，似乎变成了现实，原本稳操胜券，现在变得有些悬，紧迫感和失落感交织而来。

到家后，祝瑾年特地打了个电话问琪琪：“电话或者网站留言有找我的吗？”

“网站上有一位姓夏的客户预约了后天上午，其他……暂时没有。”

“我知道了。”祝瑾年放下手机，放低了单人软椅靠背，躺着敷面膜，看来欣雪对昨晚的事依旧不打算解释，既然如此，她上班时打个电话，做一个回访，也顺便确认一下欣雪是不是有什么特殊原因得在别人面前装作不认识她，以后在路上偶遇时，她也配合着装作不认识算了。

要睡觉前，她忽然想起王谦给的“礼物”，小心地拆开包装，拿掉裹了好几层的泡泡纸，里头还有一层塑料包装，再拆开，里面的东西才伴随着一阵诡异的臭气，露出庐山真面目。

鲱鱼罐头。

八罐。

她握拳咬牙，狠狠骂道：“聂羽峥你这个大浑蛋！”捧起箱子，刚开门准备丢到楼下垃圾箱里，忽然又停下脚步。

网上一罐卖200块呢。

祝瑾年回房，微信问一个做欧洲代购的高中同学小森，能不能寄卖点东西，两个人二八分。小森很快答应了，只是听说她要寄卖的东西后，哭笑不得。

十分钟后，祝瑾年在朋友圈刷到了小森的新状态——“风靡试吃圈的瑞典鲱鱼罐头，现货八罐，200一罐，江浙沪包邮，欢迎唯恐天下不乱的亲们抢购”。

底下还附带了几张祝瑾年刚拍的细节图。

好想截图一张发给聂羽峥啊……祝瑾年咬着下唇，发现自己并没有存他的联系方式，看来下次如果再见，也可以管他要个微信，至少她能在未来某天向他炫耀一下自己如何随机应变，把他阴险的小礼物变为红红的几张票子。

周一上午九点半，夏小姐推开了祝瑾年办公室的门，坐下很久都没开口，一次次欲言又止。

祝瑾年也不急，上午杜格致送了她一盒铁观音，她慢条斯理地泡功夫茶，一杯给夏小姐，一杯给自己。

随即，她拿出一个小罐子，放在茶盘中间，先打开了话匣子："这是前台小妹琪琪自己做的蔓越莓饼干，配茶挺好。"

"啊，谢谢。"夏小姐回神，又沉默了一会儿，"小祝，我说个事……呃……我和他复合了，就在上周。"

祝瑾年早就猜到夏小姐此行肯定和前男友有关，只是没想到她居然又往火坑里跳。她明白，作为一个咨询师，她对来访者情感上的决定没有干涉的权力，复合也好，离婚也好，她只负责倾听他们的心里话，适当时，可以提出一些调整情绪的建议。

"能跟我说说是怎么回事吗？"她问，"是什么促使你决定复合？"

"有一天晚上，我和朋友去酒吧，遇到了他的朋友。那个朋友告诉我，他一直觉得挺对不起我的，就算遇到了其他女孩子，还是经常提到我。我回去后一直想这件事，第二天，没忍住给他打了一个电话。"夏小姐的表情交织着惭愧和欣喜，看来对于复合这件事，她又纠结又开心，"他接到我的电话，很高兴，我们聊了半个小时，他告诉我他要去绍市出差。两天后他打电话约我，说在那边给我买了礼物。"

"什么礼物？"祝瑾年很好奇，论收入，夏小姐远远高于那个男的，是什么样的礼物会让她动容？新款古驰包？钻石项链？

"珍珠。"夏小姐答，低头从包里掏出半个普通信封大小的纸袋，祝瑾年以为里头是一条珍珠项链，接过一开才惊异地发现，里头装的是十几颗大小不一、有的还歪歪扭扭、发黄的珍珠，只有一颗相对圆润。

“这是……从蚌里挖出来的？”祝瑾年问。

夏小姐点点头：“他说这是自己亲手从两个蚌里头挖出来的。”

祝瑾年敷衍地笑了笑，把珍珠装回信封，还给夏小姐。

“后来呢？”

“我问了他关于新女友的事，他说那不是新欢，只是普通朋友，想过进一步发展关系，可因为觉得对我还有感情，所以打消了念头。”夏小姐露出一点得意的神情，继续说，“我发现他还跟以前一样，跟我说话时很注意一些细节。”

“举个例子？”

“比如说我们电话里约明晚六点见面，在挂电话时，你会怎么说？”

“再见？明天见？”

夏小姐笑笑：“他会说‘明晚六点见’。”

祝瑾年眨眨眼，求教道：“这有什么特殊的意义吗？”

“表示他很在乎这个时间，因为这是跟我约好的时间点，他会强调这个点，不是明天，不是明天上午，也不是下午，而是明晚六点。”夏小姐认真地说。

陷入感情中的女人，十头牛都拉不回来。祝瑾年还是不觉得这个结束语有什么情感上的含义，她更关心的是——“那么，复合之后，你的心情怎么样？还会失眠或者吃不下饭吗？”

“不会了。”夏小姐摇摇头，“虽然有时我也怀疑自己，为什么要答应复合，觉得有点丢脸，可……我的心情确实是好了，这是不争的事实。你知道吗，我跟他通完电话，约定见面时间地点的那天，同事都问我是不是中了彩票，怎么会那么高兴。”

祝瑾年注意到她眉梢飞舞的喜悦，心里无奈地叹了口气，问：“他劈过腿，这一点，现在你怎么看？”

这个问题难住了夏小姐，想了半天，她说：“他还是不成熟，男人的心理年龄都比同龄女人小，很多三十好几了，还跟小孩子一样。我觉得有一天他成熟起来，就会知道自己要什么、谁才是真正适合他的，那时，他会安定下来。我觉得我跟他分手，对他来说，算是一个挫折吧，不知道他会不会因此成熟起来。”

狗改不了吃屎！祝瑾年在心里吐槽。

“夏小姐，既然你做出了这个决定，且心情也变得比较好了，这件事暂时来说还是对你比较有利的。但是，我有个建议……”祝瑾年斟酌了一番用词，“任何事情都要有个标准，如果低于标准就没有坚持的必要。假设，我是说假设——上次那种事再次发生，你就应该认清什么人是能变成熟的，什么人永远长不大、只知道玩乐。坚持是一种可贵的品质，放弃，有时却是一种智慧。你的学历这么高，工作能力那么强，值得一个优秀的男人一辈子珍惜。”

夏小姐愣了很久，好像在反复思考着她的话，最后，慢慢地点了点头。

又聊了一些和男友之间的琐事，一小时的咨询时间很快就到了，夏小姐拿出手机看了一下时间，站起来道别。

屏幕亮起来的时间太短，没怎么看清楚，只觉得壁纸似乎是一张合照。

“是他吗？”祝瑾年笑着问。

“……嗯。”夏小姐还有点不好意思。

祝瑾年送夏小姐到电梯口，夏小姐路过前台时还表扬琪琪饼干做得好吃。回来时，只见琪琪趴在台子上，说：“哇哦，夏小姐今天好像吃了兴奋剂。以前她来的时候正眼都不看我一下，也不主动跟人打招呼的。瑾年姐你真是太厉害了，不过你把她疏导得这么成功，以后她八成是不会来了。”

祝瑾年无奈地摇摇头，想起点什么，问："听说你是绍市人？里头有珍珠的蚌，贵不贵？"

"你想要啊？我让我爸买几个寄过来给你玩！"

"不用了，我就想知道那多少钱。"

琪琪滔滔不绝道："很便宜啊，现在都是养殖的，普通大小的话，一个二十块吧，幸运的话，每个可以取出二十几颗珍珠呢，质量嘛……看运气。很多游客到我们那边旅游，都会去体验开蚌取珠，一次五十块，两个蚌，取出来的珍珠都归你。我觉得赌蚌比赌玉划算多了，你有机会去绍市旅游，我带你去玩啊。"

祝瑾年回到办公室，望着原封不动的饼干罐，不禁有些发笑。一个年薪达三十万的女白领，被二十块钱的珍珠蚌感动，因为和前男友复合，而开心到嚼空气都觉得香甜。

人各有命，当女人尝到爱情的甜头，哪怕是刀山火海，也会奋不顾身。

感慨结束，祝瑾年看一眼挂钟，提起话筒，找出欣雪预约登记时留下的电话号码，拨了过去。

4.

"喂，你好。"

"你好，欣雪，我是'荒漠甘泉'的祝瑾年。"

"祝老师，你好呀！"欣雪的语气听上去和以往一样亲切，"周五晚你来看演出了吗？我们给 Amy 伴舞，气氛非常好！"

"我去了，你没看见我吗？"祝瑾年故作轻松地笑了几声。

"真的吗？台下人太多了，就算是祝老师这样的美女，我在台上也不一定能发现呀。"欣雪也笑，"唉，我还怕你工作太忙，没时间呢。是不是跟男朋友一起来的？"

祝瑾年心里一阵莫名其妙，故意试探她："谢谢你，我很少这么近距离听明星献唱，散场后我到后台找你，可人太多了，很吵，我叫了你几声，你没听见。"

欣雪一听，好似在回忆，一会儿，又说："哎呀，好像确实听见有人叫我，不过我不知道那是你。真是对不起。"

听得出来，欣雪在根本不记得这件事的情况下，给自己找了个台阶下，祝瑾年心中疑云更浓："没什么的，当时确实很吵，我就先回来了。这不，今天打个电话跟你说声谢谢。"

"太客气了。"

放下电话，祝瑾年有些蒙，电话里头欣雪明明对自己很熟络，却没有解释商演那天的事，是因为身边有其他人、不方便解释吗？罢了，只要欣雪感觉舒适、心情平稳就行。

她不知道的是，欣雪并非全无察觉。挂了电话后，欣雪表情复杂，眼中也带着几丝犹疑，想重拨，却又悻悻放下手机。

寒潮夹杂着一连几周的断断续续的雨从北方袭来，鹏市和以往一样飞快地进入了冬季。

十二月中旬，兰洁斐的广播节目《敲开你心门》正式加入了心理咨询师这一角色，每周六、周日晚上，都会有一名咨询师做客，现场解答听众的心理难题和困惑。

兰洁斐告诉她，《敲开你心门》将从午夜十二点调整到十点播出，为了打响名声，改点后的头两期节目分别邀请了两位重量级人物，一个是省台《非常当事人》节目长期做客嘉宾、著名女心理咨询师瑞君，另一个居然是聂羽峥。

"我们台长亲自出马，找到校长当说客，才请动了他。为了制造节目效果，我们的问题全部都是经过筛选的，你以前说的什么老公是不是出轨啦，喜欢上一个已婚人士之类的问题，都不会出现。”兰洁斐很得意地告诉她，“向你保证，绝对好看……啊不，是好听。”

“有什么疑难杂症就大胆往他身上狂轰滥炸吧。”祝瑾年阴暗地建议。

这几天，网上的公告出来了，小志案的公开审理时间确定，到时候带上身份证去中院就可以旁听。

为此，祝瑾年特地打了个电话给沈子平，询问小志精神鉴定的结果。他说，是妄想型精神分裂。

午休的时候，她上网查了一下关于小志案的相关新闻，媒体不知道从哪里得知他被疑患有精神分裂的信息，引发网友们许多不负责任的猜测和质疑。有网友说，现在嫌疑犯动不动就精神分裂、逃脱法律制裁，公安机关有包庇的嫌疑；还有网友说，对精神病人的监管太弱，导致他们屡屡出来伤人甚至杀人，事后还不用负法律责任，对受害人和家属很不公平……

站在鹏市中级法院前，祝瑾年还有点紧张。

法院在平头老百姓眼里，本来就是个严肃神圣的所在，更何况鹏市中院是这么的气势恢宏，肃穆庄严。开庭时间未到，一些记者已经等在刑事庭外，因为审理是不允许随便拍照和录像的，他们在庭外抓紧时间采访一些前来旁听的群众和案件相关人等。

“小姐您好，您是来旁听的吗？”一个女记者把话筒伸了过来。

祝瑾年看了看话筒上印着的台标，是鹏市的法制频道。

“是的。”

“卢某囚禁、虐待自己的父亲，最后的司法精神鉴定结论是他存在精神障碍这件事，你有没有一些疑问和自己的看法要跟我们分享一下？

祝瑾年知道记者想问出什么答案，但这位记者明显挑错了人。“你说的这件事，我没有什么疑问，不是任何人都能信口开河说自己有精神病，我相信公安机关、检察院和法院会给我们一个明确的答案。”

好正能量的回答啊，她为自己鼓掌。

进入审判庭后，她在旁听席第一排见到了聂羽峥。作为案件调查的参与者，他来到这里比任何人都顺理成章。

他穿着黑色的修身西装，外套扣子没系，露出里头的墨蓝色衬衫。因正在接电话，所以暂时没发现她站在几步开外。

昨晚她收到小森的信息，鲱鱼罐头已经卖出去七罐，扣除分成，她净赚 1120 块。

“嗨，聂组长。”许是心情好，见他挂了电话，她主动走过去打了个招呼。

他抬眼见是她，眼中波澜不惊，淡淡点一点头，下巴指了一下身侧：“下午好，坐。”

祝瑾年左右看看，想了想，坐下了：“真荣幸，你亲自帮我占位子。”说罢，她故意掏出手机，“咦，收到条支付宝账户提示呢……转账 1120，真没想到那么臭的鲱鱼罐头还挺好卖，竟然只剩一罐了。”

“祝贺你，短短一个月，赚了不到一个亿。”聂羽峥偏头看她，她眼角挂着娇俏的笑意。

祝瑾年瞪大双眼：“才一千多块钱，哪有一个亿？！”

他点点头：“所以我说——不到一个亿。”

祝瑾年张张嘴，明知道他在讽刺自己，又确实挑不出错，有够憋得慌。

“下次和人打赌时，赌注别那么心狠手辣，因为不是每一次的赢家都心地善良。”

心地善良？他在说他自己？

“正是因为聂组长心地善良，宰相肚里能撑船，所以我决定以后只跟你打赌，绝对不拉着别人。”祝瑾年一边说，一边用支付宝余额拍下了某牌唇膏今年最火的色号。

聂羽峥扬了扬嘴角：“荣幸之至。”

“对了，你有微信吗？”祝瑾年斜睨他，等所有的鲱鱼罐头都卖光，她一定要在朋友圈好好嘚瑟一下，并且设定为只有他才能看见。

聂羽峥瞥她一眼，沉默几秒：“这个问题，让我想起了上次你对有人希望跟我交换微信号真实目的的精辟见解。”

“什么见解？”

他笑了笑，没答。

祝瑾年回想了半天，忽然想起自己那天在脱口而出的“约”之后又被咽回去的“pao”字。她翻个白眼：“到底有没有啊？”

“没有。”

“怎么可能？”她有点不爽，他还真当自己怀着别的目的了？“不给就算了！”

还没使逗猫棒，这只猫就奓毛了。

看来得及时安抚。

聂羽峥忽然把手机交给她。

“干什么？”她没好气地问，单手捧着他的手机，好像捧着一块烫手山芋。

“帮我下载一个。”

祝瑾年眨眨眼，解锁了屏幕，发现程序栏里真的没有微信APP。本来一肚子气，一下就消失得无影无踪。她进入APP Store，找到了程序，看着跳出来的用户名和密码：“你ID呢？”

他报上了ID和密码。

点了“下载”，祝瑾年忽然反应过来：“等等，你既然有 ID，为什么叫我帮你下？难道其他程序都是别人帮你下的？”

他拿回手机，看了一眼：“向你证明，我确实从未下载过这个程序。”

“挺方便的，你为什么不下一个？”祝瑾年见他其他热门的 APP 都不缺，就唯独少了这些聊天工具，不禁有点好奇。

他郑重其事地回答：“能用通话解决的事，没必要你一句我一句地慢慢聊。”

男人的思维方式和女人就是不一样，祝瑾年就觉得一通电话就算能说完事情，也意犹未尽，况且，一句一句慢慢聊的本来就不是什么重要的事啊。

她有意争辩道：“现在热门的聊天工具都能打网络电话了，有 Wi-Fi 的话，通话也是免费的。”

他却一脸勘破一切：“你用这些聊天 APP 打过几次网络电话？”

祝瑾年被他一语问住了，支吾了几下，就放弃了辩解。

他注册完，又把手机递了过来：“自己加。”

祝瑾年懒得输入自己长长的账号，就用最简单有趣的方法，一手一个手机，同时摇了摇，互加了账号。“你看——”她把手机还他，指着界面，“如果你要添加别人，就点这里……也可以点这里，像我刚才那样……”

他好像没听见，直接把手机放进口袋：“我不加别人。”

“哦，好吧……”热脸贴了冷屁股，祝瑾年有点尴尬，移开目光看向别处，几秒后忽然瞪了瞪眼睛，心口好像被猫爪撩抓了一下。哎，等等！什么叫“不加别人”？难不成他微信里头只打算加她一个？

她有些恍惚，偷偷斜眼看了看他，他的侧脸还是那样英俊而冷漠，可刚才那句话说得实在令人遐想。

她很想问问他，为什么不加别人，是嫌麻烦，还是他身边的亲朋好友跟他一样都不爱用这种聊天程序？但是，既然如此，那他为什么同意下载程序并只加她一人？

不能再深想了。

身为心理咨询师，祝瑾年对女人的弱点很清楚——总是喜欢脑补男人的一句不经意的话和一个随意举动背后的含义，比如夏小姐说的什么“明晚六点见”，因为对前任还有情愫，所以她才觉得这句告别含义深刻。

或许聂羽峥的这句“不加别人”只是无心，或许他的意思是，庭审快要开始了，他暂时不想碰手机。

开庭时间到，祝瑾年将注意力集中在庭审上，尽量不去想刚才的事。

案件的审理其实是枯燥冗长的，电视剧或者电影里那种双方针锋相对、高潮迭起的场景在现实中挺少见。被告人小志因为入院治疗，并没有到庭，祝瑾年不禁回想一遍案件种种，再次扼腕叹息。

一审结果出来，小志作案时不能辨认自己的行为，被免于刑事处罚，但得强制入院治疗。当晚的鹏市法制新闻播报了这条消息，祝瑾年的那段采访也被编进了新闻中。

电视前，章靖鸣直直盯着屏幕，右手握着一串楠木沉香手串，拇指一颗颗拨动着珠子，嘴角凝着一抹诡异的笑。

“诗蕊……是你吧……呵呵，是你……”

茶几上亮着的笔记本屏幕上是“荒漠甘泉”网站的咨询师简介，浏览器正停在祝瑾年的资料页上。

5.

周日，兰洁斐把整理好的问题集锦打印两份，一份自己留着，另一份待会儿要给聂羽峥。

昨天的节目播出后反响不错，很多网友和听众在广电网站论坛留言说喜欢这样的新形式，对播出的内容表示满意和期待。下午，兰洁斐特地打电话给祝瑾年，让她晚上有空一定听听今天这期。

“我团购了晚上八点半的电影票，散场都十点半了。”

“跟谁？”

“自己一个人。”

“单身狗。”

祝瑾年哭笑不得：“你倒是发个狗粮给我吃啊？”

“之前跟你说，我们请到了聂羽峥，今晚就是他做嘉宾哦。”兰洁斐说。

“为什么他做嘉宾的节目我一定要听？”

“我可是按照你的嘱咐，把最难回答的几个问题都塞给他了。你不听，岂不是对不起我？”

“好吧，我回家路上听一下。”

电影院人真多，亲密的男女朋友也好，说说笑笑的闺密也好，都是出双入对的。独自来看电影的祝瑾年还真感觉自己就是一只单身狗，买了一份爆米花和一听可乐当狗粮，快开场时跟随人潮走进放映厅，期间胡乱拍了几张照片发朋友圈——

“是不是因为这部最近超火的电影是恐怖丧尸片，所以大家都结伴来看？单身狗吃着奶油味狗粮，寂寞如雪……”

电影开始，果然特别精彩，节奏紧凑，情节惊心动魄，一环扣一环的同时，揭露了人性丑恶的一面。祝瑾年忘记了自己之前发的牢骚，沉浸在情节中，直到结尾的字幕出现，才松口气，意犹未尽的同时，心好像被挖了一个洞，为着人性的复杂而战栗。

走出放映厅，已经十点四十了，她想起兰洁斐的嘱咐，打开手机电台，调整到鹏市电台的频率。

只听兰洁斐甜美的声音传出：“下面，我们来看最后一个热心网友的求助——我是一名三十二岁的未婚男青年，自认为长得还不错。早几年，我刚大学毕业的时候，一个大一的学妹疯狂追求我，即便我离开了学校去了外地工作，她还是大胆向我示爱。她打扮比较土，长得也很一般，就是性格还不错。我那时比较寂寞，尝试和她异地恋了几个月（期间没有见过面），但我对她并不是很上心，总觉得这种倒贴的很廉价。在公司我认识了心仪的女孩，那时刚好快到春节，学妹说要坐火车来我这里，我觉得很烦，就提了分手。之后，我顺利追上了心仪的女孩，可后来因为一些原因分手了，之后，我的感情一直很不顺，工作也没什么起色。我辞职了，回到了学校所在的城市找了份工作，偶然听说了她目前的状况。没想到她毕业之后混得非常好，进了一家外资公司，我才知道她爸爸是很有权力的干部，她非常擅于人际交往，现在年薪很高，处境比我好太多。我从同学那里看到了她最近的照片，开好车，拿 LV 的包，会打扮了，看起来非常漂亮。我回来后，心情就一直很差，当初我很嫌弃的一个女人现在居然变得这么好，我觉得很怪。如果我当初没跟她分手，我可能不会混这么差，又或者她不会像现在这么春风得意。我听说她还没男朋友，想重新追她，但又拉不下这个脸。我现在该怎么办？”

这什么人啊！祝瑾年心里骂道，自作多情、自以为是，人家现在混得怎么样跟他有什么关系？他居然在纠结自己拉不下脸追她的事，他到底多大脸？！

她一边往地铁站走，一边开大了手机音量，她倒要听听，聂羽峥会怎么回复这个无耻的男人。

“这位网友，一个人会因为年纪的增大、阅历的丰富，对一些事情产生不一样的看法……”聂羽峥的声音在广播中居然也这么好听，不输给电台任何一个男主播，“这就好比我们年幼时都喜欢橱窗柜台里颜色鲜艳的遥控汽车，为了得到它们，我们可以努力得高分或者扮演几天的三好儿童。但到了这个年纪，再美轮美奂的玩具车在我们的储藏室里都变得像废品一样毫无价值。当你站在土丘上，你可能留意蚂蚁，当你站在泰山之巅，就再也看不到这些渺小的生物，反而会向往飞鸟和太阳。昨日之日不可留，专注于眼前，专注于现在的工作，一些杂事可能就不会变成心头之扰，说不定还能得到更好的机遇。”

精彩！这正是聂羽峥的风格！

全篇不带一个脏字，其用词之犀利、比喻之毒辣，背后的含义翻译出来不知有多难听——这位网友，以前那个姑娘之所以会喜欢你，是因为她没见过什么世面，错付深情。现在人家见多识广，你对她来说就跟废品一样，恨不得永远删除这段黑历史。目前人家姑娘烦恼的可能是下一个包继续买 LV 还是换买爱马仕，你丫一地摊货居然在纠结要不要主动吆喝一声引来从豪车上下来的大鳄。别臭不要脸地整天想这些有的没的，好好找份工作糊口再说吧。

祝瑾年不禁“扑哧”一声笑了，不知道那名留言的男网友听没听出聂羽峥话中的深意。忽然，她想起了夏小姐，这位女白领本可以站在泰山之巅向往飞鸟，却还是俯身去找那些叮咬过自己的蚊蚋。只希望男网友口中的这位“前女友”能够看清差距，将这段黑历史当成一本教科书。

一阵舒缓的音乐和几段广告之后，广播进入了电话提问时间。

祝瑾年走进地铁站，一趟地铁刚刚开走。从封闭安全门的玻璃倒影上，她依稀看到什么熟悉的面孔在自己身后一晃而过，往后一看，又什么都没见着。

因为有些走神，加上环境嘈杂，前两个问题她没怎么认真听，第三个电话打进《敲开你心门》热线，一个特别的嗓音传出：“你好小斐，你好节目嘉宾老师。我听了你们这几期的节目，鼓起勇气打电话进来，说说一直困扰我的事。”

沙哑、低沉甚至有些像男生，却是女人的语调。

还挺像欣雪的。

“谢谢肯定，我们会继续努力的。”兰洁斐回答。

“不知道你们看没看过一部外国电影，《初恋五十次》？”电话来询者自问自答道，“女主角遭遇了一场事故，大脑受了伤，记忆只能保持一天，晚上睡一觉后，完全不记得昨天的事，她的记忆始终停在出事那一天。”

“看过。”兰洁斐说，这部电影她恰是和祝瑾年一起看的，“这位听众，难道您困扰的事，和女主角类似？

“是的，不过……我没她那么严重，又或者我比她还严重吧，唉！”来询者叹口气，“我的失忆是间隔性的，但失去的记忆有时远远长于一天。我经常一觉醒来，以为今天是周一，可一看日期，发现竟然是周四，而我却完全不记得这几天自己干了些什么、是怎么过来的。但周一之前的事，我还记得。反正，就是反反复复，一会儿记得一会儿忘记，连我自己都不知道，自己究竟会记得哪些、忘记哪些。经常有些不认识的跟我打招呼，而我根本不记得他们是谁、我什么时候认识了他们，当然，也有认识的人埋怨我，说明明跟我约好了某件事，可我却没有办到，事后还假装想不起来。”

真的很像欣雪！

祝瑾年想起欣雪第一次来咨询，是因为觉得自己有梦游症，其中一个描述就是早晨醒来不记得昨晚居然还做了某某事，并将此归纳为梦游。

兰洁斐好奇地问：“你说的这种情况，是什么时候开始的？从小就这样？”

“大约是高考前后，具体记不太清楚了。”

兰洁斐毕竟是心理系毕业，马上问：“高考前的事，你全部记得？”

“差不多吧，记得的。”

“头部受过伤？”

“没有。”对方笃定道。

兰洁斐接着问：“去医院检查过吗？”

“去过，我的脑部没有什么瘀血、肿块、肿瘤之类的，非常正常。医生认为我是心因性失忆，建议我去心理门诊，或者催眠，弄清楚到底是什么事件引发了这种间歇性的失忆。可我觉得，我没受过什么心理创伤，生活也都挺风平浪静的，也遇到过挫折，可在我看来完全能挺住，没必要去看心理医生。我还是觉得，是因为我有什么大脑的病症没检查出来，所以，挺郁闷的。我是不是要去帝都求医？”

她说罢，就等着兰洁斐的回答。

“不知聂老师对这位听众朋友的遭遇有什么建议呢？”兰洁斐八成是不知怎么接，就直接推给了聂羽峥。

聂羽峥淡定开口：“我的建议是，如果是心因性失忆，先去做心理咨询或者看心理医生。”

祝瑾年有点想笑，绕了一圈，又回到了原点。

谁知，来询者说：“说到心理咨询，前阵子一个女人很热情地走过来跟我打招呼，说她是荒漠什么泉的一个谁谁，事后我查了一下，我们市确实有一个心理咨询工作室叫‘荒漠甘泉’。我在想，或许我去做过心理咨询，只是……我忘了。”

真是欣雪！

祝瑾年一愣，地铁刚好到站，她赶紧先上车。信号比较不稳定，广播里有些杂音，加上周围人聊天的声音干扰，只能断断续续地听聂羽峥说什么催眠之类的。

等兰洁斐的节目录完，打个电话问她这名来询者的电话吧，确认是欣雪再说。

地铁到下一个站时，几个人下车，祝瑾年找了个空位坐下，正要迫不及待给兰洁斐发微信，只觉得有人站到她的正前方，杵在那儿一动不动，她下意识抬眼看了看，背后猛地一凉。

是章靖鸣！

被黑色大衣包裹的他居高临下俯视她，表情看上去有点诡异，见她发现了自己，他微笑。

“一个人看电影、一个人坐地铁，祝师妹觉不觉得孤单呢？”

第七章

跟踪狂

/HE NI DE SHIJIE TANTAN/

1.

如果坐地铁只是偶遇，那他又怎么知道我一个人看电影？她忽然想起刚进地铁站时，自己无意中看到的一个似识非识的面孔，是他吗？

“那个人很危险。”

“他是个 Stalker。”

聂羽峥对自己的提醒清晰地浮现在脑海中，让祝瑾年一时将广播来询者是不是欣雪一事抛在脑后。

我是他的新目标吗？祝瑾年心中打满问号。

不过，现在不是思考这事的时候。祝瑾年勉强扯开一个笑容，诓他道：“章律师，巧啊。我男朋友今天有点事不能陪我，但我跟他约好一会儿在出站口见面……一起回家。”

“是吗？”章靖鸣反问，一脸心知肚明的讽刺。

“嗯。”祝瑾年硬着头皮坚持。

又过了几站，章靖鸣没有下车的意思，车厢乘客陆续减少，空座位明明多了起来，他却一直没有移动，堵在祝瑾年跟前。

祝瑾年用包挡着手机，拇指飞快地在屏幕键盘上打字，编辑一条“我在地铁站香湖出口，人有点不舒服，你能不能来接我一下？”的信息，转念一想，如果自己在香湖站下，章靖鸣不就知道自己家在那附近?

于是，她把“香湖”改成了离那儿两站远的“牧村”，想起同一批进工作室的同事巩鸿霄住址离这儿比较近，犹豫了一会儿，把信息发给他。

也不知他现在有没有空。

指示灯的牧村站开始闪烁，就快到站了，祝瑾年拉着扶手站起来：“不好意思，我先下车了。再见。”

“牧村？”章靖鸣推了一下眼镜，“这附近都是商业街，房价贵得惊人，祝师妹，你和你男朋友，谁是住豪宅的？呵呵！”

祝瑾年没理他，往门口走去。

章靖鸣慢悠悠跟了过去，

“章律师也住豪宅？”祝瑾年冷声问。

“我也正巧在这个站下。”他坦然地回答。

祝瑾年的心往上一提，又很快冷静下来。她可以确定，自己被章靖鸣盯上了。

首先，他知道她的名字，因此就有可能进一步知道她的职业、毕业年份等资料。

其次，她决定出门看电影只是昨天晚上刷微博时看到好多人推荐就团购了票，她转发了一个大V的影评，还附上一句“明晚就去看”。他很有可能从七七八八的校友甚至是她的某个同学那里得知了她的微博，已经悄悄关注她很久了。

还有，他既然知道了她的微博，就能从以前的微博里翻出她和兰洁斐等朋友经常去的餐馆、电影院和咖啡馆，所以提前在电影院等她出现也不是不可能。

表面上，他的出现很忽然，可仔细一推，他事前应该已经默默做了好多“准备工作”了。这是否就是一个 Stalker 的“台上一分钟，台下十年功”？

和那些暗地里跟踪他人的人不同，Stalker 兼具跟踪和骚扰两种属性，单纯的跟踪和窥视不能满足他们的内心。一旦被缠上，当事人将非常烦恼，遇上思想极端的 Stalker，甚至还有生命危险。章靖鸣是那种小打小闹的尾随狂还是思想极端的 Stalker？

祝瑾年有些焦虑地走出地铁站，这时，巩鸿霄回了消息——“好的，你还好吧，等我一下。”

她的心放了下来，可余光看见章靖鸣就站在离自己两步外，没有再往前走的意思，心又提了一下。

“啧啧……”许是发现她在看他，他摇摇头，“这个男朋友可真不称职，居然迟到，让女朋友大晚上的一个人站在这里等。”

祝瑾年故作好奇道：“章律师怎么不回去？”

“我跟你一样，等人。”他笑。

祝瑾年心里狂骂他不可理喻、无耻变态。

十分钟过去，祝瑾年看着马路上来往的车辆，望眼欲穿。不知道巩鸿霄什么时候能到，明摆着章靖鸣是故意不走的，现在多一分钟她都觉得是煎熬。

手机振动起来，是兰洁斐，看来兰洁斐录完节目了。祝瑾年捂着话筒接起：“喂……我……我在牧村出口这儿。嗯？什么？对！就是这样！你和聂……你们怎么知道我……好……好！我不走，我就站这儿等你们！”

祝瑾年挂了电话，心怦怦跳。

兰洁斐电话里头说，她现在坐着聂羽峥的车一起来接她，十分钟后到——他们居然知道她被尾随了。

她并没有向他们求助，他们怎么知道的?

不知过了几分钟，章靖鸣忽然转身向她走了两步，一脸难以置信:“你男朋友是聂羽峥?”

祝瑾年一愣，赶紧四处看了一下，只见聂羽峥在天桥的另一端，脚步很快，朝这儿走来。地铁出口处没有停车区，他可能将车停在了对面。

“是啊。”她故作镇定地回答。

章靖鸣忽然笑起来：“你确定?”

祝瑾年怕有诈，没再开口。

“他有老婆的。他们感情不好，早就分居了，尽人皆知。”章靖鸣双手插在大衣口袋里，面带嘲讽地抬眼看了一下越来越近的聂羽峥，说得煞有介事，“不知道他跟你坦白没有?骑驴找马呢这是，不愧是聂羽峥啊……呵呵!”

祝瑾年一时语塞，心里却十分震惊。她没想过聂羽峥居然已婚……等等，章靖鸣的话可信吗?他会不会故意说这些来诈自己?

“像聂羽峥这样的男人，就算有老婆，想跟他在一起的女人也不在少数吧?”祝瑾年摆出一副无所谓的态度，说得模棱两可，“谈个恋爱而已，想那么远做什么?只要他现在跟我在一起，我才不管他有没有老婆、有几个老婆呢，呵呵!”

说罢，她飞快地朝聂羽峥跑去，像第一天上幼儿园的孩子见到来接自己的父母一样，到他面前，一把抱住他的胳膊往他来的方向走，瞬间化身劫持犯：“别说话!别动!跟我走!不是占你便宜!上车跟你解释!”

因为她的这个动作，聂羽峥的上臂正好抵着她胸口的柔软，随着走动，一下一下蹭着。

到底谁占谁便宜?

聂羽峥当然不会挣脱，任由她抱着手臂，一路走到车前，她拉开后座的门钻了进去，他站在车外，嘴角噙着一丝笑意，好似偷腥之后意犹未尽的猫。

马路对面的出站口，章靖鸣还站在那里，表情阴翳地看着祝瑾年上车的方向，嘴里喃喃着："诗蕊，你别想跑……"

祝瑾年在后座果然看到了兰洁斐，见她进来，兰洁斐一把抱住她："怎么样？那个变态没对你干什么吧！"

"没有，我好好的。"危机已过，祝瑾年恢复了常态，赶紧打了个电话给巩鸿霄，说自己恰好搭上了朋友的顺风车，给他添了麻烦，向他道歉。

巩鸿霄没责备她，只说让祝瑾年请吃一顿豪华大餐来补偿。

祝瑾年心里挺内疚，若不是刚才情况紧急，她是不会这样麻烦别人的，看来上班时有必要跟人家解释一下。

前座一沉，聂羽峥坐了进来，问过她们各自的住址，沉默地向前方驶去。

"对了，你们怎么知道我被跟踪？"

兰洁斐比祝瑾年显得激动很多，把祝瑾年进放映室之前发在朋友圈中的照片点开。"是聂总在你乱拍的照片中发现了章靖鸣，怀疑他在跟踪你。我才知道，原来这人有好多次跟踪前科，被他跟踪过的一两个女的因为精神压力太大，辞职、搬家、远走高飞的都有呢。他是律师，特别能为自己辩解，要不打死也不承认，要不就说自己是追求对方，不是跟踪骚扰，屡教不改，大不了就是拘留几天，警察都拿他没办法。"

祝瑾年想起章靖鸣说的那些关于聂羽峥有老婆的话，鉴于他低劣的人品，很可能是胡扯。其实聂羽峥有没有家室跟她一点关系也没有，可不知为什么，她还是很想求证一下。

“聂组长，这次真心谢谢你。你录完节目本来可以早点回家，因为我，害你这么晚，不知道你家人会不会介意，也替我说声不好意思。”

不知他听没听出她话中的试探，竟没有接这个话茬，而是问：“为什么提早两站出地铁？”

试探失败，祝瑾年的心有点像被猫爪抓了，顿了几秒，她回答：“牧村站出去之后人多、监控摄像头也多，他如果不是不顾一切的恐怖分子，应该不至于大庭广众做出什么有碍身份的事情。还有，我想再试探他一下，到底知不知道现在我住在哪里，如果他已经知道我的住处，就不必跟着我在牧村下。还好，他并不知道我住香湖那一带。”

聂羽峥蹙眉，既然章靖鸣今天已经毫不掩饰地向祝瑾年表明自己的跟踪行为，说明他已经将她列为下一个骚扰目标。她的住址，他一时没能知道，并不代表他永远不会知道。

问题棘手了。

以前，他只是听沈子平和手下几个派出所抽调上来的年轻警察抱怨过章靖鸣的劣行，现在看来，这个人不进监狱，就不会有消停的一天。

见聂羽峥久久没有开口，祝瑾年换了个话题：“你们刚才的广播我听了，真的非常好，尤其是聂组长讽刺那个自恋狂的那段，痛快！不知你们对打电话进来咨询的那位失忆症怎么看？”

“听上去很玄幻，不知道真的假的。”兰洁斐说，“如果是真的，还是全面检查一下成因比较好，忘性这么大，哪天借别人几万块，第二天全当没发生过，可不遭殃？”

“她好像是我曾经接待过的一位求助者，反映的情况和我了解到的大同小异，但当时，我没想过她是失忆症这一可能。”祝瑾年说。一对一咨询时，她应当对欣雪的咨询内容保密，但欣雪又转而用电话形式咨询兰洁斐和聂羽峥，她觉得，还是有必要说明一下的。

兰洁斐点点头："明天我查查来电号码，你核对一下究竟是不是。"

因为暂时不确定电台求助者的身份，关于欣雪的咨询内容，祝瑾年没再多透露。

2.

兰洁斐先下了车，聂羽峥在香湖公园附近的雅梅阁门口停车之前，从后视镜里查看了一下后方是否有一直跟着这辆车的的士或私家车，确认章靖鸣并没有跟上来后，他熄火，在手机屏幕上按了几下，又向后递给祝瑾年。

她接过一看，是通讯录界面，"祝瑾年"的名字下方，前缀为"工作"的位置显示着她的办公室电话号码，下面新增了一个"私人"项目，留给她填。

祝瑾年乖乖把自己的手机号输进去，趁这个机会，她偷偷打开他的微信程序，发现通讯录里竟然还是只有她一个人。

她有些慌，赶紧关掉了所有程序，把手机还了回去。

或许他以为她习惯用微信联系，就保留了这个程序，和别人，还是用通话解决？

这么一想，她又放心下来。

聂羽峥凉薄的嘲讽忽然传来："腿还能动吗？要不要我扶你上去？"

"我胆子没那么小！"祝瑾年瞪他一眼，开门下车，为了显示自己健步如飞，还特意原地跳了两下，看起来非常滑稽。走了几步回头看，车还停在那里，她又好奇地走回去，敲敲车窗。

"你怎么还不走？"

"我需要确定章靖鸣没有在家门口迎接你。"摇下的车窗内，聂羽峥露出幸灾乐祸的笑意。

祝瑾年被他这么一说，背后一阵发寒。咬了咬下唇，她生硬地说："聂组长，能不能麻烦你……"

话还没说完，他合上了车窗。

祝瑾年嘴一撇，转身要走，却听见他开关车门的声音。

他慢慢走来，站在她身边，用下巴指了一下雅梅阁的入口，他要做的跟她刚才想让他帮忙的内容一致。

望着离自己仅一步之遥的高大身影，她暗想，有他在旁，上楼时安心多了，就算有什么不法分子猛扑上来，好歹还能充当人体盾牌。

"以后，不要称呼我为'聂组长'。"

"那要叫你什么？"祝瑾年反问，迈腿向前走去。

"其他，随意。"他陪她等电梯，嗓音略低沉。

"好吧……"祝瑾年想了想，"——老聂。"

"再见。"聂羽峥转身走开。

祝瑾年心中又好气又好笑，见他真的越走越远，急了，跺了跺脚，大叫："喂！聂羽峥你这个浑蛋！不准走！"

"聂羽峥你这个浑蛋……"他重复道，停步转身，"原来我的名字这么长？"

这几句往来真像打情骂俏。

祝瑾年住在二十二楼，每天早上的上班高峰时段，电梯从上到下要走五分钟。住在这里两年多，她印象最深的是某次半夜打雷，雷声巨响无比，好像从头顶直炸下来，把她整个人从睡梦中炸醒。对邻居们都很陌生，只认识对面那排正对自己房门的五口之家，一对老人，一对打工夫妻，一个孩子，挤在这二三十平方米的房子内，放了两个上下铺，房间内常年很昏暗。在鹏市，打工小夫妻能买下这样一套单间已是不易，祝瑾年不知道自己再奋斗几年，才能首付一套这样的小公寓。

许是电梯里有点闷，聂羽峥拉了一下领带，解开领口第一颗扣子。

“夏天，会开空调。”祝瑾年向上指了指，没头没脑地说了一句。

她不知道自己究竟要说明什么——我住的地方还不赖?

“入口只有一个保安。”窄闭的小空间内，聂羽峥的声音一如广播中那样好听，“我们进来的时候，他在打瞌睡。”

这句话的意思是，你住的地方安保系数太低。

祝瑾年却觉得，自己被跟踪只是一时的，人家不至于时时刻刻都潜伏在她周围。

“我知道你的意思，以后上下班还有周末出门时我会注意的，尽量不落单，也不去那些没有监控的偏僻角落。”她用很官方的说辞回复道。

聂羽峥偏头望着她的侧脸，无言。

今天出门，她近乎素颜，没有在眼角刻意上扬的眼线，也没有每天随妆容、打扮而变化的唇彩，反而多了一丝清丽，透过她的容貌，聂羽峥也能依稀回忆起当年叱咤校园的禾诗蕊。

那个女生美得犀利而张扬，永远有一种蓬勃的傲气，走到哪里，都要吸引全部人的目光。

对于禾诗蕊的失踪，这么多年他甚少关注，章靖鸣和失踪案到底有多少关联，他仅从沈子平的抱怨中知悉一二。如果章靖鸣对禾诗蕊没有特殊的情结，他为何开始关注祝瑾年？如果章靖鸣和失踪案有着巨大的联系，祝瑾年会不会成为第二个禾诗蕊?

前阵子，王谦回国参加校友会时曾经说，禾诗蕊被找到的那天，章靖鸣离监狱应该也不远了。

这种有罪推定是不符合刑侦精神的。

“到了。”电梯门开启，祝瑾年探身看了一下，走廊里空空如也，一个人也没有。

聂羽峥一步跨出电梯，停下，没有再往前送的意思。

“谢谢你，回去时开车慢点哦。”祝瑾年像一只轻快的小鹿，出了电梯后帮他按了下行键。

“我们再赌一次？”他忽然说。

祝瑾年眨眨眼：“赌什么？”

“失忆症。”

他指的是电台求助的那位女性，被她怀疑是欣雪的那个。

“我不跟你赌。”她狡猾地拒绝，“第一，失忆是广播里求助者自己的判断，不是我的判断，用这个赌，我怕我输不起；第二，上次是你提醒我，以后不要再跟别人打赌了。你，忘了吗？”

他挑眉：“输了一次，果然学乖了。”

“上次，我没有输。”祝瑾年强调。

“好，就算你没输。”聂羽峥这话说得好像在迁就她的自尊，无形中的逗猫棒又动了起来，撩得祝瑾年心头一股小火苗又蹿起来了。

“你在跟我玩激将法？”

“激将的对象是将，并非唯唯诺诺的小兵。”

“象棋中，兵只能前进不能后退，将却躲来躲去。”

“所以，你是将，还是兵？”假设这是一盘棋，他开始将军了。

“我是将。”

再将军——“所以你也躲来躲去。”

“才不是。”她狡辩，“将总是一方棋子中最后死亡的那个，幸运的话，胜利一方的大将还能免死呢。”

“对你来说，跟我打个赌，比死还可怕？”这话一说出，将死了祝瑾年的小自尊。

“要赌也可以，你就站在‘失忆症’那一边，凡是和失忆症不相符的所有结果，都算是我赢，怎么样？”祝瑾年故意提出过分的要求，无论聂羽峥答不答应，对她来说都没有损失。

“好。”

他答应得非常干脆。

反正他参与这场赌博游戏就不是为了赢得什么赌注，在章靖鸣被逮捕之前，他不能让她不断被跟踪骚扰。依她的性格，之后恐怕又会独自调查当事人的疑难心理谜题，这一切都会给章靖鸣可乘之机。

“在恪守保密原则和当事人同意的前提下，我将介入她的心理诊断，后期，对这名当事人的所有调查、疏导，我都必须知晓、亲自参与。别忘了，无论对外还是对内，你都是我的助理咨询师。”

祝瑾年微怔：“你的意思是，你要跟我搭伙做欣雪的心理疏导？”

他沉默，算是默认了。

“你咨询的价位太高了，人家欣雪还不一定愿意出这种高价呢。你这有点强买强卖啊。”

“这个 Case 中我的部分，免费。”

祝瑾年狐疑地看着他，继而又好像发现了新大陆，眼睛一亮：“你今年期末准备用这个例子当考题？”

她的这种思维逻辑，让聂羽峥不禁思考自己本着认真严谨态度出的考题，到底给往届学生们带来多大面积的心理阴影。他趋前一步，左手按在祝瑾年身侧的墙壁上，上身微倾，压低了嗓音：“你当年究竟考了多少分，以至于那么恨我，嗯？”

楼道昏暗的照明柔和了他五官的英气，他望着她，明明没有触碰她任何一处，连衣角都没挨上，这个姿势却让祝瑾年感觉浑身血液直冲脑门，脸热得好像能煎蛋。

暧昧流转，她故作镇定：“59！”

“你应该记恨的，是改卷人。”他含着笑意。

祝瑾年揉揉鼻尖，脸上的火已经烧到了耳朵，她谁也不恨，就恨现在面红耳赤的自己，她不敢抬头迎上他的目光，怕这一脸的红云泄露了自己慌乱的心。

“都过去那么久了，谁没事一直记着这些小事。”她答，尽量稳住自己的语调。

“这不是小事，你若能记一辈子，是我的荣幸。”

“谁要记一辈子了？明天起床我就全忘了。”

“我做点什么，能让你长点记性？”他问。低着头的祝瑾年能感觉到，他上身压得更低，嘴唇离她头顶只有一厘米。

祝瑾年默不作声，抬眼迎上他的目光，又飞快垂下眼睫，大脑完全无法思考。

暧昧僵持了几秒，看看手表，他适可而止，退开一步：“不早了，晚安。”

“再见！”她如获大释，掏出钥匙急急开门，“砰”的一声把门合上，靠在门后，一时陷入恍惚，虚望着前方发呆。

手机的振动让她回神，一看，是兰洁斐打来的电话。

“你到家了吧？”

“刚到。”祝瑾年换了拖鞋，瘫坐在沙发上，刚才简直用尽了全力才抵御住聂羽峥撩人的动作和表情。所以，她刚才一直在思考，他是故意撩她，还是自己自作多情。

“这么快啊！”兰洁斐的语气听起来有点遗憾，“我以为我这电灯泡先下车之后，你们会去江边兜兜风啦，说说话啦，吃个夜宵喝个小酒什么的。”

“你看看几点了！再说，我跟聂羽峥说不到十句话就想动手打他，怎么可能一起喝酒，你就不怕我酒后乱性……呸呸，以酒壮胆真的跟他打上一架？”祝瑾年脸上红云未消，急于撇清，说得十分激动。

“我都不知道你这么暴力……”兰洁斐被她的气势吓住了，叮嘱她快点休息后就挂了电话。

祝瑾年扔下手机正准备洗澡，手机却再次振动起来，是一个陌生的号码。

“喂……你好？”

“亲爱的瑾年，周围这么安静，可见是到家了？”陌生男人的声音。

祝瑾年微微愣了一会儿，反应过来后直接挂了电话，再把这个号码拉进黑名单。心跳得飞快，有种不安全感席卷而来。她忽然有点害怕，关机之后又赶紧把灯关掉。

3.

这几天上班时，祝瑾年感觉自己跟做贼一样，开门前看看猫眼，出公寓大门前也先左顾右盼一番，就怕章靖鸣忽然从哪个角落冒出来，笑吟吟地跟她打招呼。

就这几天消停的情形看，他似乎还没发现她的住处。

她把自己的微博粉丝筛了一遍，看不太出来哪个是章靖鸣，再说，他要看她微博，不一定要成为她的粉丝。

私事是私事，正事还是得办。兰洁斐把那天电话咨询的号码发给她了，跟欣雪留下的来电显示一比对，果然一模一样。

在祝瑾年的授意下，兰洁斐打了个电话给欣雪，以电台主播的跟踪回访为借口，问她要不要去心理咨询，要推荐一位心理咨询师给她。

欣雪接到电话时，刚好排完一段舞，在场边休息喝水。这通莫名其妙的电话让她啼笑皆非。

“你是……小斐？《敲开你心门》的那个小斐？哈哈，怎么可能？我没有打过你们的热线啊，你到底是打错了，还是骗子？”

“这位听众，如果你不信我的话，可以去找一找上周天晚上的节目音频，我们官网上有。”兰洁斐不是没想过这个情况，所以早就想好要怎么应对了，“因为你向我们求助的内容是失忆症，所以你忘记打过热线这回事，我们也非常理解。我希望你能尽快回忆起来。”

那头，欣雪沉默了很久：“……这样啊，那我……我找找看。”

挂了电话，欣雪还是不太愿意相信，上网搜了一下电台《敲开你心门》栏目的热线电话，然后翻找着自己的手机通讯记录，惊异地在兰洁斐说的那个时段找到了呼出记录。

她顾不得练舞，赶紧上了鹏市广电的官网，找到那天的音频，将进度条拉到后半段，一会儿后，就听到了自己的求助内容。

她呆愣在原地，整个人都好像处在梦境中。

那天打这个热线的……怎么可能是自己？什么每隔几天就失忆？自己根本没有失忆啊！昨天、前天，甚至大前天的事，她都记得一清二楚，包括上周天，她也能想起来自己大约怎么过的！

上午下午她都在练舞，要控制体重，中午就吃了一根煮玉米和一份沙拉菜，因为正好处在月事中，晚上腰疼得厉害，不得不炖了点桂圆红糖水喝，早早就睡了……

难道，又是梦游？

梦游的人，会打电话吗？会逻辑这么清晰地说出那样一段话吗？带着几分疑问，她赶紧给祝瑾年打了个电话。

看着座机的来电显示，祝瑾年有几分意料之中。她故作无知地接起，礼貌地打招呼：“喂，您好，荒漠甘泉工作室，我是咨询师祝瑾年。”

“祝老师你好，你还记得我吗？我……我是欣雪！”独特的烟嗓，略带一丝急切。

“当然记得。小雪，最近如何？”

“我的梦游症好像更严重了。我……想找你当面谈谈，你有空吗？”

祝瑾年右手把玩着一支笔：“明天上午十一点，我有空。”

“好，我准时去找你。”

祝瑾年提起办公电话的话筒，想了想，又放下，拿出手机，打开微信，找到聂羽峥，发了条消息。

“在忙吗？”

不知现在他微信通讯录里增加了几个人。

手机振动起来……他果然不是个喜欢用聊天工具的男人。只是……他不觉得一句一句慢慢聊会有个缓冲期、能斟酌很多用词和语气吗？

“喂。”祝瑾年的声音透着些无奈和慵懒。

“有事？”嗓音低沉清冷，但却很好听。

“那天咨询你关于失忆症问题的求助者，确实是我曾经的客户。小斐让她听了那天的节目音频，她打电话给我了，一方面，可能完全不记得自己打过节目热线，另一方面，她说要找我谈谈。”祝瑾年慢悠悠地说，“她来咨询时，我会询问她是否同意你介入。我不能因为跟你打赌，争强好胜，就随便把客户的隐私同你分享，即便你是专业的心理分析师和研究者，也不可以哦。”

“你的专业素质和职业道德让我感动。”聂羽峥说，“等你的好消息。”

祝瑾年敷衍地笑了两声，就道了再见。

聂羽峥望着手机屏幕上短短 56 秒的通话时长，扬了扬嘴角。

以前，他最反感有的人通话时正事里夹杂其他闲话，当祝瑾年做到一通电话除了正事全无闲话时，他却有几分意犹未尽的遗憾。

人果然是主观的动物。

另一侧的单人沙发上，沈子平表情凝重，好像陷入什么回忆中，老半天才回神："你……电话打完了？"

聂羽峥颔首，把手机放在一边。

"你一直盯着手机看，我还以为你还要接其他电话呢。"沈子平端起热茶喝了一口，清了清嗓子，"你忽然提出重新调查禾诗蕊失踪案的建议，让我很意外。她其实算是我的一个心结，当年，我成为刑警接手的第一个案子，就是她的失踪案。目前，她只能跟全国其他失踪人口一样，被录入进DNA信息库，出现什么身份未明的女尸，才会被比对一番。想想……都十年了吧，都没一具尸体对得上号。"

"你的心结究竟是失踪案本身，还是失踪者？"聂羽峥抬眼，虚望着杯中缓缓下沉的几片茶叶。

沈子平哈哈笑起来："你心知肚明，就别故意话中有话地刺激我了。也不瞒你，我跟禾诗蕊初中就同班，我一直挺喜欢她的。因为这个，我是又希望找到她，又希望她不要以一具尸体的形式被比对上！对了……"他坐直身子，转头看着聂羽峥，"上次配合调查的祝瑾年，她跟禾诗蕊长得还挺像，当时一见到她，我都蒙了。"

聂羽峥偏头，与他目光相对："因此，她被章靖鸣盯上，并不令人意外。"

"什么？！"沈子平双眼一瞪，"那个浑蛋他……"

"禾诗蕊失踪后，你为什么执意跟章靖鸣这条线？"

"就是因为章靖鸣对禾诗蕊的跟踪和骚扰已经让她不堪其扰！"沈子平有点激动，"我们问过禾诗蕊身边很多朋友，包括她同宿舍的几个同学，她多次被吓哭，躲在宿舍不敢出去。他幻想禾诗蕊是他的女朋友，写一些描述自己和她做那些事的秘密日记什么七七八八的，非常露骨、毫无下限；暗地跟踪她的时候，他甚至……唉！不说了，恶心。他对禾诗蕊非常狂热，在我看来已经达到了变态的程度，如果祝师妹是他的新目标，他肯定会重蹈覆辙。她住哪个片区？我得跟派出所的弟兄们联系联系，特别关注一下小祝。”

“治标不治本。”聂羽峥不以为然，“跟踪狂的心理机制就是以受害者巨大的反应为乐，反应越大，他们受到的鼓励越强。如果可以，我想了解一下当年你对章靖鸣的调查内容，一旦发现突破点，请你立刻重启侦查。”

“你如果愿意帮忙，我当然义不容辞，我比任何人都希望那小子进监狱。”沈子平马上站起来，走到办公桌旁，拿起话筒，“小刘，你把我电脑里那份 060412 案件资料整理出来，送到我这儿来。”

“时隔十年,你对案件号还能脱口而出,不知是记性好,还是情结深。”聂羽峥眼中暗藏一抹笑。

“嘿，你又来了。”沈子平无奈道。

半小时后，小刘把资料送了进来。

沈子平忽然有所觉悟，看了看聂羽峥，长长地“哦”了一声：“醉翁之意不在酒！校花是过去时，某人是现在时啊。”

聂羽峥不置可否，接过资料，点了下头算是告别。

办公室又回归平静，沈子平双拳紧握，肩膀微微颤抖，禾诗蕊的样貌又清晰地浮现在眼前，一时间，爱恋、苦楚、心酸、疼惜交织，一段刻骨铭心的暗恋，纵使现在有妻有子，一想起不知身在何处的她，这种复杂的感觉仍如同惊涛拍击着堤岸，年轻时未说出口的三个字，成为这个男人毕生的执念。

临近十一点，祝瑾年让保洁阿姨收拾了办公室茶几上喝剩的饮料，坐等欣雪。

今早她还真的挺忙，一共来了两个咨询者。第一个是被父母强押过来的年轻男子，看上去二十几岁，原因是目前正和一个五十多岁的女人谈恋爱，且打算结婚。第二个是之前来过一次，并且不怎么满意祝瑾年疏导方式的林小姐，求助内容和上次大同小异，她男友和前女友虽说没有什么实质上的正面接触，可总是通过微信、QQ之类的藕断丝连。这回祝瑾年站在了中立一方，分析了男人吃着碗里的看着锅里的心态，痛斥了前女友，但还是暗示了林小姐，人的耐心都是有限的，该决断的时候最好决断，免得浪费青春。

这次，林小姐表示非常满意。

十一点到了，欣雪没有来。

祝瑾年又等了十五分钟，还是没有访客。

十一点半的时候，她给欣雪打了个电话。

“你好小雪，有什么事耽搁了吗？我们的咨询要不要改个时间？”

“……请问，你是谁？”语气有点冷。

该不会……

“我是祝瑾年。”

“不好意思，你可能找错人了。”

“我找欣雪。”祝瑾年试探。

“但我不认识你。”欣雪回答。

眼见她就准备挂电话，祝瑾年脑中忽然一激灵，问：“你上周天是不是打过电台的热线？”

那边沉默了一下：“……你怎么知道？”

她又记得上周天的事了！

这种间歇失忆的方式太过古怪，祝瑾年对“失忆”和“梦游”这两种说法都产生了怀疑，她有个大胆的猜想。

第八章

她是不是双重人格?

/HE NI DE SHIJIE TANTAN/

1.

学术研讨会进入尾声，聂羽峥的手机忽然振动起来。放在以前，这通不合时宜的电话一定会被置之不理，但人是个主观的动物。

聂羽峥离开了座位，走到会议室外头较为安静的走廊。

“没打扰你吧？”对于他的生活，祝瑾年一无所知，两次主动与他联系，都用了这样客气的开头。

“没有。”即使有，也是没有。

祝瑾年的声音显得有些激动：“你接触过双重人格吗？”

聂羽峥抬眼，想了两秒，慢慢踱到窗边：“目前为止，接触过一个多重人格，主人格之外，分裂出性格迥异甚至年龄相差巨大的三个人格。这个人，想必你也有所耳闻，他就是当年轰动全国的廊临特大连环杀人案嫌疑人。”

停顿一下，他问：“你忽然这么问我，是向我求教还是给我提供可分析的案例？”

“如果说，二者兼而有之？”

聂羽峥心里猜出大半，还是明知故问道："谁是双重人格？"

"失忆症那个。"她回答，"今天约好了到我这儿咨询，可居然又不记得我是谁了。可她记得自己周天打过热线，说不定，这会儿她记得你。"

聂羽峥笑："仅凭这个，你认为她是双重人格？"

"我只是大胆假设而已，然后，小心求证。"

"精神可嘉。"

那边沉默了几秒："……我现在是越来越听不出来你到底是夸我还是损我了。"

"夸你。"聂羽峥眼里笑意未减。

祝瑾年敷衍地笑："呵呵，我不信。"

"给我她的电话。"

"你……干吗？"

"趁热打铁。"

她仍不解："什么？"

对她，他非常有耐心："趁她还记得我的时候，核实一下你的大胆假设。"

她把电话号码发过来的时候，里头的会议刚好结束。聂羽峥回到会场，将汇编论文集收进公文包内，待开会的专家学者差不多都离场后，拨了过去。

"你好，我是聂羽峥。"

"聂羽峥……"对方迟疑了一下，忽然"哦"了一声，"您是聂老师？您……有事吗？"

"你拨打热线时说，自己有间歇性的失忆症，脑部却没有受过外伤。最近，我们课题组恰好正在研究这方面的问题，我们需要一些实例丰富的论点。我想，既然你有求助的意愿，又不愿意去心理咨询或门诊，那么，在不透露隐私和个人真实信息的前提下，是否愿意跟我详细说明一下？”

“聂老师……”电话中的欣雪，欲言又止，好一会儿才继续说，“失忆这件事，已经严重影响到我的生活，但我又怕被人发现，以为我脑子有什么毛病。为了提醒自己，我有时会把一些重要的事情记在本子上，可记下的事情，我往往不会忘，可一些莫名其妙的事和人总是在提醒我，我确实忘了一些东西。我总不可能把自己的吃喝拉撒都记在本子上吧？还有，我感觉这几天……我是找过心理咨询师的，因为就在刚刚，一个好像是姓朱的女咨询师打电话过来问我为什么爽约，可我真的想不起来了。我很苦恼，快疯了，真的。”

“心理咨询师，祝瑾年。祝福的祝。”聂羽峥纠正，护短心理暴露无遗。

“对！就是这个名字！其实，她……找过我不止一次，而我根本不认识她，或者说……认识她的经过我忘了。”欣雪忽然一顿，问，“这么说，您也认识她？”

“她是你的心理咨询师，同时，也是我的助理。你找她做心理咨询时，否认了电台求助的事。你在电台求助于主播和我时，又否认了做心理咨询的事。可以说，目前你一共向三个人求助过，她、我和主播小斐。”

“天啊！”欣雪惊呼。

趁热打铁现在开始——“既然如此，你是否同意我与祝瑾年一起负责你的心理困惑疏导？”

“同意！不单您想知道，我也很想知道自己到底跟她说了什么啊……”欣雪听上去很恍惚，“聂老师，我们……能见个面吗？我的意思是，我、祝瑾年和您，三人一起见个面？”

“当然可以。只是，为了避免那时你忘记我们的这段对话，你现在按我说的做。”

“好，您说，需要我做什么？”

见面地点约在松海大厦对面的蓝海咖啡馆。祝瑾年提早到了，点了一杯卡布奇诺。午后的暖阳透过玻璃落地窗洒了半张小圆桌，插着一枝桔梗的圆形花瓶在阳光下显得晶莹剔透。

等待过程中，她打开微博，想看看那些关注号这个时段的更新，却先看到了三条未关注人私信。

点开一看，来自一个没有头像的陌生ID——hello4009。

hello4009：亲亲小年，你真香，用的是“伦敦女士”香水吗？光是闻见你的味儿，我下面就硬得不行。

hello4009：你穿黑色衣服显得好白，我不禁想，你的胸罩和内裤是否也是黑色？如果那样，就太完美了，我会在你乳沟中醉死！

hello4009：你是我这辈子必须要干到的女人。

遣词造句如此下流！真是辣眼睛。

祝瑾年瞥了一眼自己搭在椅子把手上的黑色呢子大衣，眉心紧蹙。

是不是章靖鸣？今天，他在哪里看到了穿着黑色外套的她？又怎么嗅到了她的香水？或者……他已经跟踪她多日，甚至擦肩而过，是她近日放松警惕浑然不觉？

身后传来一阵沉稳的脚步声，祝瑾年回神，偏头看看，聂羽峥到了，一袭烟灰色呢子西装款长外套，俊雅清贵，路过她身边，阳光的味道随之掠过。

他拉开座椅，在她对面坐下，颔首，淡淡一句“久等”。阳光洒在了他的肩膀，他和咖啡馆的背景墙一样，都是暖色调。

祝瑾年抬眼看他，勉强扯开一个微笑，表示自己并不介意。

他低头翻阅着咖啡馆的手写Menu，眼也不抬，却问：“有心事？”

“你看看这个。”祝瑾年把自己的手机推了过去，同时，认真观察他的表情。

他看了一眼屏幕，眉心就紧紧地皱了起来，抬眼看了看她，目光移向一旁的黑色呢子外套，定了一会儿，忽然，他又转头飞快地扫了几眼外头的马路，最后，目光落回了祝瑾年脸上。

“我得去报警。”祝瑾年严肃地说。

“就算证据确凿，法律给予这种行为的最重处罚不过是拘留十天，罚款五百。”聂羽峥的指尖点了点屏幕，“这就是章靖鸣屡教不改的原因。”

祝瑾年愕然：“难道就这么算了？你看看他说的那些话！”

“当然不能。”聂羽峥看住她，“我来处理。”

祝瑾年想追问他究竟要怎么处理，余光见欣雪走进咖啡馆，话到嘴边又咽了下去，只能先把这篇翻过去。

“……谢谢了。”

“说早了。”他回。

“嗯？”

聂羽峥望着她，嘴角扬了扬，却不多解释。

他到底要怎么处理？等等，他对她受骚扰一事好像十分上心？其实，这事他也可以撒手不管，毕竟她与他没什么唇亡齿寒的利害关系啊……祝瑾年几分失神，戴着口罩的欣雪走近，跟她打了招呼，她才回过神，赶紧抬头笑道：“来了？请坐。”

欣雪一时不知该坐在哪一侧，左右看看，带着几分惊艳，指着聂羽峥：“呃……这位是……”

聂羽峥释然，眼前的这位穿着红色毛衣外套的年轻女子正处在完全不记得自己的阶段。

“这是聂羽峥，我们‘荒漠甘泉’的心理师之一。”祝瑾年介绍道，“你向电台求助时，他作为节目嘉宾接听了你的电话。你听过节目的话，应该知道的。”

“你好。”聂羽峥淡然道，公事公办的语气给人很强的疏离感，与和祝瑾年说话时态度完全不同，“我们昨天通过电话，约定了见面的时间、地点。”

欣雪在原地呆站了一会儿，似乎还是没想起来昨天与聂羽峥通话的内容。她踌躇着，选择坐在了祝瑾年身边的那个位置，双手交握放在桌子上，低着头，看上去非常落寞和郁闷。

祝瑾年隐隐嗅到她身上熟悉的香水味，不禁揉揉鼻尖，可能是个人喜好不同，她一直不怎么喜欢这种味道。她抬眼看对面的聂羽峥，只见聂羽峥正在观察身边的欣雪，那目光带着审视，久久没有移开。

“带手机了吗？”一会儿，他开口问。

欣雪抬头，回答时有几分紧张，一边找一边说：“带了。”

聂羽峥用下巴指了一下她找出来放在桌上的手机：“打开语音记事本，找到命名为我名字的那条记录。如果不介意，用最大音量播放一遍。”

听起来像是在变魔术。祝瑾年饶有兴趣地看向欣雪。

只见欣雪迟疑了一下，最终按照他说的，在自己的语音记事本里发现了这条记录。她双眼一瞪，抬头看看聂羽峥，又偏头看看祝瑾年，带着几分急切和探究，点了播放。

“嗯——我是欣雪。因为我记性不好，所以录个音提醒自己一下。我同意聂羽峥对我的异常状况进行研究和调查，因为之前我求助过一位姓祝的咨询师，但全部忘记了，所以这里我还同意聂老师和那位祝老师之间互通有无，全面了解一下我的具体情况。好，就这样。”

祝瑾年看向聂羽峥，对他点了点头表示赞许。他这个主意非常不错，无论欣雪今天来的时候忘记的是聂羽峥还是祝瑾年，或者两人都被忘了，这个录音都能证明她同意这二位一起参与她失忆症的调查。这样一来，省得互相解释半天。

“昨天中午录的……”欣雪喃喃着，像在自言自语，眼神透着一丝疑惑和不安，“奇怪，我昨天什么时候……”

“完全不记得？”聂羽峥确认道。

欣雪摇摇头：“这就好像一个跟我拥有一样声音的人拿我的手机录了这段话一样。”

2.

聂羽峥定定地直视她的眼睛，观察她眼球哪怕是一个细微的移动。

“全忘了？”

“真的不记得！”欣雪笃定道，转而求助打过好几次交道的祝瑾年，“祝老师，这到底是怎么回事？我一直以为自己只是在睡觉的时候会梦游，现在居然做出这么多不可思议的事，我该不会得了精神病吧？”

“欣雪，没那么严重，你不要胡思乱想。”祝瑾年双手拍了拍她的肩膀，舒缓一下她紧张又恐惧的情绪，“因为遵循保密原则，我之前没将你的咨询内容告诉聂羽峥，既然你同意他介入，我就说一说从我认识你到今天，我与你之间发生的一些事。你也听听看，还记得不记得。”

“好，你说！”

“你第一次来找我，是因为怀疑自己患有梦游症。”祝瑾年将那次的咨询情况简单说了一遍，“之后，我们工作室进行了回访，你说你感觉不错，还打电话给我，送了我两张票，让我去看你的伴舞。”

“这个我记得！”欣雪急于证明自己，急急地说。

祝瑾年拍拍她的背作为安抚：“那天，我确实去看了那场演出，你给压轴的 Amy 伴舞，演出结束后，我去找你，跟你打招呼，但是，你根本不认识我，还问我是哪位。我以为你不想让人知道你去做心理咨询，所以假装认错人，先走了。第二天，我打电话给你，而你却说演出后并没有看见我。这个过程中，你现在记得哪些事？”

欣雪马上回答：“我记得我送过你票，也记得你给我打电话说你想跟我打招呼，但人多、声音杂，我没有听见你叫我。”

“那是试探你，你果然不记得我去找你的事。你丢掉了中间的一段记忆……”祝瑾年点了点头，若有所思，“那你记不记得给Amy伴舞的事？”

“好像记得又好像不记得……”欣雪说，“Amy虽然是选秀上去的明星，可好歹也算有名气的，我本想着跳完舞找她要个签名，可最后居然没去要。说来挺奇怪的，上台之后，我就没什么记忆了。我练舞练多了，有时很麻木，练完时完全不知道自己刚才练了几遍，我也没多在意。”

“你的记忆是间断性的，但是，你记得的部分相对来说比较连贯，从逻辑上分析，并不算混乱。”聂羽峥给她吃了一颗定心丸，“这说明你的精神状况和智力都很正常，所以不用担心这方面的问题。”

欣雪放松下来：“这么说我只是失忆？”

聂羽峥没有正面回答她，而是问：“昨天中午十二点到十二点半之间，你在做什么？”

这个时段，恰好是他打电话给欣雪并要求她录音留下证据的时段。

“我有点困，没吃午饭就先睡了个午觉，到下午两点多才醒。但竟然没觉得饿。”欣雪还是倾向于自己患有梦游症，不死心地问，“会不会是我又梦游了？我上网查过，梦游中做的事，醒来完全不记得也是可能的。”

祝瑾年下意识去看聂羽峥，他也恰好看过来，微微摇了摇头，示意她不要对欣雪下什么误导性的结论。他从公文包里拿出一份心理测试表，让欣雪填写：“按照看到题目时，心中的第一想法填写，不用顾忌是否符合大众价值观。无记名，我们负责保密，根据协议，如果泄露，可以找我索赔。”

表内的选项很简单，基本由“从不，偶尔，经常”或者“是，否”构成，但问题设置却最能窥探求助者的心理状态，有的问题是心理师根据求助者反应的情况特别设置的，具有普遍化和个性化的特征，因此“荒漠甘泉”规定，心理测试表都由求助者现场填写，不允许拍照和录像。

欣雪一边填，聂羽峥一边同她闲聊，问她一些关于舞蹈、睡眠、进食和作息规律的问题，祝瑾年也不插嘴，就坐那儿听，总觉得他绕来绕去的似乎想刺探什么。

“我去一下洗手间。”等待她填表的间隙，祝瑾年起身，顺便带走了自己的手机。

洗手间隔间里，她给聂羽峥发了条信息：

“现在该怎么办？”

不一会儿，他回了一条：“目前跟我们对话的，是向你求助的欣雪。我需要跟向电台求助的欣雪对话，再看一看她的填表结果才能下结论。”

“不知道她什么时候才能真正记起你。对了，她手腕有一条类似割脉留下的疤痕，你试着问问是怎么回事，或许跟她的‘失忆’有关。”

“拍一张我与她见面的照片，留证。”

“好。”

祝瑾年走出洗手间，悄悄绕到他们那桌的侧面，拍了几张照片，还录了一段视频。

再回去的时候，隐约听到欣雪正在说：“……除了你们说的几件事，其他我都记得很清楚，求助电台时说的那什么一连几天的记忆都没有这种事，根本没有啊。我是一天一天过的，不可能从周一直接跳到周五。我也觉得很奇怪，我梦游时为什么要说这个，唉！人在做梦时总是五花八门、天花乱坠的……”

余光见她走近，聂羽峥很自然地站起来，绕过桌子，将祝瑾年刚才坐的椅子往后拉了一下，双手搭在椅背上，像是等她坐进来。

祝瑾年受宠若惊，一边说谢谢，一边坐好。

她确实惊到了，以至于坐下后仍有一分多钟不在状态，神游太虚，脑中反复问着一个问题——他为什么要这么做？

聂羽峥神色如常："再观察一周左右，到时再联系。"

祝瑾年听聂羽峥说这句话，才回神，端起咖啡喝了一大口，对欣雪说："嗯，先按他说的，如果再发生这种'梦游'，你随时联系我……或者聂……聂羽峥。"

"好。"欣雪点点头。

祝瑾年看向聂羽峥，用询问的语气说："那我们就……"

他不接，只和她对视，眼中含着几分笑意。

难道刚才的失态被他发现了？祝瑾年明白了，他一定是故意做那个动作来捉弄她！她瞪他一眼，撇嘴，抬手摇了摇："买单买单！"

聂羽峥手部刚有动作，她就做了个"停"的手势："这次别跟我抢，不能每次都蹭你吃蹭你喝。"

他不语，并没去掏钱包，而是从桌角一个长方体盒子里抽了一张纸巾，对折一次，轻轻放在她的咖啡杯旁。

祝瑾年警觉起来，右手抓起纸巾，左手摸了一下自己的脸，怕上面沾了什么污渍。欣雪眨眨眼，看了她一下，笑了，指了一下她的嘴。她会意，赶紧用纸巾抹了一下，敢情刚才大饮一口咖啡，泡沫变成了"白胡子"。

再抬眼，聂羽峥已经把信用卡给了服务员小妹。

好一招声东击西。

目送欣雪上了的士，祝瑾年发现聂羽峥还是远眺着车子离开的方向，似乎还挺"依依不舍"？见他一直没移开目光，她故意问："你觉得怎么样？

像不像双重人格？”

“你不在的时候，我问了她几个问题。她对近几个月、近几天的事记忆清晰，能清楚地说出自己的行动轨迹和一些印象深刻的事，高考之前的一些经历也都记得。而对于那些没有记忆的事，比如，电台求助、与我通话等，无论我如何提醒、暗示、重演，她都没有丝毫反应。从记忆的连贯性来看，确实符合分离性心理障碍的特征。”聂羽峥回答。

“她打电话到电台时说，高考前后才出现这种‘失忆’的症状，说明这种失忆不是从小就有的，而是在某一天忽然出现的，我觉得忽然出现的不是失忆症，而是她吧！”

聂羽峥听完，若有所思：“忽然出现的次人格？”

“高考失利或者是其他什么巨大的打击，次人格就出现了。”祝瑾年猜测。

“现在下结论为时过早，主次人格与出现时间长短没有关系。”

“对了，疤痕的事？”

“因为朋友做了对不起她的事，具体事件不愿多说。”

“跟我当初猜想的一样。”

聂羽峥静了几秒：“她上次咨询，也戴着口罩？”

“嗯。”

“你见过她没戴口罩的样子？”

“见过。没什么缺陷的。”被他这么一问，祝瑾年也觉得有点奇怪。

聂羽峥点点头，陷入沉思。

祝瑾年看了看时间：“那……我就先回工作室了？”

他用下巴指了一下路口的斑马线：“走。”

“就过个马路而已，不麻烦了。”祝瑾年瞥一眼他停在不远处的车，他送自己过去，待会儿又得自己再走回来，感觉挺浪费他时间。

“确实不麻烦。”他回头说，脚步已经迈了出去。

现在她对他来说不是个麻烦，以后也不是，就像她打电话时问他打扰不打扰，就算打扰，也是不打扰。

祝瑾年望着他的背影，高大、挺拔，似乎就是所有影视剧或者小说中强大安全感的模样。她忽然想起刚才收到的那几条私信，没再迟疑，赶紧跟了上去。

“那些私信，截图发给我。”大厦楼下，他临走前嘱咐。

“好。”祝瑾年答应着，抬手挥了挥表示再见。

等电梯时，她抽空截图，顺便把发信的ID拉进黑名单。

“瑾年姐，杜总找你。”一看到她，琪琪就招招手提醒道。

祝瑾年应了一声，走到杜格致的办公室门口敲了敲门。

“师兄，什么事？”

“你的客户卢律明的事不是早就处理完了吗？”杜格致身后的落地窗正好对着马路，想必刚才他看见了祝瑾年和聂羽峥逗留在咖啡馆门口的一小段交谈。

杜格致在上次校友会上直觉聂羽峥对祝瑾年不太一般，顿时危机感上升。祝瑾年越来越像握不住的沙子，让他最近总有几分失落。

祝瑾年也听出了他的介意，现在却只能装傻。她并非没有考虑过他，可他总差了那么点让她心动的感觉，做朋友、做兄长都是一个比做恋人更加合适的选择。好在，他很聪明，也很通人情，不会贸然捅破窗户纸，维持着两人的好友关系，同时，她也很珍惜这样的关系。

“一个新客户。”祝瑾年耸耸肩，“可以说，阴差阳错，她既求助了我，同时也求助了聂总。”

“羽峥也做心理咨询？”杜格致有点意外，继而笑了笑，“来访者下了多少血本才请动他？”

“不是钱的事。客户的具体情况我不能透露给你。”祝瑾年略带抱歉地说，“目前进行的是心理诊断，有些棘手，她的情况比我想象中的要复杂很多。”

“好吧。”杜格致摆摆手，表示自己不会追问，而是另起了一个话题，“面对这个棘手的案子，你还有没有时间接别的 Case？如果有，我这儿有个大单想推荐给你，如果顺利解决，保证好赚。”

3.

难道比无成本的鲱鱼罐头还好赚吗？祝瑾年心里疑惑道，想了想，还是说：“虽然棘手，但也不是十万火急。你那儿有什么大客户？说说看。”

“一个土豪。”杜格致露出狡猾的笑，“初诊咨询时说是经常做同一个噩梦，据我以往的经验分析，这种事都跟他们一段不怎么愿意提起或者当作没发生的经历有关，大多都是亏心事。他是我一个女客户介绍来的，出手很大方，你如果能成功帮他解决这事，我想，酬劳不会少，以后他还会介绍圈子里的人过来疏导。怎么样，接，还是不接？”

祝瑾年也露出跟他一样狡猾的笑：“当然接，这种为自己和工作室创造福利的事，我义不容辞。”

“OK！”杜格致点点头，“一会儿我让普功把联系方式给你，具体什么情况，你先跟普功沟通一下，对症下药才能快刀斩乱麻。”

祝瑾年应了一声，回自个儿办公室将今天会面的情况记录下来。

不一会儿，负责初诊接待的王普功拿着初诊记录本其中一页的复印件而来。他是个高个子、皮肤很白的胖子，天生一副笑脸，但眼光挺精狠，哪个客户适合给谁、哪个客户该交给杜格致决定，都拿捏得很准。

“小祝，这是康先生的联系方式。赚到这一笔可得请我和杜总吃个饭啊。”

"谢了，肯定的。"祝瑾年笑，"他被什么噩梦困扰？"

"他就略微提了一下，说总是梦见床头站着一个鬼。"看王普功强忍笑意的表情，他也觉得这个梦过于玄幻了。

"鬼……"祝瑾年挑眉，"呃……男鬼女鬼？他怎么判断出那个是鬼而不是其他生物……比如说，大猩猩？"

王普功被这个问题难住了，张了张嘴，最后没忍住，"扑哧"一下笑出来："这个……你就得问问这位康先生了。哦，对了，你最好叫他康总。"

祝瑾年点点头，王普功出去后，她马上给这位康先生拨了个电话。

"您好，康总，我是'荒漠甘泉'的心理咨询师，祝瑾年。不知您现在是否有空跟我说说您遇到的困惑，或者，我们约个时间，当面谈谈？"

"这事太影响我生活了，一定要马上解决才好。你待会儿有没有空，我去你们工作室说？"康先生看来是个急性子，马上表示出了要当面谈的意思。

祝瑾年看了眼时间："可以。"

四十分钟后，一个年轻男人敲开了办公室的门，他三十多岁，仪表堂堂，就是稍显得黝黑，他穿得并不是很高调，看不出牌子的黑色外套和牛仔裤让他看上去并不像个"土豪"，不过，他把手里的宝马钥匙连同爱马仕男士手包一起放在一旁的小几上时，还是让祝瑾年相信了这人就是土豪的事实。

康先生全名为康坚扬，目前在他父亲的GM房地产公司当副经理。GM房地产公司，祝瑾年听着耳熟，才想起自己曾经去看过他们成立三十周年的晚会，进而发现欣雪的异常。

他结婚一年多，婚后跟老婆住在"逍遥游"。逍遥游位于鹏市市郊南山半山腰，独门独户带院子，是土豪聚集的别墅小楼区，普通老百姓也就只有参观参观的份。和印象中土豪的样子不同，康坚扬并不刻意炫富，又或许，在土豪们看来很普通的别墅、豪车、奢侈品在我们看来难以驾驭，所以，当他们轻描淡写说着这些东西时，会让难以拥有它们的人觉得，他们就是在炫耀自己财大气粗。

康坚扬坐在对面的单人沙发上，坐姿随性，平时性格应该也是比较大大咧咧。

几句家常寒暄，互相了解的同时也是建立咨询师和求助者之间的信任感。许是见祝瑾年过于年轻，康坚扬似乎有点失望，脸上的笑意和嘴里的恭维虚假得让她浑身不舒服。

“康总也喜欢户外运动和探险？”一会儿后，她假作不经意地问。

“你怎么知道？”看得出来，康坚扬几分惊异，脸上的微笑一下子真实许多，“我平时工作很忙，没什么爱好，无非就是在家摆弄些稀奇的花草，再来就是外出探险。怎么，你也有这类爱好？去过什么地方？”

“我只是看到了您手上戴着的表，感觉只有探险、登山爱好者才会钟情这种功能的手表，否则，像您这样的成功商人，应该会佩戴商务风格的才对。从表带磨损程度上看，这只手表对您来说还挺有纪念意义。个人浅见，如果说得不对，您就当一句玩笑。”祝瑾年淡定地回答，刚才她注意到，从康坚扬袖口露出的手表竟然是一款价格对土豪来说绝对不算昂贵的黑色户外腕表，以前，郝易期也想买一个这种牌子的，只不过，八千多的价格对当时的他来说，已算奢侈。另外，他的肤色、身材等特征，也像是经常在户外运动的人。

康坚扬笑了笑，没接话，但看祝瑾年的眼神已经多了几分尊重，他点了根烟，深吸了几口：“我是探险爱好者，火山、地洞、高原、无人区，我都去过。”

“太了不起了……”她露出些欣羡，“有下一个目标吗？”

“工作忙，压力大，加上快当老爸了，好几年都没出去了。年少轻狂啊！以后怕是没时间没机会再‘以身犯险’了。”

又聊了一会儿，他就切入正题：

“也不知道怎么回事，我自从结婚后，就开始做噩梦，老是梦到床头站着一个鬼，吓死人了，每次梦见这个，我都活生生给吓醒过来。”

“男鬼女鬼？”祝瑾年还是好奇这个。

“不知道。鬼这种玩意儿还分男女？”康坚扬不可思议道。

祝瑾年有点尴尬，赶紧又问：“你做的这个梦持续多久？几天出现一次？还有什么其他内容？难道一整个晚上都只有一个画面吗，非要醒来才结束？”

康坚扬两指夹着烟，左右摆了摆：“没多久，好像就几秒钟，都不长。也不是每天都梦到，从第一次梦见那个鬼开始至今大概梦了七八次。有时其他梦做到一半，忽然弹出那个画面，就好像你看电视看到一半，信号错乱插播鬼片一样，非常恐怖。我为此还请了风水师傅看了看我的那套婚房，根据他说的，调整了几个家具，还买了几张符压在几个东西下面。他妈的，有个鸟用？”

听描述确实挺恐怖的，祝瑾年想，如果自己三番五次梦见这个，八成会疯。可就像杜格致之前说的，一个人会反复做同一个梦，都有些现实中的原因。大家都怕鬼，可是从来没人真的见过这玩意，说到底，都是自己吓自己。

“你能不能跟我具体形容一下看到的画面？”

康坚扬又点了一根烟，带着为难又焦虑的神情回忆了几秒：“一个看不清相貌的鬼，穿一件血淋淋的白衣服，血还在往下滴，就直挺挺站在那里，什么也不干，好像在看我。我呢，就躺在床上，我老婆在没在我旁边倒是没注意。梦里面，房间布置什么的都跟我卧室一样，天半亮不亮的，所以我觉得恐怖得很。头次梦见的时候我也没当回事，这种场景，你说，那些恐怖片里多了去了，但多梦几次我就感觉不妙了。说来也奇怪，就我能梦见，我老婆从来没有。除了这，其他也没什么不对劲的事发生，我觉得问题肯定不是出在风水上。”

他该不会曾经干过什么事关人命的亏心事吧……祝瑾年在心里嘀咕。

“做这种梦之前，你有没有去什么特定的地方，或者做什么特定的事情？”

“呃……什么意思？”

“比如你去了某个商店回来，或者喝醉酒入睡后，才会做这个梦？”

康坚扬深吸一口气：“我第一次梦见鬼的时候就是喝醉了！”

祝瑾年赶紧确认道：“之后几次呢？是不是也是醉酒状态？”

“前几天做这个梦时没喝酒，也没去什么特别的地方，在公司忙了一天，跟以前一样，回来洗个澡、上上网就睡了。”

“梦境多多少少源于现实，我们只会梦见自己曾经看过或者知道具体样貌的东西，一个从来没有见过鲨鱼的人，是怎么也梦不见鲨鱼的。噩梦也是这样，它是大脑将人们日常生活中受到的心理创伤、遗憾、恐惧或者印象非常深刻的事经过加工，最后反映出来。”祝瑾年清了清嗓子，“康总，你的梦里出现的几个信息值得注意。一是血液，二是白色的衣服，三是不移动。不知道你之前有没有什么特殊的经历和这三个信息有关？换句话说，你心里有没有什么一直硌硬着的事，和这三个信息沾边的？”

“血、白色的衣服、不移动……”康坚扬缓缓念着这几个字，似乎陷入了回忆中。

一会儿，他神色变了变：“该不会……”

“想起了什么？”祝瑾年看着他问。

“我结婚之前……交过几个女朋友。”康坚扬显然对女朋友的数量有所保留，不过，这或许无伤大雅，“有个比较缠人，非说自己怀孕了叫我娶她，我呢，当时还没想定下来，就让她去做掉。她不肯，我们就吵了起来……吵得比较凶，她很生气，扑上来打我。我也是没轻没重的，就推了她一下……”

类似的电视剧情节看了不少，祝瑾年释然：“孩子……没了？”

康坚扬弹了一下烟灰，眼中露出一丝不屑：“哪来的什么孩子，她糊弄我的！”

“后来如何？”

“她撞到鼻子了，当时一个劲流鼻血，又刚好穿的是白衣服，弄得胸口血淋淋的，趴在地上装死，不起来。我送她去医院，路上她还一直骂我，说她毁容了，要我对她的一辈子负责。”他深吸一口烟，缓缓吐出，“要说毁容，倒不至于那么严重，就是鼻梁骨真的断了，我付了医药费和住院费，还负担了她整容的钱。她见我要负担所有的钱，就把其他觉得不怎么完美的地方都他妈整了，花了老子三十几万才罢休，之后再没出现过。”

祝瑾年有些不解：“这件事对你伤害很大？”

“伤害谈不上，就觉得有些硌硬。唉！不知道被我爸骂了多少次！”康坚扬叼着烟，摆摆手，“她都已经五六年没出现了，整得那么漂亮，说不定现在过得比我都好。就算现在我没跟她结婚，可她花了我那么多钱，我对她一点愧疚之意都没有，你不提那什么血啊、白衣服、不移动啊，我都不会想起来，怎么会变成个鬼、反反复复让我做梦呢？”

“还能想起跟这三个信息有关的其他事吗？”

康坚扬眼珠转了转，一愣，似乎又想起什么，嘴巴张了一张，又闭上。半晌，他摁灭了烟头，挠挠发顶：“一时还真想不起来别的。”

祝瑾年想了想：“我有两个建议，康总你参考一下。第一个建议是催眠，通过这个途径回想起关于这个梦所暗示的那段可能被你遗忘或者不想记起的回忆；第二是主动对话。你做梦时的角色一直都是被动的，因为恐惧，你只能一直‘躺在床上’看着它，下次再梦见那个‘鬼’，你不妨鼓起勇气问它，它的出现到底想唤醒、提醒你什么，反正都是梦，你也不会受到什么实际的身体伤害，不是吗？想解这个梦，就必须知道它所影射的现实。在现实中，你将与它相关的事处理好，它自然而然也会从梦里消失。”

看得出来，康坚扬很认真地思考着祝瑾年的话，点了两下头：“催眠什么的我没试过，听起来挺玄乎，算了吧。你的第二个建议倒是很有趣。之前我被那个画面吓到了，胡思乱想的，今天听你一分析，都是现实事情的影射。下次，嗯嗯，我再做那个梦，非冲上去暴揍那个人一顿，看看他妈的到底什么玩意装神弄鬼！”

看来他不肯接受催眠。

祝瑾年回以一个微笑，总觉得康先生还有什么事没说，而这件事就跟梦有关，他已经完全不怕了，否则对梦中事物的称呼不会从“鬼”变成“人”。

“如果你想起来，可以尝试着自己排解一下，如果在心理上无法‘翻篇’，不妨告诉我，或许我能告诉你如何放下。”

“行，我能处理好。”康坚扬充满自信地说，显然胸有成足。

祝瑾年想，或许他早就猜到是什么事，只要他自己能正确看待那件他一直放不下的事，这个梦就算翻篇了。

实际上，这件事远远没有翻篇。

4.

一周后的某个早晨，在雅梅阁门口看到聂羽峥的车，祝瑾年有些错愕，她拢了拢大衣的领子，晃悠着装着牛奶和三明治的帆布手提袋，迟迟没有走上前去。直到驾驶座上的聂羽峥自己开门下车，一手搭在车门上方，下巴微抬，用一种“你在浪费我时间”的目光看她，她才快步走过去。

英俊、高大，她走到他面前时，都快抑制不住内心的颤动了。

“你……转行开黑车了？”即便如此，她还是狗嘴里吐不出象牙，小心地拍拍车门，“很贵吧？到工作室，多少钱？”

“要我帮你开车门？”聂羽峥挑眉。

祝瑾年笑，绕到另外一边坐了进去。

在经过了两个红绿灯后，祝瑾年问：“我可以在你车上喝牛奶吗？”

“空腹不宜喝牛奶。”

“那我就先把早餐吃了？”

“空腹不宜吃早餐。”他明显刻意抬杠。

想要愉快地与他聊天太难了啊……祝瑾年放弃了，调低了靠背，咬着吸管，一边小口小口地啜牛奶一边百无聊赖望着窗外。

车流中，聂羽峥开得不紧不慢，即使有人加塞、急踩刹车，他也心平气和，淡定从容。

明天就是圣诞节，一些商店的服务生正忙乎着张贴红色的海报和装饰圣诞树。对于祝瑾年这只单身狗来说，节日的意义就在于约上朋友去百货抢打折的衣服、鞋还有化妆品，她忽然回想起去年圣诞，自己和郝易期本来约好了吃饭逛街，他却忽然接到加班的通知而临时放了她鸽子，她有些赌气，一晚上在百货里刷掉了两个月的生活费，现在想来还有点后怕。

就在祝瑾年神游太虚得快要睡着的时候，聂羽峥的声音在一旁响起：“骚扰信息的 IP 地址查出来了，就在章靖鸣的住址。”

“抓他呀！”她激动地转头，“这种知法犯法还犯得这么低级下流的人，应该重重地判！”

聂羽峥眉心紧了一紧。这几日，他研究了当年禾诗蕊失踪案的调查资料，发现章靖鸣虽对她进行了非常无耻下流的意淫，可近距离接触她的机会少之又少，加上她对章靖鸣早有防备，无论是诱拐、强抢或者偷袭，在随时都有学生经过的校园里，缺少天时地利的条件。再者，如果章靖鸣早就把禾诗蕊弄到手，为何在这么多年后会对与她几分神似的祝瑾年感兴趣？

“已拘留五天，今天该出来了。不过，骚扰女性是他多年不改的习惯，拘留几日对他来说是家常便饭。”

“不是吧……”听说他被拘留，祝瑾年心里高兴了一下，没想到打击接踵而至。慢着，那他出现在她家门口是不是也因为这个？其实他完全没必要这么做，研究所与她家简直南辕北辙，费油不说，还挺耗神。他暴露出的意味太过明显，她不是什么涉世未深、丝毫没有江湖经验的小女生，可心里还是有点忐忑，另外，还夹杂着一丝莫名其妙的欣喜。

她想，聂羽峥如果真有那个心思，自己是装傻，还是避而不见，又或者先观察一番再做决定？令她感到吃惊的是，她不排斥、不想回避，也不觉得与他做普通朋友比较好，这和她对杜格致完全不同。

不过，聂羽峥一向不按常理出牌，还是别瞎想了。

“昨晚，我接到欣雪的电话。”他又开口，再次打断了她的思路。

祝瑾年暂时忘记了讨人厌的章靖鸣。

“时隔一周，她想起你了？”

聂羽峥颔首，回忆起电话中二人的对话——

“聂老师……我是欣雪。”欣雪的语气充满焦虑和沮丧，“不好意思，是我失约了，还是我们已经见过面，但是我又给忘了？我又想不起来这几天自己做了什么了，您能告诉我吗？”

“我们见过了。”聂羽峥回答，“见面时，你并不认识我。”

“天啊！这——怎么可能呢？”

聂羽峥按下了录音键：“这几天发生过什么令你印象深刻的事？”

“我只记得中午时您来电话，约好了第二天见面的地点和时间。我一觉醒来已经这个点儿了，看了看时间，发现已经过了好几天。我也不想这么晚打扰您，可是我真的很想确认一下。”

“电子邮箱地址？”

“好。202954XXX@qq.com……呃……您要发送什么？”

聂羽峥的左手在键盘上飞快地点了几下：“你看看。”

“照片？……啊！我对面坐着的人，是……”

“是我。”

欣雪的声音听上去更加抓狂：“……我没有任何记忆了！”

“你这种时断时续的记忆障碍是从高考后才发生的，高考前的所有事，你都记得？”

“记得！”

“随便说几件。”

“我是Y省凉肃市人，快二十三了。小时候身体不是很好，长得也矮，被我妈送去学跳舞，看看能不能长高点。舞蹈老师也觉得我底子不错，她是我妈的朋友，对我很照顾，同时也挺严格的。我爸妈工作都很忙，三班倒，我小学四年级就会做饭了，厉害吧？我学习成绩比较一般，不怎么喜欢学习，也没想过去考大学。上学那会儿追我的人有那么几个，高中时……谈了一个男朋友，早就分了。高考我随便考的，成绩很差，不想再读书。鹏市算是离我们凉肃比较近的大城市，我就来了，一直都在商业性质的舞蹈队里。这是碗青春饭，赚得不错，但肯定不长久。我也经常在想，我三十岁之后做什么？四十岁之后过得怎么样？我大概也规划出来了，我要多存点钱，以后做点小生意，或者也做一个商演团……不过，这些都是空想，目前不可能实现的。”

欣雪说的部分成长经历，跟上次会面时说的基本一致，这说明高考前的这段记忆在她脑海中是一直存在并延续下去的，记忆的错位和隔断确实是从高考之后开始。从会面和电话中，聂羽峥发现欣雪对高考成绩都很不在乎，这场考试的成败并不是一件能影响她心境的事，那么，为什么她记忆的异常会发生在“高考之后”？

这是一个疑点。

“你上次说自己做过脑部检查，哪家医院？”

“……我老家的一个医院。”

“做的什么项目？”

“脑部 CT。”

“只有 CT？”

“嗯。”

“所以，你当时只挂了脑科的号？”

“是的。”

“试过催眠吗？”

“没有。”

聂羽峥故意旧事重提：“你的左手腕有一道疤痕，能告诉我是怎么回事？”

提到这个，欣雪居然用了跟上次完全不同的轻松口气：“这个啊……不是疤痕，是从小就有的，看起来很像一道疤，我经常被人这么问，我打算在那边弄个文身，省得被人误解。”

祝瑾年听完了他手机里保存的这段录音，沉心思索了一番：“其他描述都一样，单独对这道伤疤，她两次的回答和态度截然不同。我不是法医，惊鸿一瞥的也看不出那道疤痕是人为还是天生，可既然有出入，就说明很有问题，说不定是什么关键的突破点。”

聂羽峥一针见血：“高考之后，她一定经历了一件足以影响一生的往事，这件事直接导致了她的异常。要不就是真的忘记了，要不，就是刻意逃避。”

“说来挺奇怪的。”祝瑾年抿了抿唇，“要说双重人格吧，两个人格总会有些不同，比如说，一个活泼一点，一个很安静，一个喜欢画画，另外一个根本不会画画，但是歌唱得不错……可欣雪记得我时和记得你时，在外在性格、语气上都差不多。更重要的是，从小到大记忆一致、目前从事的职业一致、朋友圈一致……我真是糊涂了。”说罢，她揉揉太阳穴，一大早思路就乱成一团麻。

“她说的脑部检查也有问题，如果是原因不明的记忆障碍，除了 CT 之外，她还应该做脑电图和自主神经功能检查，而且，很多记忆障碍患者都会由神经内科接诊，而不是她说的脑科。”相比之下，聂羽峥淡定很多，冷静地指出，“关于欣雪的信息，所有来源都是她自己。她隐瞒、虚化了什么，我们不清楚，她的亲戚、身边的朋友、同事，我们基本一个都没接触过。”

祝瑾年一听，赞同地点了点头。很多来做心理咨询的都不会把基本信息全盘托出，有的连全名都不肯透露，更别说把咨询师引入自己的朋友圈里。

“你的意思是，侧面对她进行了解？”

“她急于想弄清楚自己记忆异常的原因，从她自己身上，我们却问不出其他有价值的东西。有时，别人的描述更为客观，真相即使看起来再不可能，也是真相。”

车子转弯进入另外一条街道，松海大厦就在不远的前方。

下车前，祝瑾年脑筋转了转，笑了笑，试探性地说："谢谢你在不顺路的情况下送我上班。"

"顺路。"他抬眼看住她，本就英俊的眉眼又染上几分撩人的气息。她心跳有些不稳，明明初见时觉得他是挺严肃冷漠的一人，怎么这几次觉得他面对自己时老有几分妖孽气，好像《西游记》里的蝎子精祸害唐僧那样，都快把她吸进深潭旋涡里去了。

他从不来工作室坐班，明明就不顺路。

"那……再见。"她抬手摇了摇。

"六点下班？"

这种问法，难道……

祝瑾年迟疑了一下："嗯，一般六点。"

他右手比了个"电话"的手势，但祝瑾年不明白这手势的含义是有事电话联系还是下班等他电话。

目送她走进大楼，聂羽峥给沈子平去了个电话，随即启动车子，往刑侦支队的方向驶去。

半路上，放在公文包内的手机振动起来，他并没有马上接。一个红灯处，他拿出手机看了一眼未接电话，刚才不接是对的，现在，也没必要回。

这当口，电话再次振动起来，是一个叫"郑文秀"的人打来的。

前方，绿灯已经亮起，他戴上蓝牙耳机，按下通话键。

5.

"小聂，是我。"

"您好，郑老师。"

"能不能拜托你抽空来探望一下我女儿？最近她的情况比较糟糕，我觉得有点难以控制。她刚才趁我们不注意又给你打电话了。唉！我怕她又……”

聂羽峥的态度没有丝毫松动：“她的情况您比我更了解，我的出现对缓解她的病情没有任何帮助，甚至可能激化她内心的某种冲动，饮鸩止渴。我一直以来的建议是，相信医院，交给专业的心理医师。”

“我女儿对你存在一些不切实际的幻想，我觉得这是心病，得心药医啊！”

“她对我产生移情，才有了这些幻想。解铃还须系铃人，我对她的任何回应、纵容都是治标不治本，长久下去，一旦她从我这里得不到更多心理安慰和满足，就会往更坏的方向发展。目前我能办到的，就是不拆穿、不否认，以维持她的现状，以免她做出过激的行为，害人害己。正因为如此，不明事情原委的人对我个人的一些误解，我仍然没做出否定性的回应。我认为，这已经是我的极限了。”

那边沉默了很久，才又出声：“……我知道你的顾虑和牺牲，唉！是我爱女心切，太为难你了。”

结束通话，聂羽峥眼中平静无波。到了支队，沈子平正坐在一个叫作小周的刑警旁边，听见脚步声抬头。

“来了？你让我查的东西在这儿。凉肃市……我记得禾诗蕊就是凉肃人，难道跟她有关？”

“不是。”聂羽峥简略回应。

沈子平听得一知半解，刚想再打听，小周指了一下屏幕：“信息找出来了——健在的、籍贯凉肃市、二十到二十三年龄段‘欣雪’，十人。我们这儿，包括暂住的，四十五人。一共五十五人。”

聂羽峥把她们的证件照片都浏览了一遍，里头并没有他见过的那个欣雪。

是整容整得面目全非，还是另有猫腻？

果然，绕过她从侧面一查，问题就浮上来了。

既然户籍系统里一时查不到欣雪的具体信息，聂羽峥改变了策略，把欣雪的来电号码抄在便笺本上。

“帮我查一下号码主人以及 GM 公司成立三十年纪念晚会给 Amy 伴舞的人员名单。”

“这容易。”沈子平打了几个电话，不一会儿就得到了回复。

小周登录本队公共邮箱，将新收的一份名为“甜韵舞蹈工作室”的邮件点开。

甜韵舞蹈工作室，四年前成立，目前固定演员二十一人，承接各类商演、年会和舞蹈编排。参加 GM 公司成立三十年纪念晚会的一共七人，名单里出现了“欣雪”。

“哟，还真有叫玛丽姬丝的——麻辣鸡丝！哈哈哈！”小周打趣道。

就像他说的，这份名单不是特别正规，英文名和中文名都有，他们登记的很可能只是个艺名。去做心理咨询不用真名很正常，怪不得户籍系统查不到。

小周按照工作室的办公号码联系上了工作室负责人 Hedy。“她说，大家平时都习惯以艺名相互称呼，欣雪的真实姓名为乔怡潼。”

这时，沈子平收到了一条消息，他看了一眼，说：“这号码主人也是乔怡潼。”

“乔怡潼，我查查……”小周再次进入系统，“聂组长，你看看是不是这个人？”

聂羽峥看向乔怡潼在凉肃市公安部门的登记信息，确认就是“欣雪”。他简单扫了几眼资料的其他部分，忽然，眸色一沉，眉头微微皱起。

沈子平凑近一看：“这女的有案底啊！”

聂羽峥拿起座机话筒，比了个“请”的手势，微笑：“谢谢。”

沈子平嘿嘿一笑，说了句“你还真是不客气啊”，说着就找出凉肃市公安局相关处室的电话，打过去问了一番，挂了电话后摇了摇头：“不简单！没想到这女的背景还挺复杂。她当年窝藏了犯有轮奸、吸毒等罪名的一名男子，据说是她男朋友。因为有自首行为，而且窝藏男友时并不知道他正在被公安机关追捕，加上差一个月才年满十八，从轻处理了，没‘进去’。”

小周好奇地问：“她也被拉下水了？”

“没有，当时的尿检结果显示，她没吸过。”

手腕的疤痕、因朋友而受的巨大伤害，这两点都对上了。有过这样的案底，是她心理受到巨大冲击的原因吗？聂羽峥思忖几秒：“她男朋友现在在哪里？”

“强制戒毒后蹲号子去了。说来也不容易，男友吸毒，她还能幸免被拉下水，不知是运气不错还是定力强。”沈子平说，停顿一下，他问，“你究竟为什么查她？”

“这暂时属于她的个人隐私。”聂羽峥委婉地坚持了心理咨询的保密原则。

“你看上去可不像这么热心会帮普通人做心理疏导的人。”询问受挫的沈子平忍不住吐槽。

“在你眼中，我就这么冷血？”

沈子平耸耸肩：“以前确实是，但现在我觉得你……有点变了。”

聂羽峥挑高一道眉，偏头瞥了一眼映在玻璃上自己的影子，分明和以前一样。

“哪儿变了？”

“接地气了。”沈子平拍了拍他的肩膀，“充满了浓浓的人情味。”

聂羽峥不以为意，抬了抬手算是告别，就往外走去。

下到一楼，恰好一大队队长王一辰和几个便衣押了几个衣冠不整、浑浑噩噩的男男女女走进来，见到聂羽峥从电梯里走出，点头打了个招呼，客气道："聂组长，好久不见。最近挺忙吧，去我办公室喝杯茶？"

"不了，你忙。"聂羽峥颔首微笑。

王一辰摆摆手，指着那些男女道："前阵子还好，刚抓了这几个'溜冰'（吸食冰毒）的，接下来可有的忙了。"

听了这话，聂羽峥抬眼看了看那几个还处在散毒状态的年轻人，他们身上散发着一种诡异的味道，虽不是臭味，却不太好闻，竟有些熟悉。几个男的生理反应都没退掉，几个女的更是毫无羞耻之心，有的外套里头全真空，丝毫不觉得尴尬。她们直勾勾地盯着聂羽峥看，脸上的表情贪婪又迷乱，散发着一种渴求。

一个刑警发现了，呵斥道："看什么看！跟我走！快！"

王一辰点了根烟，指了一下那群吸毒者，聂羽峥会意颔首，抬手示意"再见"，便转身离开。

听完聂羽峥的一番话，祝瑾年几分愕然，陷入了沉思，觉得欣雪其人大有文章的同时，又考虑着深入调查下去势必触及一些隐私，不知欣雪是否愿意让她通过全面了解其过去，是否非要知道自己"失忆""梦游"的真相。

更何况，或许一个欣雪愿意，另一个不愿意……

"我们需要征求一下她的意见，如果她不愿意继续，就这么得过且过，我们也没有继续追查的必要和权利。"祝瑾年放下手机，转而给欣雪去了个电话。

也不知道她现在是否记得自己。

"哦，你是……那个祝瑾年？"唉，她不记得。

“是这样的。”面对“陌生”的欣雪，祝瑾年竟有点紧张，清了清嗓子，才说，“我与聂老师讨论了一下，认为光从你的描述中推断产生失忆现象的原因还是比较困难的，所以，这里有两个方案，提供给你参考一下。一是催眠，你能回忆起一些不愿意面对的往事和埋藏在心底的秘密；二是进一步对我们敞开心扉，让我们深入了解一下你的过去。当然，你也有放弃咨询、疏导的权利，我们也会保守秘密。”

欣雪沉默了一会儿，没有做出任何选择，而是问：“你说……我会不会是双重人格？”

祝瑾年一怔。

“我以前……从来没考虑过这个可能。这几天，我上网查了一下，觉得自己这种状况真的很像，一个我完全陌生的人和我共用一个身体，在我不知道的时候冒出来，过她的生活。我觉得很害怕，我会不会被她挤出去？将来某一天，我会不会再也不能出现？那太可怕了！你们能帮帮我吗？能不能让‘她’消失掉？”

祝瑾年还没回话，欣雪又急切地问：“对了！那个‘她’知不知道？‘她’有没有跟你提过，希望我消失掉？”

“小雪，在还没有完全确认之前，不要胡思乱想。任何的心理诊断都不能在几次谈话之间就产生一个绝对正确的结论，退一万步说，双重人格并不都是坏事，也不存在着某种人格会因为另一种人格的意志而忽然消失掉的情况。”祝瑾年语速放慢，尽量制造一种平和的气氛，使欣雪的情绪不那么激动，“所以我们需要确认，你是否对现状感到难过？是否愿意继续咨询？是否愿意让我们继续了解你的情况？如果咨询涉及一些隐私，你是否能坦诚？”

“我愿意！”欣雪马上回答，“如果我真的变成了一个双重人格，我请求你们帮我！”

祝瑾年趁热打铁："好。那么我问你，在你高考前后，究竟发生了什么事？"

"真的没有发生什么特别的事！如果没考上大学对别人来说是个挫折，对我，真不算，我犯不着因此就失忆或者人格分裂呀！"欣雪焦急地说。

"感情方面……男朋友是否做过一些伤你心的事，或者给你带来什么大麻烦？"祝瑾年试探道。

"我没有过男朋友啊。"

面对欣雪的一问三不知，祝瑾年并不觉得意外，她最后确认了一遍："你的回答，都是真的吗？"

"绝对没有骗你，我也特别想知道自己明明没受什么刺激，怎么会变成这样！"

祝瑾年猜想，假设乔怡潼真是双重人格，那么很可能是因为难以接受自己留下过案底、差点坐牢，就分裂出一个对此事完全不知情的人格作为心理补偿，以便得到暂时的安宁。

这种猜想似乎很合情合理。

6.

聂羽峥回到研究所，已接近中午。走廊上，几名研究员拿着书单路过，互相点一点头。他的研究助理洪远岚将本学期期末考试时间表打印出来，送到他办公室。

"组长，校论坛有一份据说是今年期末心理逻辑学考试重点，支付论坛币才能看，近来，时不时还会增加一点新内容，现在几乎人手一份。"洪远岚问，"您要不要根据那些所谓'重点'，回避一下？"

不明网友划出的考试重点？聂羽峥想起羽倩曾经提过这件事，当时直接被他无视，没想到现在还越演越烈，已经人手一份了。

“我看看。”聂羽峥指了一下电脑屏幕。

洪远岚登录论坛，找出帖子指给他看：“就是这份——您看，‘字迹心理学，考试方式很有可能是提供一份字迹复印件，让考生写出作者的心理状态，请考生尤其复习一下青少年心理学内容’‘卡普格拉妄想综合征和弗雷格利妄想综合征’，考试方式很可能是给出二者定义，提供某人的表现和言论，让考生判断属于哪一种；‘房、树、人画作分析，此为重中之重，也是最容易让你挂科的一题’……”

看到一半，聂羽峥嘴角就已浮现了一道浅浅的笑纹，虽然发帖人的ID没有透露出半分真实身份，可这指向性过于明显的“考试重点”，已经让他知晓了此人的身份。

你还别说，下个月的期末考试范围，她还真就猜中了七八分。

真是可爱。

洪远岚原以为依聂羽峥一贯的性格，会对这份重点不屑一顾并出言嘲讽鄙夷，谁知，当余光看到他不但没有一丝不满，反而带着几分神秘莫测的微笑时，洪远岚心里满是问号。

“这份重点，可靠吗？”洪远岚忍不住好奇地问。

“50%。”聂羽峥有所保留地回答。

洪远岚暗自感叹，能猜中老板心思的五成已经够了不起！

“是……您妹妹羽倩？”他不禁笑了一下，“多大的人，也太调皮了。”

这么一说，聂羽峥眼中笑意更浓，居然附和：“没错，多大的人，还这么调皮。”

洪远岚只将这种反常理解为身为兄长，对妹妹的无限纵容和溺爱。

正在上最后一节课的聂羽倩忽然打了个喷嚏，她揉揉鼻子，在舍友好心的关怀和提醒下，将放在一旁的厚外套穿了起来。

此事暂时翻篇，洪远岚正要出去，聂羽峥叫住了他。

“三四年前，我们和省医学院的几个专家受省厅委托，去各地戒毒所对复吸人员做心理和生理惯性研究，把当时省厅下发的文件找出来给我。”

洪远岚心中一惑：“那个课题的阶段性研究报告您早就上交了，难道，新一轮又开始了？呃……对了，我记得您上次明确表示不再参与此类研究了。”

“过几天我可能要出差一趟，恰好需要这份文件。”

洪远岚点点头，在一排文件收纳盒中找出了原件，交给聂羽峥。

“你说得对，换位思考，如果别人要把一个条件虽好但我压根儿不喜欢的男人强加给我，让我跟他在一起一辈子，我没办法接受。我这么去要求我女儿，就是令她不好受。作为母亲都是希望儿女好的，难道为了我自己不被人问得烦，就硬叫我女儿难过地结婚？我之前真是太自私了，或许是我女儿缘分没到吧！”一位戴眼镜的斯文女人站起来，“我心情好多了。谢谢你，小祝。”

“再见，钟女士。”祝瑾年站起来，送走了下午最后一个访客，看一看表，已经六点了，窗外是由各种霓虹灯组成的鹏市夜景。

带着几分侥幸、几分期待、几分紧张，她掀开百叶窗往楼下看，距离太远，辨认不太清楚车流中是否有聂羽峥的车。章靖鸣放出来了，他今早的行动表明他不愿让她再被骚扰，明摆着对她有了保护欲。眺了一会儿，她深吸一口气，有些懊恼地坐回单人沙发，揉了揉太阳穴，心想——我现在是欣然期待着他的出现吗？

这是一种思维惯性，背后昭示着她对聂羽峥态度和看法的转变。

正想着，手机屏幕亮起。

聂羽峥：“二十分钟后到。”

没有问候，没有试探，简单直白，好似一支上好的弓，直射出击中人心尖尖的箭。

从研究所到这里，对他来说如此不顺路。

聂羽峥的心思犹如司马昭之心，她已明了。祝瑾年可以感觉到自己的心跳频率加快，脸颊也开始发热，明明不是情窦初开的二八少女，却犹如小女生一般感受到雀跃和困扰的包夹。她没有马上回复，而是神情恍惚地上了趟洗手间，脑中千回百转，回来又瘫坐在沙发上，真真地领悟了一句话——

你只微笑着对我说了声“Hi”，而我连我们孩子的名字都想好了。

以前，郝易期追她时，她都没有如此不淡定。毕竟专攻心理，她清楚这意味着什么，如果她尝试接纳并有所回应，那么她对聂羽峥产生的感情很可能比对郝易期强烈数倍。

办公电话的响起，打断了她的思路。

“喂，您好。”

“祝老师，我是康坚扬。”

“康总，巧了，我们正打算明天回访。”接到他的电话，祝瑾年心里涌起几分好奇，不知道他到底是战胜了梦魇，还是又梦见了什么新东西。

“上次跟你聊了一会儿，我把自己过去做的一些不太实在的破事都拎出来，反正，凡是心里有愧的，我都捋了一遍，该和解的和解，该补偿的补偿，这几天倒是没做什么梦了，睡得也比以前好。我发现心理咨询还挺有意思，待会儿你有没有空？我想请你吃个便饭，聊一聊这方面的事。”

正好想缓一缓自己的情绪，祝瑾年答应了康坚扬的邀约，继而回了条消息给聂羽峥。

“不好意思，我跟一位访客约了今晚吃饭。等饭局结束，我自己回去。

谢谢你。”

不一会儿，他回：“收到。”

将车靠边，他给沈子平去了个电话：“请巡警特别留意一下章靖鸣的行动，他刚刚从拘留所出来，心理上的压抑和反弹会使他做出一些过激的事来重新获得满足感。”

沈子平满口答应下来：“交给我，他有什么异常行为我马上通知你。”

六点半左右，祝瑾年步行到了大厦附近的一家创新菜馆，康坚扬已经到了。

他看上去比上周来时精神许多，健谈的同时多了许多诚：“我以前一直以为梦是毫无理由的，没想到还能跟现实生活有这样的联系。看来‘日有所思，夜有所梦’也不是空穴来风啊！你们心理咨询师是不是能解出每一个梦？”

“现在很多学者对梦的研究还是基于弗洛伊德写的《梦的解析》，如果你对这方面很有兴趣，有空可以看看，但不是所有的梦都有一定要被解出的必要。像你之前说的那种已经影响到日常生活和心情的梦，我们可以试着分析它、破解它，从而使我们的生活回归正常。如果仅仅梦见在天上飞、和美女约会或者是穿越去了恐龙时代，那不妨去享受它，毕竟也是一种奇幻和美好的回忆。”祝瑾年举了个轻松的例子，让话题变得没那么学术性。

“我现在就跟美女约会，待会儿得捏自己一下看看是不是做梦。”康坚扬习惯性地油嘴滑舌。

祝瑾年看着他袖口露出的那块运动腕表，若有所思，笑了笑，巧妙地引开了话题：“能不能说说这几天所谓的对亏心事的补偿，都有哪些内容？是不是真的和梦里的那些信息有关？”

康坚扬挑眉想了一会儿，有些得意：“其实你那天点出梦境和现实的关联后，我想到了一些事情，但不确定具体哪一件。就比如生意上吧，我打压过其他公司，可这就是行业竞争，弱肉强食，不行你就走。后来我了解了一下，有家公司当时的项目负责人因为没能中标丢了工作，一时想不开，想绑架老板的孩子泄愤，坐牢了；再比如我个人方面，年轻不懂事，伤害了一些女孩子的感情，还有拉着我几个哥们喝酒，结果一哥们居然自己开车回去，出了事情，反正到现在还站不起来……诸如此类，我一个个补偿过去，花了不少钱，广撒网嘛，哈哈哈哈！”

祝瑾年心里暗叹一口气，看来他根本没理解她的意思：“康总，某个结果的出现都是很多主客观条件共同催化和导致的，如果你将别人的遭遇全部揽到自己身上，只会陷入另外一种困扰中。竞争失败的负责人会去绑架，跟你的经营策略没有必然的联系，酒后开车那位兄弟就算跟别人喝酒，也一样会冒这个险，至于那些受了感情伤害的女性，如果你真打算补偿，也应该以情补情，而不是用钱。”

“这……”康坚扬有些错愕，一时语塞。

第九章

春风十里不如你

/HE NI DE SHIJIE TANTAN/

1.

“反复做同一个梦这种困扰，我们首先要找出现实中的原因，下一步，并非你所认为的物质补偿，而是如何通过心理调整，坦然面对它、正视它，让它不再藏在你的潜意识里，时不时冒出来让你难受。”祝瑾年习惯性将一侧头发捋在耳后，垂眸想了想，“举个例子，一位五十几岁的访客告诉我，多年来，他压力一大就梦见下鲜血雨，常年睡眠质量差……”

这个例子让康坚扬有了兴趣，迫不及待地催问：“后来怎么样了？”

祝瑾年接着说：“我问他为什么确定是血，而不是红颜料或者番茄酱？他说，梦见下血雨时他就极度痛苦，因为他有晕血症，而且从小就很讨厌红色，所以从来不吃任何红色的食物，包括红肉类，一闻到味道就想吐，这么多年来只吃鱼肉。”

康坚扬顾不上吃美味的菜肴，筷子一扔，猜测道：“哦！这就是他噩梦的现实原因！”

“非也。”祝瑾年摇摇头，“假设晕血症是身体原因，可讨厌红色不一定是因为晕血。他讨厌红色居然已经到了闻到红色食物的味道就想吐，肯定有心理因素。他第二次来咨询时，我遮住他的眼睛，假意要测他的嗅觉是否正常，给他闻一种食物，并问他那是什么，他说可能是奶油蛋糕。我观察他的表情，并没有特别恶心的样子。但当他看到蛋糕时，就露出非常厌恶的表情——因为，蛋糕上抹的是加了红色素的奶油。这说明他的嗅觉和大家一样普通，并没有分辨红色食物的能力，他之所以觉得恶心，是因为用眼睛看到了红色。我觉得他做那种梦的根源和讨厌红色的根源很可能是一致的。”

康坚扬听得十分认真，目光片刻不离祝瑾年的脸。

“任何人对某种东西的好恶都不是天生的，好比婴儿不晓得怕黑，也不觉得一颗钻石比一个小皮球珍贵，长大之后，有了生活经验和社会价值观的灌输，他们就会产生一套自己的逻辑。我引导他回忆自己究竟是什么时候开始排斥红色，又是从什么时候发觉自己晕血，他说，小时候他对食物是来者不拒的，但十岁左右，看着红色就发自内心的厌恶。”祝瑾年望着眼前一盅暗红色的红菇鸡汤，继续说，“十岁，很显然是一个重要的时间点。我问他在十岁之前，有没有发生过什么给他留下非常不愉快感觉的事。他说——有。”

“什么事？”康坚扬双肩收紧，瞪大眼睛问。

“他那时住在乡下，小时候……约莫是六几年，养过一只大黄狗，关系很好。后来，不知为什么，他父母想把狗抓起来，那狗很通人性，跑了，再也不回家。过了几天，他妈妈说带他去河边玩，他去了，一直躲在河边的狗看见他，就跳了出来，却被一个早就布置在那儿的绳索套住了脖子，吊了起来，它一直挣扎，像向他求救，可还是给勒死了。他说那时自己很惊讶，全身都麻了，几乎不能呼吸，眼睁睁看着父母把死了的狗放下来，放血，分成好几块，变成一大盆红烧狗肉。因为那时生活条件差，很久都没吃过肉，而且味道实在香，他也吃了几块，咽下肚没多久就全部吐了出来。之后，闻到肉味就想吐，渐渐也不喜欢任何红色的东西，更别说是血。”

康坚扬用力地用食指戳了戳桌面：“这才是根源？！”

祝瑾年点点头：“这件事虽然已经过去了三四十年，可它一直存在那位访客的记忆深处，进入潜意识里。人的潜意识内涵巨大，像沉在海面之下的冰山，相比之下，有意识的部分仅仅是冰山露在水上的那九分之一而已。弗洛伊德在《梦的解析》里提到，‘梦选择材料的原则完全迥异于醒觉状态，它专门找一些不重要的、次要的被忽略的小事……梦受儿时的最初印象左右，而往往把那段日子的细节，那些在醒觉时绝对记不起来的小事重翻旧账地搬出来’。这件事在他无意识里并不断地被加工、类比、放大，从一件具体的事，变成了某几个特殊的符号，红色、晕血和呕吐反射，都是那件事的‘后遗症’。另外，从他的描述中我还注意到，狗死后他说自己只感觉到震惊，这不符合常理，另外两种最明显也是最合理的情绪——自责和恐惧似乎被他忽略了，而恐惧，本就是一切负面情绪的来源。其实，这不是忽略，也不是遗忘，而是回避和压抑。负面情绪之间是会互相联系和影响的，外部压力一来，潜意识中的恐惧马上做出回应，引发噩梦。”

“原来如此！”康坚扬受教地感叹。

忽然间，祝瑾年感觉到一道目光冲着自己而来，她左右找了找，一无所获。

清了清嗓子，她继续说：“找到噩梦的源头，就可以对它造成的影响进行疏导。那位访客来了五次，渐渐对当年的事释怀了，现在他还是排斥吃除鱼之外的肉类，但对红色已经没那么反感了，晕血症也随之消失。他加入了一个救助流浪动物协会，还收养了一只流浪狗，回访他的时候他说，就算有时遇到不快，也不会再做那样的噩梦。”

这个案例说完之后，祝瑾年看向康坚扬："康总，离你上次来咨询只过了不到十天，如果真正的心结没有解开，我想，那个梦还会来。你刚才说的那几件事，对你来说其实算不上刻骨铭心，换言之，也根本不足以让你发自内心的对负面情绪的回应。我刚才说的案例供你参考，在日常生活中，你是否有与梦中符号相关的一些习惯、经历，在做梦当天，你是否做过同一件事、见过同一个人之类，希望你再想想。"

"是我把事情想得太简单了。"他轻叹口气，陷入了沉思。

"你不必心急，心理问题的纾解本来就不是一天两天的事，更没有立竿见影的特效药。目前，那个噩梦仅时不时把你惊醒，还不至于严重影响你日常生活，加上康总你这么开朗，心态也很积极，找到源头之后，调整一段时间就会渡过去。"

"也是。"康坚扬回神，"一时没注意，菜都快凉了。小祝，别客气！"

桌上的几道菜肴造型别致，看上去美味可口，让人食欲大开。康坚扬收敛了之前那油嘴滑舌的撩妹说话方式，对祝瑾年多了几分尊重，言语间也多了一份坦诚。

这顿晚餐吃得很愉快，八点半左右，二人起身离开。

即将出门时，祝瑾年看见一个熟悉的背影，走近几步，打了个招呼。

"小夏，这么巧。"

"啊……巧啊，是你。"见到祝瑾年身边的康坚扬，夏小姐有些意外，"康总，您好。"

"嗨。"康坚扬淡定回应。

这时，一个年轻男子从洗手间方向走回来，小夏没有多介绍，礼貌地告别后就赶紧跟他先走一步。

"她是我公司一个部门经理，能力不错。就是最近工作有些心不在焉，底下有点意见。"康坚扬一边往外走，一边提起，"怎么，你们也认识？"

“在朋友那儿见过几次，不是很熟。”祝瑾年敷衍地回答，心想，刚才那位应该就是令夏小姐心情起起落落的男友，看上去并没有特别吸引人的地方。

“作为上司，我在公司里也听说一些风言风语，大家似乎都觉得她男友配不上她，明显被人吃软饭。于我个人，是不太看得上这种小白脸的，而且，我觉得他有一种邪劲。对了，我在夜场见过那男的好几次，放得很开，不是善类，有次警察来突击检查，我见他和一帮人鬼鬼祟祟从后门溜走了。”康坚扬发出一声轻笑，无奈和恨铁不成钢意味很明显，双手插口袋，偏头说，“我送你回去。”

祝瑾年把他的话暗暗记在心里，摇摇头，笑道：“不麻烦了，你送我去前面路口的地铁站就好。”

康坚扬想了想，没再坚持：“OK，走。”

聂羽倩把吃干净的酱大骨一扔，颇为满意地看着眼前被自己一扫而光的几个大盘子，拍拍肚子，抽了根牙签叼嘴里，半眯着眼睛，摇头晃脑地说：“我就喜欢东北菜，量多肉足，粗中有细，杠杠滴！”

“你胖了。”聂羽峥一语，差点没噎死亲妹妹。

她非常不爽地瞪了对面的他一眼，挑眉强调：“我只是毛衣穿得厚。”

手机振动起来，聂羽峥瞥了一眼来电显示，接起。

只听沈子平说：“我一交警支队的师弟看到章靖鸣的车停在松海大厦对面，人不知道去哪儿了，我师弟巡了一圈回来，他车还留在那边。小祝不就在大厦上班吗？我看他停那儿不是偶然，就是不知道小祝今晚有没有加班，如果有，可就麻烦了。”

聂羽峥抽出信用卡：“你去买单，门口上车。”说罢，就先一步去开车。

聂羽倩本还想拉她哥去看场“爱豆”主演的电影，现在老大不情愿地走下楼，到门口时，忽然顿悟，跳上副驾驶，一脸奸笑："刚刚来电话的是你女朋友吧！"

"你想多了。"聂羽峥往前开了大约四百米就在一处公交车站台前停下，"212路，八个站后就是学校宿舍区后门。"

"你居然忍心让你年轻貌美的妹妹一个人搭公交车回去，而且还在离宿舍十分钟脚程的后门下车？！"聂羽倩双手拉住方向盘，惊异道。

"暴饮暴食后散步十分钟对身体有好处，壮壮。"

"不！准！你！再！叫！我！的！小！名！"

2.

走进地铁站，祝瑾年老觉得几分不踏实，几次回头看，却没发现个所以然。

广播里不知道在放什么歌，和四周人群的交谈以及走动声混在一起，被冲淡成一阵一阵的嗡嗡声。

眼看地铁快进站，她跟着前面的乘客一起向前移动了几步，忽然感觉到从斜后方而来的一阵劲风，有人侧推了她一下，她一个踉跄，差点站不稳。在周围人的惊呼声中，一个黑色的身影跑远，她不明所以又惊恐万分地向旁边看去，只见不知从何处而来的聂羽峥望着入口方向好一会儿，才转头看向她，眉头好似系了一个死结。

这时，祝瑾年见他做了一个非常奇怪的动作，好像大多数人洗完手习惯性地甩手。仔细一看，他深灰色大衣的侧边沾到了许多米汤一样的液体，质地有些稠。

是……硫酸？！可看着又不太像。

地铁已经进站，有些人忙不迭先上了，还有些人开始交头接耳、议论纷纷，还有几个中年大婶一边发出"啧啧"的声音，一边用暧昧和猎奇的眼神打量着他们。

祝瑾年还没反应过来，两个年轻女孩已掏出一包纸巾，上前递给聂羽峥，带着几分同情，说："帅哥，赶紧擦掉。要不要报警啊？"

从周围人的议论声中，祝瑾年终于后知后觉地发现他身上沾到的液体是什么，惊异之余，有些尴尬。她一步上前，抽出几张纸巾，忍着嫌恶帮他擦衣角上的液体，抬眼看了看他，忍不住没心没肺地"扑哧"一下笑了："你怎么来了？"

他没有解释，只是说："章靖鸣今晚恐怕一直跟着你，被拘留了那么几天，他急需纾解。"

先前，聂羽峥翻看沈子平当年对章靖鸣的调查，发现禾诗蕊对他的跟踪和骚扰一开始并不在意，直到他某天在电梯里对禾诗蕊做出和今天一样的事之后，她每次看到他都会感到恐惧和恶心，有时还情绪失控。沈子平当时认为，章靖鸣不满足于在私密博客上写意淫禾诗蕊的文章，开始把对她的性幻想搬到现实生活中，渐渐发展成对她的占有欲，很可能做出挟持并囚禁她的行为，因此持续对他展开调查，而引起他的不满和警觉，加上他家有些背景，阻挠了后期调查。

祝瑾年丢掉纸巾，用力拍拍手："为见义勇为、舍己为人、嫉恶如仇、敢同社会不良分子做斗争的聂羽峥同志鼓掌！

"我不是见不得社会不良分子，而是见不得你被社会不良分子一再骚扰。"聂羽峥忽然看住她，说得她措不及防，目光来不及移开，只能瞪着眼睛与他对视。

几秒后，祝瑾年感觉自己脸颊不断走高的温度，抿了抿唇，移开目光，正准备提出要帮他洗外套的建议，就听他又说："所以，你应该负责帮我洗手。"

"你不会自己洗啊！"祝瑾年马上反弹，躲得远远的。

“我不想再接触这种东西。”

“我也不想啊……”她哭丧着脸，脑筋一转，狡猾地说，“难道你把我推开不是为了不让我溅到这玩意吗？现在又让我帮你洗手，这不是辜负了你一番苦心，变得殊途同归了？”

“你洗不洗？”他没给她多一秒的推辞时间，直接握住她的手并往洗手间走去。

“喂！”祝瑾年又好气又好笑，脚步迫不得已跟随着他，“你给我站住！”

他非但没有停，还将她的手握得更紧，到了洗手池，二人的手往水龙头底下一伸，自动感应的水流哗哗往下流，冰冷与湿润瞬间从二人的掌心中央扩散出去。

祝瑾年伸手挤了两泵洗手液，见他半天没有动作，不禁抬头看他：“愣着干吗，快动手洗啊！”

他另一只手插在大衣口袋里：“单手不方便洗。”

“你是杨过吗？”祝瑾年指着他的口袋。

“你帮我洗。”他非常任性地坚持。

祝瑾年撇嘴，气愤地把洗手液揉出泡沫，涂在他手上，卖力地搓洗了几下，隔着一层滑腻，还是能摸出他手指骨节的起伏和指腹的薄茧。他们靠得很近，她的肩膀时不时还能碰上他的胸口，可气的是，他任由她使劲地搓洗，另一只手就是不肯从口袋里掏出来，好像那里头有什么贵重的宝贝。因为有些害羞又有些愤慨，她口不择言地嘀咕着：“那么讲究，搞得你好像从来没碰过这玩意似的……”

“你，说什么？”他确认。

祝瑾年笑着敷衍过去：“啊，没什么。”

他忽然握住她的手腕：“你调戏我。”

“哪有？”因为二人的手里满是泡沫，她很容易就挣开了。

用水冲洗，直到没有滑腻感，她才甩甩手说：“好了。”

“再洗一遍。”

“你有洁癖吗？”

“我该怎么回答？”聂羽峥看着她问，“回答，没有，显得我个人卫生习惯差；回答有，你不喜欢。”

祝瑾年一时没听出他后半句的小暧昧，反而道：“你怎么知道我不喜欢有洁癖的人？”

“当时，你描述卢律明时一再强调和复述他的洁癖行为，语气中却没有一丝肯定和欣赏，很明显是想引起车上其他三人对他严重洁癖的反感，和你站在统一战线上。”

“那你为什么要洗两遍手？”她虽不死心地追问，但还是又挤了两泵洗手液在手心。

“你猜。”

“哼。”祝瑾年撇嘴，马虎地又给他洗了一遍，“好了吧？还要不要洗第三遍？”

“不需要了，来日方长。”他微笑着说。

祝瑾年抬眼看着他，体察到聂羽峥对自己的在意，她的心像一只粉色的气球，不断地膨胀。

“我对欣雪的心理测试表做了个简单的分析，如果不急着回家，一起看看？”

“呃……好。”祝瑾年点了点头，转身朝出口走去。

不知不觉，他俩的关系从刚开始的剑拔弩张发展到现在的暧昧流转，她身为当局者，迷惑的同时又存着一丝丝希冀和幻想。

上了车，她没有问他想去哪里。他一路向前开，她一路心不在焉地看夜景。

车子行到一条小路，他靠边停下，却没有熄火，下车将自己的外套送去一个干洗店，回来又往前开了一段，在一家看上去就非常安静的小店外停了下来。祝瑾年下车，抬头看了看，招牌写着“诺亚”，似乎是一家咖啡店。

推门而入，坐在轮椅上、抱着一只大白猫正在画画的女老板寻声看来，一见聂羽峥，先是一愣，随即笑开：“聂老师？稀客，真是稀客。”

只见她留着柔顺的中分长发，相貌极美，一件宽大的白衬衫外，套着一件民族风长款粗线毛衣，一张驼色的羊绒毯子盖在腿上。她怀中是一只十分漂亮的布偶猫，不认生，很乖巧地叫了两声，又趴下假寐。

见到后一步进来的祝瑾年，她眉一挑：“不介绍一下吗？”

“祝瑾年。”聂羽峥惜字如金。

像是早就知道了他的性子，女子没有多问，笑着点了点头：“随便坐。”说着，便移动着轮椅到了吧台后面，似乎在准备饮料。

聂羽峥走过去，一手揣在裤子口袋里，另一只手搭在吧台上：“要帮忙吗？”

“太看不起我了。”女子摆摆手，好像在赶他，他颔首，随即朝祝瑾年走去。

祝瑾年环视一圈，墙壁上挂着许多画作，风格清丽，色彩运用给人的视觉带来一种很和谐舒服的感觉。她在单人沙发上坐定，听见聂羽峥说：“秦希扉，这间画室兼咖啡厅的主人，也是荒漠的第一个求助者。”

祝瑾年露出些好奇，可能是想探究一下聂羽峥和秦希扉的关系，她故意引他往下说：“她很漂亮。”

聂羽峥没有接话，看了她一眼，转头看向右侧的一面墙：“知道左数第二幅画叫什么吗？”

她无奈地看过去，只见那幅画上画满各种颜色清淡甜美的无名小花，只在花影深处淡淡勾勒了一个女子的背影。“嗯……《背影》？”

“你身上的细胞没有几个是为艺术活着的。”

她撇嘴，顿时对画作的名字丧失了探究的兴趣：“猜不出来。”

他没再开口嘲讽她，只是轻笑一下，将心理测试表放在两人之间的矮几上：“言归正传，心理测试的结果——乔怡潼容易受人暗示和操控，自我认知混乱。”

祝瑾年将注意力放在测试表上，这是一份根据 MMPI ②改造而来的测验卷，翻了几页，草草看了一遍后抬眼看他：“虽然从第一次的意象对话中，我也觉得乔怡潼很容易受人暗示，有癔症倾向，但这结论……只跟她聊过一次的你，是怎么得出来的？”

“有些来自共性的测试题，如‘我听到别人在谈论某些事，会不自觉陷入事件带来的情绪中难以自拔’，她选择‘是’。另外一部分问题，是我根据她的咨询内容特别设置的。虽然乔怡潼认为自己是个很固执的人，但这也有可能是她自我暗示的结果。测试显示，她果然不够坚定，容易受他人影响。”

“所以，你利用测试题，对她进行了心理暗示？”

聂羽峥不用看表，就清晰地记得那些内容：“上次会面时，她说自己除了记忆出现问题外，身体没有其他方面的不舒服。我故意在第 10 题问她，‘你是否感觉胃部不适？’，正如我意料，她的答案是‘否’。你再看第 125 题。”

祝瑾年翻到那一页，只见题目是“你最容易感到不适的部位是？”，底下好几个选项，分别是眼睛、喉部、胃部、妇科、关节。而乔怡潼的选项竟然是——

胃部。

② MMPI，明尼苏达多相人格测试，是迄今应用极广、颇富权威的一种纸 - 笔式人格测验，可鉴别强迫症、癔病、偏执狂等。

“你……是怎么做到的？”祝瑾年问。

3.

“咪……”布偶猫跟随主人而来，在小几边蹭了两下，打断二人的谈话。秦希扉端着一壶热水果茶而来，又熟练地移动着轮椅帮他俩取来两个造型别致的小白瓷杯。“打扰了，请用。”说罢，她微微一笑，回到画板前继续安静地画画。

水果茶中真的有许多水果，祝瑾年抿了一口，酸甜可口，还伴随一丝独特的香气，是她喜欢的味道。

聂羽峥磁性好听的嗓音伴着花果香气而来：“我在第10题后设置了五个问题，都跟减肥和身材保持有关，让她做出‘是’的回答同时，在她心底强化‘我经常为了保持身材而故意少吃、不吃正餐；饿到没有饥饿感、饮食不规律’等一些事实，再通过闲聊，把‘过度节食有碍健康’这个知识传播给她，将‘我为了身材牺牲健康’这个概念植入她的意识。接着，我在谈话中将睡眠不足、压抑进食欲望和脾胃功能失调联系在一起，在她回答到下一页时，我对她说，自己一个同事因研究课题压力过大，熬夜、咖啡、烟酒、饥一顿饱一顿，最近查出了胃癌晚期，由此引起了她的危机感，让她不自觉对号入座。到了第125题，她果然认为自己的胃部有问题。如果没有接受过暗示，作为一个舞蹈演员，我猜想，她应该会选择‘关节’。”

这何止是心理暗示，简直就是心理控制！

“你挺适合去卖保健品的。”祝瑾年真诚地说。

“哪方面的保健品？”他抬眼，“火箭炮？”

一下子歪楼了。

祝瑾年清了清嗓子：“这么多的题，你就提出一条结论，是不是太少了？”

“其他都是很常规的测试——第15题到30题，测的是金钱观，她赚钱的愿望很强烈；第50题到60题，测挫折应对心态，我从中看出她内心脆弱，且有报复心理；第38题、42题、75题、99题是测谎，她没有通过，很有可能在平时和做这份测试时也不自觉说了一些谎话。诸如此类，相信你看一遍也能得出结论。”

祝瑾年耸耸肩：“人都是不完美的，这些性格特征说不上特别坏。容易被暗示恰巧说明她很有可能因为别人的言论改变自己的行为，甚至不自觉强迫自己表现出与原本性格不同的状态。下一步，我们怎么办？”

“去凉肃。”聂羽峥抿了口茶，看表情，他对这种口味的东西并无多大热情，“这几天你把手头的事情处理好，让行政和财务那边安排出差。”

祝瑾年迟疑了一下：“我去？”

他望着她，眼神专注，眸色墨黑清澈，一字一顿地强调：“我，和你。”

和他对视，她内心涌起一阵波澜，却被自己强压了下去。

“有空吗？”他移开目光，虚望向壶底轻轻摇曳的小火苗。

“我的Case，肯定要抽时间亲自去。”她重重点了点头，“去了凉肃，要怎么查？”

“我认为——应该从她的案底开始查起，例如，前男友与她的感情深浅、出事后她父母等亲友的态度、自杀事件始末，等等。”

“我们不是警察，加上异地，恐怕查起来不怎么方便。”

“几年前我参与过一个吸毒人员心理状态的课题，得到一份许可文件，能够查看各地涉毒人员的档案材料，包括案卷，年限为五年，恰好到明年年底截止。既然她的案底和吸毒人员有关，我们可以打这个擦边球，而且，我怀疑……”聂羽峥忽然停下，喝了口热茶，却没有往下说的意思。

“你怀疑什么？”

“我怀疑乔怡潼的记忆异常并非完全来源于那次窝藏案底的打击。”

祝瑾年抬眼看他：“听上去，你始终不觉得她是双重人格。”

“鉴于你的描述和她在我面前的表现，我更偏向于……癔症。”

“你觉得另外一个‘欣雪’是她自我欺骗的产物？”祝瑾年瞪大双眼，“她的心理暗示能力真的能把自己忽悠得变成另外一个人吗？”

“不是‘另外一个人’，而是一个‘没有相关记忆的自己’。”聂羽峥右手端着白瓷杯，微微倚靠在沙发一边的扶手上，“年初，鹏市电视台新闻频道《非常当事人》栏目邀请我对一个号称自己三年没有吃过饭的中年女人进行心理鉴定，鉴定的结果就是癔症，她在明明正常吃三餐的情况下，坚信自己粒米未进。不仅是她，她的丈夫受她影响，也认同了她的假想。夫妻二人接受心理暗示的能力都非常强，在生活中互相影响，上演了这么一出闹剧。”

“可是人格分裂的形成一开始也和心理暗示有关。”

“这只是我一个不负责任的猜想，一切还依赖于其他信息的补充。”聂羽峥轻轻摇了摇头，没有继续举证。

二人之间一时没有对话，陷入了沉默中。

祝瑾年又为自己倒了杯茶，起了个话题问他：“除了我之外，章律师还跟踪别人吗？”

“近期内，他对你的兴趣超过别人。”

“我何德何能啊……”祝瑾年一脸苦恼。

聂羽峥直白地告诉她：“因为禾诗蕊——你与她在相貌上有八分相似。她与我、王谦同届，在校时就受到了章靖鸣的跟踪骚扰。近几年，章靖鸣陆续骚扰过不下七个人，沈子平说，都与禾诗蕊气质或身材相似。他的骚扰对这些人的生活影响很大，听说，有的搬离了鹏市，有的为了躲避他不慎摔伤。”

这件事好像以前听杜格致提过。

“这个禾诗蕊……也去了别的城市？”

“她失踪了，十年不见踪影。”

“说不定她也是为了躲章靖鸣，跑到别的地方去了。”祝瑾年非常乐观地说。

聂羽峥知道，这只是个美好的猜想。他沉思了一会儿后颔首：“……希望如此。”

祝瑾年误解了他沉默的原因，脑补出一段非常狗血的情节——这个禾诗蕊分明就是聂羽峥大学时的初恋情人，她的失踪给他留下了毕生的遗憾，多年后，他遇见了和她长得很像的自己，不免对自己产生了移情，于是就……她的心没来由地一沉，陷入了自己是禾诗蕊替代品的沮丧中。

善于压抑情绪的她不动声色、面色如常：“你手机里有禾诗蕊的照片吗？我想看看跟我八分相似的她是什么样的。”

聂羽峥掏出手机，看上去真的在找照片。祝瑾年不太高兴，他将屏幕转向她时，她只是草草一瞥，却愣住了——他打开的分明就是前置摄像头，于是，屏幕上晃动着她自己的脸。

她伸手推开他的手机，气恼道：“哪有那么像，又不是失散多年的双胞胎！”

等了一会儿，他一点找照片的动作都没有，她试探地问：“你到底有没有她的照片？”

他些许清冷地答：“我为什么要收藏一个陌生人的照片？”

……呃？！

祝瑾年沉下去的心开始上浮，连她自己都惊讶于这种被他影响得时起时落的心情。为了掩饰自己的心情，她故意跟他抬杠：“依我看，熟人的照片，你也没存几张。”

“你答对了。”他把手机收好，顺便看了看表。

祝瑾年赶紧把剩下的水果茶一饮而尽。

离开的时候，趁聂羽峥去开车的间隙，她走到秦希扉身边：“不好意思，我问一下。那面墙左起第二幅画，有名字吗？”

秦希扉往那边瞥了一眼，抚摸着布偶猫的背脊，温和地说：“有啊，它叫‘不如你’。”说罢，她又解释，“即使春花如此繁茂，还是能从中看到自己心里最熟悉的背影。所以，有多少美好的事物环绕并不重要，重要的是，我们的目光在寻找属于自己的焦点。”

祝瑾年愣了很久，跟秦希扉告别后默默走到门口。

她清晰地记得，她为了引聂羽峥说话，说秦希扉长得很漂亮，而他故意不接，转而问她那幅画的名字，她答错之后，小小地嘲讽了她。

——“她很漂亮。”

——“不如你。”

巷子幽深，几盏路灯昏黄，夜风夹杂着一丝冷意，吹过她燥热的脸颊。

聂羽峥的车子缓缓驶来，车灯很亮，她移开目光，将羊绒围巾在脖子上绕了两圈，遮住半张脸。犹豫一下，她坐在副驾驶，却不敢看他。

如果，他擅于心理暗示，那么早就将暧昧的种子播撒进她的心底，此时已然枝桠茁壮，他的每一次拨动，都引得根系颤动，牵扯着她所有的感觉神经。

别怀疑，他无非是和好友王谦所谓“喜欢一个女人的标志”理论产生了共鸣——越看越漂亮，而后怎么也不腻，就算她冲你无理取闹、用平时你觉得很恶心的语调撒娇耍赖，你不仅不排斥，反而周身温暖。

“这么晚了，谢谢你。”电梯快到二十二楼，祝瑾年向他道谢。刚才在车上二人闲聊，她得知他住在怡和路附近，离这里半小时车程，来往这么一折腾，在她看来挺浪费时间，他却不嫌麻烦，竟总说“顺路”。

电梯门开启，她走出电梯，本想转身说几句让他小心开车的客套话，却被自己家门前一个身影给吓住了。

一身黑大衣的章靖鸣正靠在门口抽烟。

聂羽峥走出电梯，将祝瑾年拉到自己身后。

“聂羽峥……”章靖鸣危险地眯了眯眼，掐灭了烟，扔在地上踩了几下，斯文气不在，“你他妈该不会是认真的吧？”

“认真的。”他无畏地跟章靖鸣对视，冷着脸，“所以，这是我第一次警告你，也是最后一次。”

不知为什么，章靖鸣看聂羽峥的目光里充满了鄙夷，他一边走向电梯口，一边说：“我原以为你聂羽峥是个什么正人君子，没想到你不过如此，也爱在外头乱搞。哼，无耻。诗蕊，我们下次见！”说着，他高声笑了两声，乘电梯下楼。

祝瑾年沉浸在章靖鸣发现自家地址和把自己称为“诗蕊”的惊恐中，走进家门后才得以细细品味聂羽峥刚才的一句“认真”。

这一刻，她感觉有点幸福。

然而，她又想起章靖鸣说聂羽峥“你不过如此，也爱在外头乱搞”，这话的意思似乎在讽刺一个出轨的已婚男人。记得他第一次明目张胆跟踪骚扰自己时，就说聂羽峥是结了婚的。

尽管章靖鸣的人品实在不敢恭维，但他的每一句话不见得都是谎言。

这么一想，祝瑾年感觉背脊发凉。

第十章

叶欣雪的灵魂穿越

/HE NI DE SHIJIE TANTAN/

1.

快递员沿着走廊一边走一边找，最后在心理课题组办公室前停了下来：“你好，是不是聂先生？”

聂羽峥站起，离开办公桌朝门口走去。

“你的文件，麻烦签收一下。”说着，快递员上前几步，把一个蓝色的文件袋递给他。

聂羽峥瞥一眼快递单，寄件人的字非常难看，根本不像一个成年人的字体，从笔画上看，应该是左手写成。他叫住撕了回单就要走的快递员，仔细地拍了几张照片。

拆开文件袋，里头是一个白色大信封，信封里装着一张陌生女人的照片。

翻过背面，寄件人同样用左手写了三个字——叶欣雪。

提到欣雪，不得不想起乔怡潼。她一直用“欣雪”作为自己艺名，难道跟照片中的女子有关？虽然他查过凉肃市所有叫“欣雪”之人的资料，可照片中的女子他从未见过。

这是巧合，还是知情人的暗示？

聂羽峥回忆起在小志案时，沈子平也收到一封装有剪报的信，他们得以借此推断出小志产生心理问题的源头之一。

寄件人竟然对他参与调查的事件如此熟悉，这人是敌是友？“他”寄来这张照片，又想告诉他什么？只有两种可能：一，爆料，帮助调查；二，干扰，故意把调查的方向引到错误之路上。

“小祝，后天早上十点的机票。”行政部的巩鸿霄打来电话，善意提醒道，“你多带点衣服啊，凉肃比这儿冷，我一在凉肃当护士的网友说最近流感，去医院挂瓶的人可多了。”

“知道了，谢谢。”祝瑾年放下话筒，靠在椅背上。

聂羽峥到底有没有老婆？这个问题既不好去问杜格致等校友，更不能直接问聂羽峥，否则显得有点自作多情。

万一他是个有妇之夫……

正想着，内线电话再次闪烁着，是琪琪。

“瑾年姐，昨天网上预约过的华小姐已经到了。”

祝瑾年起身，整理整理戴在黑色毛衣外的丝巾链，走了出去。

一位打扮入时、妆容精致的长发女子站在前台那边，见了她，礼貌地点一点头，想必就是华小姐了。

她和华小姐一边向咨询室走，一边闲聊。

华小姐是一家企业的总经理助理，据她说，这家企业前年还濒临破产，现任总经理上任后，短短两年时间竟然扭亏为盈，上一年的利润达到了1000万，堪称鹏市相关行业的奇迹。

在咨询室小坐了一会儿，华小姐就诚实地说明了来意——她爱上了这位年轻有为的总经理，她将他称为X总。爱上自己的上司本来无可厚非，坏就坏在，X总是有妇之夫，暂时和自己的妻子异地。因此，华小姐感觉很痛苦，一方面盼望着和X总深入接触，一方面受着良心的自我谴责。

真是无巧不成书。

听完她的诉说，祝瑾年暗自怔了好一会儿，之后强行阻断自己的思绪，微笑着说："你会感到痛苦和纠结，是因为你的内心还秉持着一定的道德感，这是因为这种道德约束使你不断挣扎，这是你和那些故意破坏他人家庭之人最大的区别。但是，我想问问你，你的真实想法，究竟是想避开这段不该有的暗恋，还是想给自己找个合理的理由去靠近这位X总？"

"我知道这是不对的，一度想辞职或者调离岗位。但问题是……我感觉X总对我，其实也并非毫无好感。"华小姐想了想，说出了实情。她之所以会来这儿寻求心理纾解，正是因为昨晚陪X总应酬，二人都有些醉意，X总向她表白了。既然两情相悦，她想不顾一切跟X总在一起，可又碍于小三这个名头，因此感到无所适从。

两情相悦，但一方却是已婚。在这种情况下，是该不顾一切先交往再说，还是恪守婚姻底线和道德准则，保持距离？这既是华小姐出给祝瑾年的难题，也是聂羽峥出给她的难题。

"女性对那些在自己的专业领域成绩出色、个人能力强的男人都会有一种发自内心的崇拜感，这是雌性的生物本能，也是女性的惯性心理，我们经常将这种仰慕误以为是喜欢。华小姐，你需要分清自己对X总究竟是女性对男性的喜欢，还是一个粉丝对偶像的崇拜。"

华小姐沉默了，双手拇指对在一起搓动着，显得有些焦虑，过了一会儿，她深吸一口气："恐怕……是真的喜欢，尤其是得到他的回应之后。"

"既然如此，我们无法控制自己的感情，但可以控制自己的行为。"

祝瑾年微微咬了咬牙，既是说给华小姐听，也是说给自己听，“一件不受法律保护的、受世俗道德谴责的事，硬要去做，对我们来说是百害而无一利的。一时的舒服，可能换来的是对别人无尽的伤害。一个在婚内都无法保持忠诚的男人，即便工作能力再强，也是个有污点的人，我不认为他有什么吸引力，甚至，在个人道德方面还很让人不齿。他今天能跟你出轨，明天就能跟我、跟她、跟所有女人，那时，你受的痛苦不会少于现在。现在你要做的，就是认清这个男人的真面目，将自己对他的喜欢慢慢放淡，许多年后你会感激今天的自己。”

“可是，产生了感情却要压抑，作为一个咨询师，你不觉得这样会让人心情郁结吗？”

“不是所有感情都非要宣泄出来不可。”说到这里，祝瑾年已然能够梳理自己和聂羽峥之间的暧昧了——如果他真是有妇之夫，她一定跟他保持距离，绝不越雷池一步，“因为，有些感情只是一时迷惑，绝不会长久。就好像双十一时我们都想花点钱为自己买点东西，恰好发现一件衣服似乎很适合自己，可非常地贵，当我们克制住一时的购买欲望，过几天再回头看，发现那件衣服其实也没多好看，不值得自己下个月的省吃俭用。”

华小姐向下抿了抿唇，这个微表情正好暴露出她内心其实不是很赞同祝瑾年的说法。爱情给女人的诱惑很多时候远比金钱或者权力大得多，而没有处在迷局中，你永远不会体会当事人的纠结和甜蜜。祝瑾年虽不认同这种插足他人婚姻的行为，但仍对华小姐的犹豫表示理解。面对一个优秀已婚男人的示好，一些对未来和爱情充满幻想的女子确实容易迷失，陷入沼泽。然而别人是别人，她是她，她坚定地认为，自己绝对干不出这样的事。

一小时的咨询时间很快就到了，华小姐离开时仍旧很困惑。她说，自己可以试试先远离 X 总，以后还会再来咨询。

可是祝瑾年能猜中，华小姐不会远离 X 总，反而还会更加深陷下去。因为，但凡你知道一件事情做了就是错，你还在犹豫要不要做，那你心里就是想做，而且肯定会先做了试试。

在没有弄清楚聂羽峥是不是有妇之夫的情况下，我绝不能轻举妄动——祝瑾年告诫自己。

临下班的时候，杜格致看似无意间提起："小年，这是你来'荒漠'后第一次出差吧？"

"没想到这次的 Case 这么复杂，还需要跑到外地去了解情况。"

杜格致哈哈一笑："我真的很好奇你这个来访者是什么情况，居然让羽峥亲自出马参与咨询业务！"他拍拍她的肩膀表示安慰，"放心吧，羽峥什么时候空手而归过？希望出差回来，你们这个 Case 能完美解决。"

"聂羽……我是说，聂总他有没有……"祝瑾年即将出口的问题又硬生生地憋了回去。

"什么？"

越是心里有鬼，越问不出口。她的唇张了张，又沉下眼睫，脑筋飞快一转，接自己刚才的话头，问："不知道聂总或者杜师兄你——有没有同学或者朋友在凉肃，办起事来也方便点？"

"我这届没有凉肃的同学，我看你们可以问问沈子平，他朋友多，而且身在公安机关，跟那边打个招呼，可能对你们有帮助。"

"是个好主意。"祝瑾年醉翁之意不在此，草草结束了话题，心里却更加没底。偏偏这时，她收到来自聂羽峥的一条消息。

"后天八点，楼下等我。"

他的风格就是这么言简意赅，又没有商量的余地。

出发当天，祝瑾年拖着个小行李箱下楼，见聂羽峥正背对着她，靠在一辆黑色轿车旁打电话。她慢慢走到他身边，他恰好挂了电话，偏头看她。她发现他今天戴了一副无框眼镜，更显斯文清俊。

“早。”她移开目光，淡漠地打了个招呼。

他一手揣在铁灰色长款呢子大衣的口袋里，一手自然地接过她的行李箱，放进后车厢。

他坐在副驾驶，祝瑾年则坐在后排，找出未看完的小说，有意避免与他说话。好在他本不是乐于聊天的人，一直很安静，弄得司机倒有几分好奇和尴尬了。

在祝瑾年看来，保持这样的距离，挺好。

2.

过安检后，离登机还有半小时。聂羽峥遇到一个外校的教授，两人一边交谈一边往外走。商务舱候机室的沙发很舒服，祝瑾年近乎半躺着刷微博，一抬眼，不知道他俩走到哪儿去了。时间很宽裕，她也不急，又看了一会儿微博，只听聂羽峥的公文包里传来一阵阵的振动声。

她瞥了一眼，没在意。

振动声持续了很久，停止不过十秒，又振动起来。

她抬头找了一圈，聂羽峥还是没有出现。

振动声第三次响起时，她从公文包最外头的隔层中很轻易就掏出了他的手机。屏幕显示着来电人——郑文秀。既然一直打电话，没准有什么急事。她拿着手机，起身左右张望，还是没找到他的身影。

振动停止，祝瑾年一看，一共三个未接来电，都来自郑文秀。

她刚要把手机放回去，电话第四次振动起来。她有点无奈，替他接起。

“喂，你好。不好意思，聂……”

“……你是谁？我老公呢？”

祝瑾年心里“咣”的一声巨响，好似一个铁球从比萨斜塔上落下，重重地砸在地上。

一直想确定的事，接了一个电话，就落锤了。

郑文秀，原来是他妻子。

一是不死心，二是想进一步试探，她回答："您好。您是他爱人吧？我是他的助理小祝，聂组长有事离开了一会儿，等他回来再回您电话，好吗？"

"哦，原来是这样，我还以为他嫌我烦，故意不接呢。"电话中的女子轻笑起来，在祝瑾年听来就是一对夫妻最日常的打情骂俏。

对方无意跟她多聊，就挂了电话。祝瑾年僵着脸，心底发凉的同时，又觉得愤慨和屈辱。她忽然站起来，想就这么离开机场，不与他出这趟差，要查，她自己想办法查！往外走了两步，她飞快冷静下来，咬着下唇，深呼吸了好几下，坐回原位。

你永远无法想见一个男人能多么无耻。她恨恨地想，余光看见那个熟悉的身影走了进来。手机又振动起来，她没再去看屏幕，强压住想当场扇他一巴掌的冲动，挤出一个最普通的微笑，把手机往他跟前一递："你电话。我去趟洗手间。"

说完，她飞快地往洗手间走去。

不能表现出自己因他而起的不好情绪，让他觉得自己已经被他玩弄于股掌之间。这层窗户纸既然还没捅破，就还有全身而退的可能。她想，这个有妇之夫，她是万万不会去沾的。

见屏幕上显示的"羽倩"，聂羽峥就近在单人沙发上坐下，接起了电话。

祝瑾年从洗手间出来的时候，远远就看见聂羽峥还在打电话，她能看见他脸上温和的表情和时不时自然露出的微笑。她的眉心蹙了蹙，深吸一口气，默默走过去，留了个心眼，悄悄站在他身后。

只听他说："冰箱里只剩你上次买的几瓶饮料……开 Party？不行。

你知道我不喜欢热闹，即使我不在家，也不希望我家过于热闹……你回答得很不情愿……有人比我更了解你吗？……你敢阳奉阴违，看我回去怎么收拾你。”

磁性的嗓音，宠溺的语气。

祝瑾年忽然觉得心里一空，也不知和聂羽峥相识以来的点滴，是自己有所误解，还是他不甘寂寞刻意搞的暧昧。

提示登机的广播声响起，她冷着脸，绕开聂羽峥的座位，走向登机口。

或许是心不在焉的缘故，她在舱门口绊了一下，聂羽峥反应快，伸手从后面揽住了她的腰。

“小心。”他说。

“嗯。”她敷衍地应了一声，不动声色推开他的手臂。

等待起飞的时候，她有些难过，别过头去假装看风景。她不明白为什么有人背叛婚姻、背叛爱人时会如此坦然，丝毫不惧给别人带来的伤害和失望，就像华小姐口中那位X总，就像聂羽峥，就像娱乐新闻里那些被狗仔拍到出轨的明星们，他们工作时都是如此优秀和拔尖，为什么做不到一心一意？

聂羽峥见她从起飞开始就闭着眼睛像是补眠，便一直没有开口打扰她。空乘送来的毯子，他接过，很细心地盖在她身上。她听见空乘用甜美的嗓音问他：“先生，您女朋友看上去不太舒服，需要热水吗？”

祝瑾年心里一紧。

“暂时不需要。谢谢。”

他没有否认，没有解释。

说真的，她真的很想掀起毛毯摔在他脸上，可又硬生生忍住了。

算了，自己既然无意插足他的婚姻，就干脆当一个聋子和傻子。

下飞机时，她已经完全调整好自己的心情和状态，假装伸了个懒腰，说："不知道这趟出差有没有除咨询费以外的奖金？"

"你觉得自己的瞌睡值多少钱。"他答。

"梦里我可是中了五百万的，你怎的也得给我一半吧？"她挑眉说笑道，拿起大衣，几步走出了舱门。

他的轻笑声自她身后飘来："你对二百五这个数字为什么如此情有独钟？"

祝瑾年撇了撇嘴，假装没听见。

凉肃市位于鹏市西北，这个季节比鹏市冷了一些。虽然离春节还有二十来天，商铺却早早就卖起了年货，满眼都是火一样的大红色。

休息了一晚，第二天一早，两人去了市公安局。因为聂羽峥事先打过电话，所以负责档案管理的小李和当时案件的主办人老詹早就先一步在值班室等他们。

寒暄客套过后，老詹一边带他们去档案室一边操着凉肃口音介绍案件的始末。"组长，你要了解的这个案子，当时在我们本地算比较轰动的，影响也不太好。一来，涉及两三个刚刚高考完的学生，二来，还有毒品的事儿。还有，我们缉毒队顺着这条线查下去，一位同志还不幸在后来的缉毒行动中牺牲了。"

小李找出了一个档案袋交给聂羽峥，老詹接着介绍道："作案的四个男的都来自一个叫'Red Sky'的乐队，平时他们游走各个酒吧或者夜店表演赚钱。主唱夏虔先沾染了毒品，随后带着刘海声、卓磊和钱兴兴一起吸，这几个人都'进去'了。据这个夏某交代，他们其实早有预谋，故意以聚会唱K为借口，让卓磊的女友和钱兴兴的女友各自带女同学一起来，先是尝试诱骗她们一起'溜冰'，然后趁'溜冰'之后的劲儿，把其中三个姑娘给办（轮）了。最要命的是，四个姑娘，三个被他们拉下水，那天都接触了毒品，只有一个——卓磊的女友，那天因为来例假，既没有‘溜冰’也没有跟他们发生关系。”

老詹清清嗓子，又说：“有个受害人反应过来后就报了警，我们实施抓捕的时候，卓磊就躲在女友乔怡潼的家里，这姑娘一开始还帮着他打掩护，说他躲去了一个什么叔叔家……”

“叶欣雪……”翻看案卷的聂羽峥忽然念出了这个名字。

老詹点了点头：“受害女子之一，是乔怡潼的好友。”

欣雪？祝瑾年心里“咯噔”一下，

老詹叹了一口气：“这姑娘真是可惜啊，本来有着大好前途！听说那件事情之后她就没断过吸那玩意儿，社区戒毒期间就复吸，两年之内两次强制戒毒，第一次出来，十天不到复吸，第二次进去，唉！出来也是不到几天，不知道是怎么想的，偷了家里的钱，大剂量地那么来了一次，把自己给整没了。”

原来，叶欣雪已经死了。当时沈子平帮他查身份信息时，习惯性地将“已注销”和“已去世”的都排除了，给他看的都是活着的那些同名人。

聂羽峥转身从公文包内取出一张照片放在老詹面前：“是她？”

老詹指着照片：“对对，这姑娘我印象特别深，就是她！”

“你怎么会有这张照片？”祝瑾年不禁疑惑地问。

他简单地解释：“有人寄了一封匿名信给我。”

老詹想得出神，嘴唇动了动，似乎有话要说。见他这样，祝瑾年压下心中更多的疑惑，问：“詹警官，您还能想起些什么吗？”

“啊，是这样的……”老詹坐下，抽出根烟想点，又碍于这里是禁烟区，赶紧把烟塞回口袋，“我们调查时发现，叶欣雪和乔怡潼其实算不上多好，还是舞蹈队的竞争对手。她们舞蹈队的其他姑娘告诉我们，那时恰好有一个去省舞蹈队参加一个什么演出的机会，两人都想去。还有，她俩当初都喜欢那个卓磊，小乔先一步跟他谈恋爱了。我们有点怀疑小乔早就知道那几个浑小子的打算，故意约叶欣雪去的，可这是很主观的推断，没有证据的支持。”

祝瑾年的关注点果然变了，好奇地问：“卓什么的长得很帅吗？”

“呃……一般一般，男人和女人的眼光可能不一样，哈哈！”老詹被她这么一插科打诨，严肃的表情缓和许多。

聂羽峥带着几分无语的神情，把档案袋放在祝瑾年跟前。她饶有兴趣地翻翻找找，从一沓材料中抽出乔怡潼前男友的资料。

卓磊，男，24 岁。

籍贯：Y 省凉肃市。

有证据证明其吸食、注射毒品，查获时尿液检测（冰毒）呈阳性。

“这男的——”祝瑾年眨了眨眼睛，定定地看着卓磊的证件照，一种似曾相识的感觉油然而生，“我好像最近在哪里见过……”

3.

“乔怡潼身边？”聂羽峥低声问她。

祝瑾年摇摇头：“她每次出现时都是一个人，从来没有男人陪伴，而且她曾说自己是单身。应该是在别处……”

“鹏市？”

“我想一下——”她揉了揉太阳穴，闭上眼睛用力回忆着。

聂羽峥转而问老詹：“卓磊出狱了？”

“我帮你问问。”说着，老詹打了个电话，“嘿！老吴！……对了，我问你个事——”

祝瑾年拍了下档案袋：“他在鹏市！他是我一个访客的现任男友！上次……也就是章靖鸣跟踪我到地铁站那晚，我与一个访客吃饭，恰好碰见卓磊从洗手间走出来。因为我那个女访客来咨询的都是自己的感情问题，所以我对她男朋友很好奇，就认真看了几眼。应该就是他。”

“卓磊和乔怡潼都在鹏市，未免太巧合。”聂羽峥一针见血。

祝瑾年预感事情开始变得越来越复杂：“而且，离开凉肃、告别过去的乔怡潼还用‘欣雪’作为自己的艺名。换作我，经历过这样的事，巴不得永远不要提起这个名字，怎么可能还把它当艺名呢，不嫌硌硬？”

“如果，她的目的就是硌硬自己……”聂羽峥抬手，食指在左手腕上划了一下，提示乔怡潼曾经做过的这种轻生举动，“比起染上毒瘾、前途尽毁的情敌兼竞争对手，她只不过留了个案底，丧失了去省舞蹈队演出的机会，有什么想不开的？”

“女人心，海底针。”祝瑾年一言蔽之。

聂羽峥扬扬嘴角，看上去颇为赞同，但这个疑问不能只用这句俗语解释，肯定要继续深入了解。

老詹的电话打完，回身告诉他们：“出狱了——当时啊，卓磊认罪态度良好，主动交代购买毒品渠道，还帮我们当诱饵，引卖货的人出来，也算是立功表现。戒毒完之后，他蹲了一年多大牢，表现好，获得了减刑，两年半减成了两年，去年年初时就出来了，说是去你们鹏市打工。这种曾经登记在册的吸毒人员，即便出去了，也经常会受到突击检查，目前，我们还没收到他复吸的消息。不过……既然你们做的是复吸人员的心理研究，就应该知道‘一次吸毒，终生戒毒’，尤其他们那些‘溜冰’的，伤脑子，发自意识深处的依赖，复吸概率太高。至少我当警察这十几年，就没见着一个能真正戒断的。”

祝瑾年暗自叹气，怪不得康坚扬提起自己在夜店偶遇夏小姐男友卓磊时，曾看见他逃避警察的检查。

离开凉肃市公安局，祝瑾年问：“下一步，是不是得去问一问乔怡潼和叶欣雪的过往？”

聂羽峥颔首：“三个方向。一是她俩曾经的队友、舞伴，二是乔怡潼的父母，第三个方向，恐怕比较难——

“叶欣雪的父母和朋友。”她毫不犹豫地替他说完，抬眼看了看他，“不如这样，兵分两路——比较简单的第一、二方向，我去跑，叶欣雪那边既然比较困难，想必你挺愿意接受这个挑战。”

“我不同意。”他严肃地望着她。

“我来负责叶欣雪那边也行。”祝瑾年非常大度，也乐于接受挑战。

“不行。”

祝瑾年皱眉，疑惑又不悦地瞪着他：“因为我们只租一辆车的缘故？车子给你开就是了，我坐公交车去总行了吧？”

他不惧她的目光：“你人生地不熟，我不会让你单独行动。你可以选择任何一个方向，或者把所有方向的调查都交给我，但前提是——我们同进同退。”

祝瑾年呼吸一窒，咬了咬后槽牙，放松了肩膀，装出无所谓的样子：“我又不是三岁小女孩，一个不小心就被人贩子拐大山里去。”

“在我眼里，你就是。”

他又来这一套！

“聂羽峥你——”

“不过，不是三岁。”他忽然走近，抬手揉了揉她的发顶，哄孩子一样的语气，“至少五岁了。”

我看你才是说话做事不考虑后果的三岁小孩！祝瑾年心里非常气愤地回答，表面上却只重重地哼了一声，退开两步。

接下来，祝瑾年不情不愿却不得不跟他一起行动，先从较简单的一组人——她俩曾经的队友、舞伴开始走访。

为了节省时间，他们通过曾任舞蹈队带队老师的周晓，约出了几个现在本地的队员。见面地点定在了凉肃四中小礼堂，舞蹈队经常在那儿演出，她们也都挺熟，是重聚，也是怀旧，她们答应得很痛快。

四个留在本地的姑娘一同走进，见到周老师身边的两个陌生男女，都有些愕然，当然，更多的还是乍见高颜值男子的惊喜和好奇。

周晓一一指着她们说："介绍一下——杜青青、凌诗韵、沈玉、吴丹，都是同一届的队员。这两位是聂羽峥、祝瑾年，从鹏市来的。"

见这一张张年轻面孔露出的迷妹表情，祝瑾年心里充满自嘲和讽刺，人都是感官动物，可生活却不是男未婚女未嫁的浪漫小说。

"怡潼和欣雪……你们问这个做什么？"问及过去，杜青青有些防备。

周晓介绍了他二人的身份后，杜青青点了点头，说："……怡潼的心理咨询师？怎么，她还在为当年的事揪心，竟然还跑去心理咨询啊？"

祝瑾年回过神："高考之后发生的事给小乔的生活带来很大的影响，可以看出，她很愧疚，难以自己走出来。所以，我们想从这件事入手，尝试看看能不能解开她的心结。"

"她和欣雪半斤八两，弄到今天这个局面，互相也没什么谁对不起谁的。"一旁的沈玉不以为然，"她挤掉欣雪成了去省里表演的人选，却不知道在自己努力练舞的时候，她男朋友跟欣雪搞到一起去了，我们坐山观虎斗，也真为她们俩感到不值。她们俩都去了 KTV，指不定是谁叫的谁。"

从以前劈腿到现在，卓磊真是江山易改本性难移！祝瑾年心里非常不屑，同时也为夏小姐感到不值。回去之后，一定要好好约夏小姐谈一谈，以朋友的身份，劝她赶紧跟卓磊分开！

"不是小乔挤掉小雪的。"周晓摆了摆手，"我跟小雪的妈妈是朋友，加上小雪一直是我带着跳舞的，所以当时我心中的人选确实是她，但她来找我说要把机会给小乔，我才初定了小乔去。小雪‘出事’后，知道她俩是一块去的KTV，我有些生气，私下找过小乔，暗示她说去省里跳舞的机会已经定了是她了，还故意告诉她，是小雪提出来不参与竞争的。”

从周晓的叙述中，聂羽峥觉察到一丝不对劲，抽出纸笔飞快地记录下来。

几个姑娘好像瞎子吃馄饨，心里明白得很，纷纷猜测道：

“欣雪不去省里的原因是想留下来跟卓磊在一起吧！”

“欣雪这事做得太过，还好怡潼一直被蒙在鼓里，不然知道了该多受不了啊，她本来就闷闷的，处处被欣雪比下去，好不容易在卓磊这件事上赢了，结果又被绿，唉！”

“说什么呢，怡潼也不是处处比不上欣雪啦，她歌就唱得比欣雪好，所以一开始卓磊才会看上她。”

一群女人聚在一起，八卦就是层出不穷。不知道聂羽峥受不受得了这种叽叽喳喳的议论？祝瑾年偷偷瞥了他一眼，发现他不仅没有不耐烦，反而听得特别认真。

聂羽峥抓住了她们八卦中的关键点：“乔怡潼都唱什么类型的歌？”

吴丹眨眨眼，摸着下巴想了一会儿：“我记得她唱王菲的几首歌就超好听的，王菲的歌多难唱啊！哎，对了，她跟卓磊也是因为唱歌认识的。那时我们四中排一场建校五十周年晚会，不是有个男女声合唱吗？彩排那天女的缺席，乔怡潼去顶了一下，就跟他们乐队认识了。”

祝瑾年也听出了不对，不禁看向聂羽峥，他也正好抬眼看她，心有灵犀本来就是一场火花碰撞，他颔首，肯定了此刻她内心的想法。

乔怡潼那嗓子唱王菲的歌，难度也太大了。

“你们不觉得乔怡潼的嗓子有点哑吗？”祝瑾年故意问。

“你搞错了，欣雪的嗓子才不好，平时说话就有点哑，叫什么来着？”凌诗韵顿了一下，“烟嗓！”

沈玉附和：“怡潼虽然不怎么爱说话，可声音蛮好听的。”

聂羽峥把叶欣雪的照片拿出来，周老师和几个姑娘纷纷说：“这个就是欣雪。”

聂羽峥还保存着上次他与乔怡潼的通话录音，这时，他又将它找出来，播放了一遍——

“我是Y省凉肃市人，今年快二十三了。小时候身体不是很好，长得也矮，被我妈送去学跳舞，看看能不能长高点。老师也觉得我底子不错，她是我妈的朋友，对我很照顾，同时也挺严格的。我爸妈工作都很忙，三班倒，我小学四年级就会做饭了，厉害吧？我学习成绩比较一般，不怎么喜欢学习，也没想过去考大学……”

“欣雪的声音，没错。”大家纷纷点头，“可她怎么可能二十三岁呢？她二十岁就……”

祝瑾年一怔，再次看向聂羽峥。

“周老师，你刚才说自己和叶欣雪的妈妈很熟，那么你认不认识乔怡潼的父母？”聂羽峥问。

周晓摇摇头：“认识是认识，但不是很熟，也没说过几次话。我只知道她父母关系不好，听说她爸在外头有一个，但她妈没提出离婚。可能就是因为这样，她性格比较沉闷，不爱说话不爱笑。”

杜青青忍不住插嘴：“我有次听她妈在说她，什么‘我为了你才一直没提离婚’‘早知道当初就把你打掉’之类的，很难听。”

4.

周晓说：“录音里，欣雪说的‘老师’就是指我。她父母的工作就是完全顾不上她的那种，所以她从小就很独立，有时放学还赶着去菜场买菜做饭呢。唉……我也是想不到，她就这么……”

她们你一言我一语又说了一些叶欣雪和乔怡潼的事——她俩住同一个片区，从幼儿园开始就认识了，小学、初高中也都同校同级，欣雪家庭条件稍好些，父母关系和睦，成长顺风顺水。她能说会道，人也圆滑，朋友很多，就是都不太知心。乔怡潼因为性格原因，没几个谈得来的朋友，就欣雪与她常来往。

大家都觉得，乔怡潼很在乎叶欣雪，有意模仿她的语气和穿着，还总是偷偷打量她，看到她跟别人过于亲近，乔怡潼就会闷闷不乐。

相比于欣雪，乔怡潼比较难相处，很较真，几乎开不起玩笑，有时明明不是在说她坏话，她却总觉得人家在暗讽自己。排舞的时候，明明不是她跳错了节拍或者站位，在周老师训斥那些出错的队员时，她也会低着头，显得非常难过，好像挨批的是自己。

对乔怡潼最让大家都记忆犹新是一次队里一个女孩带来交服装费的一百五十元不翼而飞了，怀疑被偷，哭得很伤心，大家一边安慰她一边痛斥小偷。这时，乔怡潼居然承认这钱是她偷的，让大家很吃惊。可后来这钱在这个女孩家的鞋柜旁找到了，分明是她临上学前不小心从口袋里掉了出来。虽然乔怡潼事后解释说自己是想引开大家的注意力，可这件事大家至今还觉得这个理由莫名其妙。

听得出来，他们口中的乔怡潼和鹏市那个乔怡潼根本不是一个人，后者其实更像去世近两年的叶欣雪。

离开四中，因为觉得太不可思议，祝瑾年一路沉默着，不断地思考这到底是为什么。

行至停车位，聂羽峥开口道：“目前能够推出的是，受家庭和成长经历影响，乔怡潼是一个内向、寡言、敏感的人。她的内心可能有着深深的自卑感和罪恶感，这驱使她习惯性把一些负面事件往自己身上揽，甚至能够无中生有。那个时候，她就存在一些心理问题了，只不过旁人和自己都没能意识到。”

“你说的是真实的乔怡潼，可我们见到的分明就是叶欣雪。”祝瑾年绕到另一边拉开车门，“在乔怡潼身上，我可看不到什么自卑、敏感之类的特征，如果没有来凉肃、没有见到她们以前的老师、同学，我绝对想不到乔怡潼是这么复杂的人。我有两个猜想——要不，叶欣雪根本没死，整容成了乔怡潼、偷了她的证件跑到鹏市开启新生活，要不，叶欣雪确实死了，可她的灵魂穿越到了乔怡潼身体里。”

聂羽峥很受教地点了点头：“你的两个猜想，非常符合我对你的定义。”

“嗯？”

“五岁小女孩。”

祝瑾年无语地垂下头。

聂羽峥发动车子：“叶欣雪当初练舞是为了长高，这个目的达到了，她的同学说她约一米六七，而我们看到的乔怡潼，最多不过一米六三。整容技术发达，一个人的相貌再怎么变化，身高也不可能无故少四五厘米。至于灵魂穿越……”

他停下不语，已露出不屑往下分析的表情。

祝瑾年被他说得有点窘迫，不再去想那些不切实际的事，认真回忆了一番这两天的走访，说：“办案的警察、老师、同学现在普遍认为是乔怡潼故意带叶欣雪一起去的KTV，我觉得这件事情给她带来的负面影响应该大于留下案底。会不会有这样一种可能——她邀请欣雪去那儿时其实并不是为了把人家往火坑里推，没想到造成了那么严重的后果，她出于你说的那种心理惯性，开始觉得自己应该承担主要责任。”

“恭喜你，十岁了。”聂羽峥非常没有诚意地鼓了几下掌。

“你倒是说点十八岁的看法啊！”祝瑾年冲他嚷。

他侧身看着她：“不好意思，本人二十九。”

“……算了，开车吧。”祝瑾年无意跟他斗嘴，话音刚落，他却忽然凑近，本就对他多了几分防备的她吓了一大跳，“你干吗！”

“你忘了系安全带。”说着，他一手撑在座椅旁，一手拉起她身侧的安全带。

祝瑾年飞快地抢过：“不用，我自己来就好。”可是，她动作太大，他的手还没松开，被她一个动作带着恰好擦过左胸，二人的呼吸都停滞了一秒。

祝瑾年握着安全带，心里大叫不好，她刚才这种行为在自己看来就好像故意拉着别人老公的手往自己胸脯上撞。

聂羽峥凝视着她，目光渐渐从她慌乱的眸子移向她紧抿的红唇。方才，手背触及的柔软犹在，下一刻，具备所有擦枪走火的可能。

“咔”，她系好安全带，厚着脸皮假装自己没意识到发生了什么事，按捺住血管中叫嚣着要冲上脸颊的血液，平静地问：“下一站去哪儿？”

“乔怡潼家。”

一路，他俩再没对话，祝瑾年一直低头看手机小说，尽管看得头晕，还是不想抬起头。

即便如此，耳郭上的一抹潮红还是暴露了她不够镇定的心。

乔怡潼的父母目前住在一片拆迁房安置小区里，六十来平方米的小房子，装修得很简单。早就听说乔怡潼的父亲老乔因为外头养了个小三，从来不着家，今天照例不在。乔怡潼的母亲邹英带着犹疑，让他们进了家门。

邹英表现得不太友好，双手交叉抱在胸前，坐在廉价的木制沙发正中，找了两个一次性纸杯，也不用水过一遍，就直接倒了开水。她和乔怡潼差不多高，但人极瘦，皮肤蜡黄暗沉，眼眶和双颊深深凹陷进去，显得眼睛大而无神、颧骨凸出，加上一头奇怪的倒三角发型，乍一看跟ET有点神似。

“哦，心理咨询师……小潼对我不闻不问都两三年了，你们今天来是怎么个意思？”

不等他们回答，她自个儿滔滔不绝地说下去，语速很快，凉肃口音浓重：“我那么辛苦把她带大，她倒好，去了大城市没多久就好像把我当成死人一样，一个电话也没有、住哪里也不说，更别说赚的工资回头支持我一下。”

“我们来主要是……”

“她能有什么心理问题？我看她最大的心理问题就是没良心！不孝顺！要不是她，我早就跟她爸爸离婚了，她爸爸不是个东西，这个也遗传给她。我又不是没有工作，我会赖着她还是怎么样？”

“她……”

“你既然认识她，回去就告诉她，我也就当她死了。我在凉肃过得不也很好？有时我会出去跳舞，就在河边的小公园。我们几个跳舞的老姐姐的小孩也都是在外地，昨天她们还叫我一起去西安，哎呀，我说我不去……”

祝瑾年几次想插话，都被邹英飞快的语速和接连不断的话题给压了下去，不得不坐在那儿听她喋喋不休。

邹英这一开话匣子，竟然能没有间断和停顿地说了一个多小时，没有主题，没有关联，从埋怨乔怡潼和老乔，说到她一个朋友去百货买了双很贵的拖鞋，又说到她去参加同学会时发现以前一个名不见经传的同学当了大官……只能从她颠来倒去的话语中勉强拼凑出她自己和乔怡潼这些年的几段生活经历——

当年是她先追求的老乔，把自己弄得未婚先孕，终于成功地让老乔娶了她；

她一直很瘦，怀孕怀得很辛苦，吃什么吐什么，到临产时竟比没怀孕前还瘦十斤；

女儿出生没多久，老乔去北方某城市做生意，不知什么时候就养了个小三，一直住在一起，连春节都不回来过。有一回，那个小三怀孕不慎流产，老乔还叫她过去给小三做“小月子”；

她死也不肯离婚，独自抚养乔怡潼。然而又经常在女儿面前数落老乔，并一直强调自己是为了女儿吃的苦，把自己所有的不幸都怪罪在女儿的出生上；

她喜欢拿别人家的孩子跟乔怡潼比较，尤其喜欢拿叶欣雪相比；

窝藏卓磊事件让乔怡潼深受打击，大病一场；

叶欣雪事件让她也遭受了一些议论，尽管女儿多次告诉她，不是自己故意邀欣雪去的KTV，但她认为不管是不是故意，乔怡潼都让她很没面子，于是她干脆就叫乔怡潼离开凉肃；

乔怡潼去了鹏市两年后，忽然传来自杀未遂的消息，她赶去鹏市探望照顾，期间，乔怡潼坚持做了很贵的脑部检查，让她觉得很浪费钱，为此还吵了一架。回鹏市后，女儿就跟变了一个人一样，和她断联；

发生这么多事，老乔却一概不管不问。

可能是终于说得口干舌燥，邹英总算停了下来，给自己倒了一杯水喝。

最看不上出轨男的祝瑾年都不禁偷偷想，如果她是男人，面对这样一个巨能说的老婆，也会有受不了现状想另寻新欢、图个清静的念头。

“邹阿姨，我们……”

邹英放下杯子，又打断祝瑾年的话，开说起来——“你别看我这一平头小老百姓，我以前的同学考上清华的都有，现在做房地产，啧啧，南京买了两套别墅，北京两套房，四环内，还跟我说，叫我去北京玩不用住酒店，其中一套房子借我住，想住多久就住多久……”

祝瑾年无奈地瞥了眼聂羽峥，他面无表情，双手都揣在大衣口袋里，像一尊大佛，淡定地洗耳恭听，期间只插了一句话——“能不能把乔怡潼住院时的体检报告给我看看”。

又是一个小时过去，祝瑾年的耳朵嗡嗡作响，她甚至开始怀疑乔怡潼早就知会过邹英，他们可能要来，并告诉邹英——那位姓聂的先生不轻易做心理咨询，要咨询的话，一小时三千，一疗程两万，从不打折！

从他们进门开始算，邹英已经“倾诉”三小时多了，这意味着她至少白赚一万！如果邹英事先不知情，只能说，小志也好，乔怡潼也好，一个人心理问题的存在都不是独立的，必有家庭的因素。

要不是天色已暗，到了晚饭时间，邹英还能再说三小时不喘气。

“留下来吃饭吧！”无论哪个城市，这句话都是最美妙动听的逐客令。

祝瑾年如获大赦：“不了，我们还有事，先走了。免送！免送！”

邹英把他俩送到门口，拉着祝瑾年又说了十来分钟话才真正放他们下楼。

第十一章

万水千山

/HE NI DE SHIJIE TANTAN/

1.

夜幕已降，寒风凛冽，吹卷起枯黄草坪上的枯枝败叶。不知谁家的电视音量开得太大，本地天气预报声传出，说冷空气再次南下，未来两天，气温将降至 0° 以下，提醒广大市民做好防寒准备。南方冬季向来湿冷，气温低于 10° 就能让不少人大叫“冻成狗”，看来这次也是够呛。

虽一个下午拢共说不到十句话，祝瑾年比背几小时英语单词还累，筋疲力尽地靠在车旁揉太阳穴，邹英的声音仿佛仍在耳边萦绕。聂羽峥递来一瓶开好的矿泉水，她也不客气，一口气喝下大半瓶，喘了口气才发觉瓶中的水有些温，并不十分凉。他们租的可不是那种自带冰箱暖柜的豪车，她不禁转头问：“哪儿来的温水？”

他轻轻拍了拍自己的大衣口袋，不答。她当下就明白了，在邹英家时，除了翻阅体检报告外，他双手几乎再没从口袋里拿出来，敢情手里一直握着这瓶水，以体温暖着。

虽感受到他的照顾，祝瑾年继续装聋作哑当傻子，先一步上车，想到自己接他妻子电话时的场景，手中握着那瓶余温尚在的水变得格外烫手，干脆扔在一旁，发誓不再碰。

车里很安静，二人都分外享受这静默的一小段时光。

引擎启动声终是打破了沉默，聂羽峥低沉磁性的嗓音响起：“说说你观察的结果。”

“……她是一个很矛盾的人，一再跟我们强调她的同学或者朋友之中出了那么多有钱有权之人，无非想拐弯抹角告诉我们她的人际圈多么高贵，想让我们高看她一眼，然而又一遍一遍重复说自己遭遇丈夫出轨、女儿冷落等事件，放低姿态来博取同情，内心虚荣与自卑交织。她的倾诉欲特别强，面对我们两个今天第一次见面的陌生人，都能说上几个小时，这种倾诉欲恐怕已经超出常人的范围，这又从另外一个角度证明一件事——生活中，她并不是一个受欢迎的人，几乎没人愿意与她多说一句话，她的倾诉欲受到压抑，只要找到机会，就说个没完。”

祝瑾年深吸一口气，慢慢呼出的同时，又把自己在邹英家看到的一些细节过了一遍，才接着说：“刚进门时，她下意识想让我们换拖鞋，打开鞋柜一时没找到，才让我们直接进来。我看到鞋柜里除了她的几双鞋子外，连一双室内拖鞋都没有。一次性纸杯——想必你也注意到了，她挺费劲才找出来。她家收拾得还算整洁，说明她并不是一个连两三个杯子都不愿意洗的懒婆娘，为什么不拿普通杯子给我们倒水，而要费那些劲找纸杯？最大的可能就是普通杯子因为根本没什么机会用，所以被她收进了比纸杯还难找的什么地方。这一切都说明她家几乎不来客人，因此没有必要准备空余拖鞋和几个用于待客的杯子。我能理解没人愿意上她家做客的原因，反正，我不会再去听她演讲第二次。”

说罢，她又揉揉太阳穴，也不知是不是听了太多抱怨的缘故，头隐隐有点疼，腰也发酸。

聂羽峥目不转睛望着前方的道路：“恐怕任何人在邹英面前都会变

得寡言，乔怡潼也不例外。从小，她就默默地接受了邹英对她施加的负面影响，她本来就是一个很容易受到暗示的人，何况是这样日积月累的喋喋不休。她开始把老乔的出走、邹英的孤苦往自己身上揽，渐渐放大到将别人的错误或者不好的遭遇和自己的言行画等号。”

听他这么说，祝瑾年故意借题发挥、话中有话又非常刻薄地说：“一个背叛家庭搞婚外恋的男人造就了这个畸形的家庭。不明白有些男人究竟是怎么想的，吃着碗里还要看着锅里，发达之后好像非得在外面找个小的才能显得自己多能耐。在出轨时就不能想想后果？会不会让老婆痛不欲生？难道为了一时之快，就要让别人承担痛苦？这种人一定会遭到报应，你说是不是？”

聂羽峥久久没有回答，祝瑾年觉得，再怎么迟钝的人也应该听得出来，何况是他。她肯定成功地刺中他了，希望他明白她的决心，有所收敛，退一万步说，他可以搞婚外恋，但别来找她。

谁知，人家聂羽峥只不过把她的这些话当成是听了一下午怨妇碎语的抱怨罢了。

碍于他毕竟是顶头上司，并不想放弃“荒漠甘泉”这份好工作的祝瑾年还不想马上跟他撕破脸皮，她一直隐忍着、用暗示和反讽提醒聂羽峥的原因也大多源于此。她舒了一口气，转移话题：“乔怡潼来咨询时完全隐瞒了欣雪的事，也不知是真把自己忽悠忘记了，还是故意骗我。还有医院的事，她不肯说自己是因为割腕而在鹏市住院，非说自己是在凉肃入院检查脑部的。”

说起这个，祝瑾年有点不高兴，来访者无法对咨询师坦诚，就是互相浪费时间。

聂羽峥并未表现出任何不悦情绪，平静地说：“我之前以为，乔怡潼割腕是留下案底后不久发生的事，今天却得知她去鹏市后才自杀，这个时间点，恰好跟叶欣雪吸毒过量导致死亡的时间对上了。或许，让她大受刺激的不是卓磊的犯罪行为、自己受到的议论等，而是欣雪的死。她对欣雪这个好友的情感比我们想象的复杂，因为经常被邹英、同学们拿来比较，除了羡慕、嫉妒外，还有一点点出于钦慕的下意识模仿。”

“模仿？你说乔怡潼主动模仿叶欣雪？”

“暗暗观察，悄悄模仿——除此之外，还有什么能够解释她能轻易将自己伪装成叶欣雪的样子？难道真像某人说的那样，灵魂穿越？”

祝瑾年不以为然：“我还是想不通。”

他微笑：“不积跬步，无以至千里。”

见他又开始引经据典，祝瑾年不禁翻个白眼。

“你和兰洁斐是好朋友，但是，让你立刻模仿她的言行，在一个陌生人面前伪装成她，恐怕你做不到，同理，让我装出王谦或者杜格致的样子，我也无能为力。”红灯，聂羽峥停车，转头看住她，目光灼灼，“很少人能做到对某人产生感情的下一秒就告白、产生怨恨的下一秒就动手伤人。我们看似忽然做出的某个决定、说出的某句听上去没经过思考的话，其实在潜意识里都经过了漫长的酝酿。”

漫长的酝酿——他在暗示她什么？他怎么还敢暗示？

祝瑾年移开目光，不与他对视。

“心理学专业出身的你，应该知道人的潜意识是多么强大和浩瀚，甚至不可思议。”聂羽峥接着说，“变成叶欣雪，她也必然经历了相当长的酝酿，才能以乔怡潼的身份，说出叶欣雪的声音、表现出叶欣雪的性格。我相信，自她俩相识开始，她的潜意识就开始对叶欣雪进行模仿，叶欣雪死讯一传来，她的模仿行为找到了突破口，爆炸一样从潜意识变成了直接行为，把她变成了‘欣雪’。”

祝瑾年瞪大双眼：“你的意思是，无论那个一开始来咨询梦游的‘欣雪1’，还是打电话去电台说自己有失忆症的‘欣雪2’，其实都是同一个‘欣雪’？那……乔怡潼自己呢？她把自己藏到哪里去了？”

聂羽峥的语气，透着一贯的自信：“欣雪1，欣雪2，你对她的称呼很有意思。而我，更愿意将她的不同状态称为‘被压抑的乔怡潼’和‘混乱的叶欣雪’。”

“这……”祝瑾年愕然，来凉肃不过三天，她完全被扑朔迷离的乔怡潼给搞蒙了。

聂羽峥的眼睛忽然似鹰般锐利，在重重迷雾中，抽丝剥茧地找出一条隐线：“叶欣雪，一个发育不完全的次人格；乔怡潼，一个主动隐退的主人格。”

“双重人格！”最初的猜想获得了肯定，祝瑾年竟然有种说不出的激动。

“不好意思，具体来说，是一个尚不成熟的双重人格。如果这是一道考题，你的答案还是只能得一半分数。”聂羽峥像戏弄她一般，狡猾地笑道，然后解释，“乔怡潼的心理测试结果显示，她富于幻想，极容易接受暗示，具有癔症个性。再者，我发现她的体检报告也有问题。一些常规的血液、尿液报告都没有，正像邹英说的，乔怡潼做的是价格比较贵的SCT颅脑和MRA脑部加血管项目。其中的头颅CT和磁共振扫描结果并非她一开始说的‘没有问题’，反而，存在颞叶及基底节区局灶性病变，究竟是炎症还是神经系统细胞变性，或者，还有其他什么原因，当时她居然没有做进一步检查，因此没有后续。只是，不知她出于什么样的考虑，对我们隐瞒了此事。个性、病理——综合两者和她日常表现，她的癔症主要呈现的是分离性症状，双重人格和分离性遗忘正是具体表现之一。”

那什么颞叶及基底节区局灶性病变，祝瑾年听得云里雾里，但还是能理解聂羽峥的话。乔怡潼没有刻意欺骗和隐瞒，她真的以叶欣雪的身份而来，带着并不完全的记忆和混乱的认知。

“我们还有没有必要去叶欣雪的父母那儿……”见他分析得头头是道，祝瑾年不禁问，“马上回鹏市，我们问问乔怡潼是否愿意接受催眠，或许，我们可以找到隐藏的、真正的她？”

聂羽峥慢慢地摇了摇头：“去找叶欣雪的父母并不是为了问乔怡潼的事。”

“那是为了什么？”

“我们有必要再了解一下真实的叶欣雪。”

2.

晚上，冷空气如期而至，祝瑾年洗了个澡出来就觉得冷，裹着毯子给夏小姐发了条消息，告诉她卓磊的前科，希望她能重新考虑是否要跟他走下去。

夏小姐一时没有回消息，她看了一会儿电视，又钻进被窝，还是冷得要命。她给客房服务打了个电话，多要了一床被子。盖了两床被子仍冷得发抖，她开始觉得有些不对劲。

她在J省北部的一个小城平岭市长大，平岭和凉肃纬度差不多，冬季气温降为负数是常有的事。她并不是怕冷的人，更何况凉肃今晚还没下零度，房间内也配有冷暖空调。她挣扎着起身，双腿软得打抖，瞥一眼镜子中的自己，双颊红得有些不正常。她又打了客服电话，要了一个体温计，一量，不得了，竟已39摄氏度。

她摸了摸自己的额头，使不上一点力，浑身软得出奇，站久了还一阵阵发晕。她自感不好，吃力地穿好衣服，挪到门口已然气喘吁吁。

一阵阵冷意袭来，她万般无奈，瑟缩地走到对面聂羽峥的房间，按了一下门铃，还使出全力拍了两下门。

一会儿后，门后传来开锁的声音。

“三更半夜，你这么急切地敲开上司的门，不怕我有所误解？”他站在门口挑眉问，似乎刚沐浴完，发间还有湿意，黑色运动长裤松垮垮穿着，明显为了开门才套上的白衬衫一粒扣子都没扣上，隐约露出坚实的胸肌和颇有线条感的腹肌。

好一幅美男出浴图，英挺之气，美不胜收。不过，祝瑾年实在无力欣赏，还没开口，他已发现她的不适，前趋一步，双手扶住了她：“你不舒服？”

“送我去医院。”她的语调软绵绵，“我发烧了。”

“我换套衣服。”

走廊有风，他拉她进房，她不愿意，使劲扒着门框，一副宁死不屈的样子。他无奈，转身看住她：“即便我想对你做些什么，也不挑这会儿。”

祝瑾年拗不过，往里头走了几步，坐在单人沙发上低着头发呆。他换好衣服，走到她跟前，背对着她，单膝跪地：“上来。”

她觉得自己不至于病到不能走路，要趴在别人老公的肩头下楼。“不用，我能走。”说着，她扶着把手站起来，向门口挪去。

聂羽峥没再坚持。

祝瑾年强打精神，扶着墙慢慢走，脚底似有一团棉花。她忽然想起来前巩鸿霄的提醒，说最近流感，去医院挂瓶的人可多了。难道自己不幸中标？

“啊！”来不及多想其他，她忽然被人横抱起。

公主抱。

聂羽峥的脸近在咫尺，脖颈间男士沐浴露的麝香味仍在。祝瑾年的呼吸都快停滞了，惊慌地把双手收紧在胸前，瞪大双眼看着他：“你……”

“不客气。”他笑。

“放我下来！”她气恼地命令。

“你很重。”他故意掂了掂，还是没有松手，“所幸我抱得动。”

重不重的，现在无所谓！祝瑾年整张脸涨得通红，自觉现在她和聂羽峥的样子就像一对狗男女。

她使出吃奶的劲儿，像一只刚从水里捞起来的鱼，剧烈挣扎着跳下地，把身后的他当成一只随时准备撕咬她喉咙的猛兽，撒开腿往自己房间跑。

就算病死，也绝不突破自己做人的底线！

“站住。”

她就当没听见，拉住门把手，站稳了身子，慌乱而颤抖地从口袋里掏出房卡，好像迟一秒，就会被猛兽拖走啃个精光。

身后一阵劲风，他几步就追上了她，把她抵在门上。她来不及喊，来不及骂，来不及用自己能想得到的最刻薄的话去攻击他，他就压了上来，双唇堵住了她即将出口的恶毒话语，在她心里坐实了“出轨已婚男”的称号。

此刻的他霸道而张狂，浑身透着一股雄性动物的狠劲，攻城略地一般的吻，似战国勇士手中无畏的长枪，似江河中最难以预测的漩涡，似发展为燎原之势的烈火，几乎烧光了她周遭的空气，让她感觉一阵黑洞似的窒息和绝望。

祝瑾年不再挣扎，任他索吻，心里一个念头无比坚定——惹不起，躲得起。这份之前梦寐以求的工作，她不干了。

明天，怎么都要回鹏市辞职，必须辞职。

“为什么那么排斥我？”他低低地喘息，唇抵着她的额角，用了疑问词，却以一种陈述的口吻说了出来。看来，这几天他也能感觉到她的退避甚至排斥。

祝瑾年冷着脸，心如死灰：“聂羽峥，你的家庭责任感呢？你的羞耻心和道德观呢？或许你和那些背叛婚姻的渣男一样觉得自己和老婆早就没有感情，或许你决定明天就去办离婚手续，但只要你的结婚证还没失效，你就不能背着郑文秀做出这种事。我祝瑾年不是你想象的那种人，我还没有无耻到插足别人的婚姻！”说罢，她推开他，狠狠抹了一把被他逼出来的泪。

恨。恨他对自己的轻贱，恨自己无力给他更多的羞辱。

聂羽峥垂眸和她对视，眼中含着一丝莫名和探究。

这种误解，这些年他习以为常。

他再次横抱起她，往电梯口走去：“听着，我没有结婚，没有女友。郑文秀是学校招生办一位退休教师，你可以去查。其中内情，我可以完完整整解释一遍，但现在不是时候。”

气得稀里糊涂，祝瑾年怀疑自己方才到底有没有听错，只觉得心如乱麻，头痛欲裂。

聂羽峥轻柔地把她抱进车后座，恢复了轻松的语气，说：“你如果不信，回鹏市我去民政局开一个单身证明。”

祝瑾年沉默了，心里震惊不已，还有一种欣悦，呼之欲出。

他们来到离酒店最近的凉肃第二医院，挂急诊、等叫号、量体温、看诊、抽血……

抽完血，她费劲地往下捋袖子时，他一手握住她的手腕，另一手从容地帮她把袖子拉下来。她身体滚烫，他掌心微薄的凉意像一条小蛇，从她手腕的触觉神经钻入，缠上她的心。

化验单出来，略通医术的他看了一眼，了然。

“流感。”坐诊大夫简单说了一句，抬眼看了看他们，“最近得流感的很多，你们暂时没事的也不要掉以轻心。勤洗手，碗筷常消毒，别搞得夫妻俩都病倒，到时谁也照顾不了谁。”

听了最后一句话，祝瑾年被呛得直咳嗽。

偏偏，聂羽峥还来一句："我会注意，谢谢。"

你还别看这大半夜的，输液的人不少，不但有白发苍苍的老人，还有两三岁的孩子，有的目光呆滞望着前方，有的低头看手机，有的一个劲儿打瞌睡。

祝瑾年坐在输液室一角，针头扎进左手手背血管，护士调整了药液滴速就忙乎着别的病人去了，她闲着没事，拍几张照片发朋友圈。

"出差途中光荣病倒，求发慰问红包。【图片】"

聂羽峥去药房取药，还没回来。祝瑾年回想刚才他一番话，莫名其妙的同时居然还有一种如释重负感。

正想着，手机提示杜格致发来一个红包，她点开一看，他发了88元的大红包过来，还附带一句话："好好养病，祝健康回程。"

兰洁斐则点了个赞，回她："再大的红包都比不上我对你真心的祝福。"

祝瑾年一笑，回："虚情假意比不上真金白银。"

"还笑得出来，看来好多了。"聂羽峥的声音自不远处传来，她抬眼，不知是不是发烧产生了幻觉，竟看到他头顶飘浮着两个字——

未婚。

她闭了闭眼睛，再看他，头顶上方明明什么也没有。

聂羽峥坐在她的身边，她觉得几分尴尬，就低头不言。他掏出手机看了看，只见屏幕显示三个未接来电，一个来自他母亲，两个来自聂羽倩。

他父亲心脏不太好，不知他们的来电是否跟此事有关。他思忖一下，给聂羽倩去了电话。

聂羽倩接起时，嗓音浓浓的睡意，聂羽峥当下放心下来，妹妹还睡得着觉，打电话来就不是因为父亲身体有恙。

“你干吗啊……都不接电话的？你不能因为明天我要考心理逻辑学，就故意屏蔽我。”

“找我什么事？”他直截了当地问。

“爸妈叫我寒假别回家，住你那儿，他们春节来鹏市过。问你方不方便。”

“方便。”

“哦，妈说了，如果你说方便，那就是还没有女朋友。她跟爸用这个事打赌来着，这下赢了，跟我们吃完年夜饭，第二天就要跟几个老姐妹去巴厘岛爬火山，费用爸爸出。”

无聊。

聂羽峥挂了电话，翻看来电记录时忽然发现前几天郑文秀打来的几个电话，其中一个被接起，通话时长35秒。看日期，正是乘飞机来凉肃那天。

如果来电是郑文秀本人，不会连打四个电话。

他明白是怎么回事了。

“知道克雷宏波综合征吗？”他问。

祝瑾年一愣，转头看他，只见他将屏幕转向自己，上面正是几天前她和郑文秀短暂的通话记录。

克雷宏波综合征，即被爱妄想症，患者会陷入与另一个人谈恋爱的幻想之中。

她不可思议道：“一个退休的女老教师为什么会把你当成她老公？这也太……重口了。”

她已经脑补出一个两鬓斑白但穿着火辣的女人把聂羽峥搂在怀里的模样，这场面简直比对面两个挂着瓶还旁若无人接吻的小情侣还辣眼睛。

“她女儿。”聂羽峥一语击碎了她脑中的幻境。

“……好吧。”合情合理。

烧退了一些的祝瑾年眼珠转了转，鼓起勇气点了一下他手机里的全部来电，发现自己接完郑文秀电话之后，下一个来电并不是她，而是一个名为“聂羽倩”的人。

“我妹妹。”他望着她，轻轻挑眉，“亲生的。”

自摆乌龙。祝瑾年恍然，同时为自己的武断感到无地自容，想想这几天她夹枪带棒地暗讽他多少回，最后直接把他归为“渣男”一类，现在她都为他觉得委屈。

见他低头左右找着什么，她殷勤地关心道：“你掉了什么？钱包？”

“找个合适的洞以便你钻进去。”他冷道。

祝瑾年翻个白眼：“是我误会了你，但不知者无罪。我事先又不知道你到底结没结婚，一个女的打电话过来直接就喊老公，我怎么想？这也从一个侧面说明我三观正、遵纪守法，不向恶势力低头，是‘荒漠甘泉’不可或缺的好咨询师。”

“变态、渣男、恶势力。”聂羽峥点点头，“感谢你对我中肯的评价。”

“回头我请你吃饭赔罪。”

他看住她：“鉴于你经常对我产生误解，我觉得你很有必要对我进行更加深入的了解。”

“好。”祝瑾年输了会儿液，身体的不适缓和了一点，加上这几天碍于他的“已婚”身份，话都不想与他多说，这会儿放开了，开始有些贫嘴，“我一定仔细研读你的简历、观察你的言行，要把你了解到喜欢吃红烧还是清蒸、出门先迈左脚还是右脚、喝咖啡加奶还是糖……”

“纸上得来终觉浅，绝知此事要躬行。既然你之前对我的人品一直存在重大误解，我想，最好的办法就是亲身实践一下我是不是一个会出轨的男人。”说着，他站起身看向走廊，“我出去买杯咖啡，给你十五分钟考虑这个提议。”

3.

头五分钟，祝瑾年非常谨慎地揣摩着他话中深意。

中间五分钟，她极力压抑着内心的雀跃。

考虑时限进入最后五分钟，旁边一个才输液不久的年轻女子微笑搭讪：“那个是你男朋友吗？长得好帅啊，还对你那么好。我刚才在楼梯那儿听到他在问护士，哪里有小热水袋卖，护士告诉他，有个24h超市大约得走十多分钟，天冷，叫他不是特别需要的话就别去买了，拿个空矿泉水瓶打点开水捂着就好，他说不行，药水都是冷的，你打针的手冷冰冰的，一定用热水袋垫底下。我孤苦伶仃的，听了真是虐狗，我以后的男朋友有他一半贴心，乐都乐死了。”

心理专业出身，祝瑾年深刻地知道当一件事情令你犹豫做还是不做时，其实你心里的天平是偏向“做”的。她开始审视自己的内心，当误会他是有妇之夫时心里的失落和愤慨，完全是因为已对他有所期待。

这种时候还矫情，以后肠子都悔青。

“现在是了。”祝瑾年回答，低头看了看手机，还有三分钟。

所以，当聂羽峥一手端着杯咖啡，一手拿着小热水袋走进输液室时，她迫不及待抬起右手，向他比了个“OK”的手势，没忍住，“扑哧”一下笑起来，正好表示自己欣然接受了他的“提议”。

答案比预计得来得迅速，聂羽峥双眼微微一瞪，站住了，随即，淡淡一笑，双眸透出清澈而又柔和的光，更显清俊。

他加快脚步走来，坐在她身边，把热水袋放在她左手下面，郑重又轻柔地握住她的右手，一齐放进大衣口袋里，又改成十指交握。

虽然此时二人的手都还是冷的，祝瑾年的心却涌动着一股暖流。他的手很快就暖和起来，在他的带动下，她的手也开始有了暖意。

没有告白，只有心领神会。十五分钟不长，却好似已走过万水千山。

只是，旁边那位无意中为聂羽峥打出神助攻的单身女子，又被虐了个够呛。

“不知道这几瓶药水挂完，明天能不能好。”祝瑾年没话找话，打发着无聊。

“明天，还有一针。”聂羽峥看她那眼神，分明写着“想得美”。

“唉，真耽误事！之前我还一直在想，要怎么接触欣雪的父母呢。”

“我不会开除你，这时候表忠心、装认真是画蛇添足。”他好整以暇喝着咖啡。

祝瑾年无语地留下一滴冷汗：“你把我说得好像一个为了保住工作不择手段讨好上司的心机 girl。”

“很希望你是。”他饶有兴趣地挑眉，“有什么招数，尽管冲我来。”

祝瑾年用下巴指了一下自己扎着针头的手：“等我病好了，你就等着吧。”

“恭候。”

吊瓶结束已是凌晨三点，虽然困得眼皮直打架，摸摸已经恢复正常温度的额头，和一直十指交握的新晋男友聂羽峥，祝瑾年觉得，自己这次的发烧很是值得，怪不得言情电视剧中的女主角一定要生几次病呢，敢情治病的根本不是药，而是……爱情。

送她至酒店客房门口，聂羽峥停下脚步，仍未松开她的手，眼中透着几分戏谑，低声问：“这位病人，需要我陪床吗？”

“一次多少钱？”祝瑾年问。

聂羽峥反将军：“是你给我，还是我给你？”

“不谈钱，伤感情。”她摆摆手，狡猾地推掉了这个话题。

他煞有介事地回答：“那就不伤。”

“明天见。”她抬手摇了摇，他却又握住她的手，把她拉向自己。她抬眼，他眼中的幽深让她沉溺，烧已退，脸上的炙热却又被点燃，她赶紧别开头，半掩着嘴，轻声说：“别被我传染了……”

“我就想被你传染。”

祝瑾年无奈地看了看他：“身体是革命的本钱。从今以后你整个人都是我的了，还不得好好爱惜身体？你说传染给你就传染？我不同意。”

聂羽峥一时没开口，好像在品味着她这番话，一会儿后，扬起一边嘴角：“遵命。”

祝瑾年回房，简单梳洗完就躺下了，闭上眼，又睁开，感觉自己做了一场美梦，不知该睡该醒。

她生病的这一两天里，聂羽峥独自去了解叶欣雪父母目前的状况，令人意想不到的是，叶母一年多前不顾危险做了试管，前几个月剖腹产下一个女婴。夫妻二人每天忙于照顾孩子，身体虽有些吃不消，可也暂缓了失去女儿之痛，毕竟，又有了个期盼和寄托。

周晓老师告诉聂羽峥，叶母听说了鹏市的两位心理咨询师因受到乔怡潼的委托，到凉肃来询问一些过去的事，显得愤怒又悲伤，说欣雪之所以走上不归路，全是因为交友不慎，一是结交乔怡潼这只白眼狼，二是结交卓磊这只中山狼。

“她既然知道我们是帮乔怡潼做心理咨询的人，估计不会愿意接待我们。我们要想个什么由头去接触他们？”酒店的自助早餐品类丰富，祝瑾年却愁眉不展，生病已经耽误两三天，如果叶欣雪的父母久攻不下，还要在凉肃耽误更久。

聂羽峥接过服务生端来的两杯牛奶，礼貌地致谢后，看向祝瑾年：“在对咨询内容保密的前提下，有所保留地说一部分实话，告诉她，身在鹏市的乔怡潼化名‘欣雪’前来做心理咨询。”

“可是……”

“当一个母亲听说有个故人化名自己已去世的女儿，多多少少都有情绪波动，在不冷静的情况下，她会忘记自己不愿意跟我们沟通的初衷。没有任何言语比真相更打动人——这一点我本人深有体会，如果我能在校友会上用对你坦言喜欢之情来代替叮嘱你提防章靖鸣，你就不会因为他一次两次的挑拨而误解我是有妇之夫。”这一番表白，他说得面不红心不跳，眼神也没有丝毫闪躲，倒让对面的祝瑾年不好意思起来。

“我那天……打扮得很出众吗？”她犹疑地问。

他微笑地看着她：“我说过，很少人能做到对某人产生感情的下一秒就告白、产生怨恨的下一秒就动手伤人。”

“哟，你还经过了一段时间的酝酿啊。”祝瑾年受教地点点头，一会儿后又好奇地问，“从什么时候开始酝酿的？”

他移开目光，轻巧地推开了问题：“这是我的秘密，不能告诉你，祝老师。”

她不死心：“莫非一见钟情？”

聂羽峥垂眸回忆了一下他们初见的始末，半晌，才答：“我第一次见到你的正脸，你正在模仿小志的怪异表情。如果这样能让我一见钟情，不是你天赋异禀，就是我心理扭曲。”

再追问下去显得太矫情聒噪，祝瑾年一笑带过，望着对面聂羽峥英俊的面庞，心里悸动的同时，又不禁猜测，他是否跟郝易期一样只把她当成一个“适合”的人？只希望，他能有所不同。

一个女服务生照例前来往桌子中央的小花瓶里插新鲜的花，瞅瞅他们二人，利落地放入一枝红玫瑰，微笑着说：“打扰，二位慢用。”

祝瑾年托着下巴：“前几天他们从没往我们桌子上插过红玫瑰。”

聂羽峥掸了掸玫瑰尚带着露珠的花瓣：“群众的目光都是雪亮的。”

她这会儿偏偏非常较真：“可我们拿的早餐券号码明显是单人房啊。”

“你在暗示我退掉一间单人房？”聂羽峥挑眉。

“咱出差一趟，还是别那么节省了吧……”她装傻。

“厉行节约，人人有责。”引经据典“大触”说。

祝瑾年看向天花板，假装欣赏吊顶花纹。

九点多，他们动身去往叶欣雪家。比起邹英的住处，叶欣雪家体面很多，深灰色的一幢幢高楼，绿树环绕，小区内设的幼儿园正在做早操，欢快的儿歌伴着孩子们稚气的笑脸和憨态可掬的动作，许多大人路过，都不禁驻足观看一会儿。

巧的是，抱孩子出来散步的叶母也停在幼儿园操场栅栏边，带着慈爱的表情，对手中的小宝宝说话。她皮肤白皙，戴着副眼镜，显得很斯文。

二人走近，祝瑾年先开口打招呼：“阿姨您好，我们是鹏市‘荒漠甘泉’的……”

“我知道，你们是心理咨询师。”叶母很快反应过来，打断了她的话，脸上的表情没什么巨大的变化，维持着基本的礼貌，“我可能帮不了你们，不好意思。”说着，转身就要走。

“欣雪几个月前到我们工作室做心理咨询。”聂羽峥单刀直入，一句话迫使叶母脚步一顿，飞快地转身瞪着他俩，急待他说下去。

他面色平静，从容接着道：“在鹏市，她也一直以这个化名与人打交道。综合她的叙述和后期了解，我发现她所化名的‘欣雪’另有其人，我们不明白的是，假名、艺名有千千万，为何她会选择自己已故的好友之名。”

“她居然这么无耻……”叶母脸色大变，抱着孩子的手开始一阵阵发抖，“她和那个叫卓磊的吸毒犯把我们小雪害没了，还好意思用小雪的名字！她到底想干什么？！”

祝瑾年问：“她去鹏市之后，你见过她吗？可曾给你来过电话或者短信道歉之类？”

“我怎么可能跟她还有联系！她最好是死了！”怀中的婴儿吓了一跳，哼哼唧唧地哭起来，叶母意识到自己的失态，深吸几口气平复下来，“……我不知道她要解决什么心理问题，如果你们能从我这里得到什么能帮她的办法，那我绝不会提供。这对一个母亲而言，是非常残忍的，你们也有父母，应该体谅。她有任何过不去的坎儿，都是咎由自取，你们要是有点良心，就不要赚这份不该赚的钱！”

聂羽峥毫不退让，直视叶母，连续抛出两个问句：“难道你不想知道她为什么化名为欣雪？你愿意让她继续用这个名字在鹏市生活下去？”

叶母嘴唇抖了抖，涨红了脸，一会儿后，摇了摇头：“我绝不同意。我也想知道为什么，你们能查出来吗？如果能，我可以说一些我所了解的。”

祝瑾年心里暗暗佩服，她原以为要纠缠许久，叶母才肯配合，没想到聂羽峥在对乔怡潼的咨询内容完全保密的前提下，三言两语就让叶母松了口。

第十二章

两个半的我

/HE NI DE SHIJIE TANTAN/

1.

“请进。”叶母换了双拖鞋，把刚刚熟睡的婴儿放在小床上，倒了两杯茶来，“她爸还没有退休，我为了照顾孩子，提前退休了。”

祝瑾年把带来的两罐进口奶粉放在茶几边上，飞快地打量了一圈。电视柜两侧分别放着两盆蝴蝶兰，陶瓷花盆上贴着红底“福”字，还有单位的名称，应该是叶父单位的贺新礼品。靠近阳台的角落放着一个大号玩具箱，里头有许多尚未拆封的芭比娃娃、礼品玩具盒等，看上去也是别人送的。对因吸毒过量而死的欣雪，这夫妻二人并不避讳，以前的全家福仍然挂在沙发背后的墙上。

这家人的人缘比邹英好太多。

祝瑾年又注意到，叶欣雪的卧室很像乔怡潼做意象对话时所描述的那个房间，连窗帘的颜色和窗户外的景色都一模一样。

叶母捧出欣雪的相册，一边翻给他俩看，一边讲解。相册中有些合影被剪了个洞，或直接被截掉一大半，被叶家父母截去的，要不就是乔怡潼，要不就是卓磊那支乐队。

其中几张大合影还是完整的，祝瑾年没费多大劲就找出了乔怡潼。在一群人中，她显得格格不入，永远站在最边上的位置，冷着一张脸不说，还不怎么看镜头，和现在反差很大。反观叶欣雪，她总是站在中间，自信地微笑着，她左右站着的几个女生都和她挨得很近，头也歪向了她的方向。

聂羽峥的手机响了起来，他说了声抱歉，到阳台接起。

叶母带着恨铁不成钢的表情，说："我女儿从小就非常优秀，如果没出那些事情，可能可以考上首都的艺术大学。我不知道她着了什么迷，会对卓磊念念不忘。那个男的是个非常会搞事的人，我们有点见识的都看得出来，他绝不是什么好东西。（卓磊）嘴巴很甜，花言巧语，装得人五人六的，整天什么励志、成功、创业的，好像跟了他将来就能当阔太太，骗得很多女孩子团团转，光女朋友就交了有十几个，争风吃醋是常有的事。我们小雪，还有那姓乔的，都只是他十几个女朋友中的一个。小雪最傻，借给他不少钱，他从来没还过。后来打听了一下，他爸妈都在外地打工，一开始很富，后来破产，穷得叮当响。他初中毕业之后就没读书，弄了一个什么乐队，整天耍酷。什么乐队？分明是个毒窝！小雪就是被他们给害了！"

说到这里，叶母忍不住又流下泪来："我们家经济条件还可以，他们那一伙就是不放过小雪，拉她下水，骗她出钱一起整那些玩意……狼心狗肺啊！她自小身体不好，我和她爸就特别爱护着，一有什么抢劫、杀人之类的新闻就赶紧转台，也从不在她面前说什么单位里的是非，一直教育她要与人为善，希望她长大善良、乐观，凡事能想开……偏偏……呜呜呜！没了！我一手带着长大的呀！没了！一下子就没了！"

祝瑾年给她递几张纸巾，等她稍微平复下来，才问："小雪的嗓子是天生的还是……"

“不是天生的，小时候咳嗽，一直拖着没好，就变得哑哑的，每年冬天还都要犯一次咳嗽失声的老毛病。”

聂羽峥通完电话回来，表情有些凝重，坐下后一言不发，祝瑾年只能接着打听。

“她从小到大有没有遇到过什么挫折？”

“很少，哭得比较厉害的也就是她爷爷奶奶走了的时候。谁希望自己的孩子一直磕磕绊绊？我跟她爸都尽量为她排忧解难，什么事都提前为她想好，她去到哪里，只要有熟人的，我们都打招呼让人家照顾一下。她最大的挫折就是结交了姓乔的白眼狼，阴魂不散，一直缠着我们小雪。小的时候不懂事，就玩在了一起，大了，小雪也烦她，说姓乔的总爱模仿她穿衣服，买不起一个牌子的就去买同款同色的，好像有意跟她比较。小雪看见她心里就堵，整天好像谁欠她一百万一样没个好脸，动不动就不高兴，又不说出来，要死要活的。有时她们跳舞的一起去哪里郊游活动，只要姓乔的参加，大家都觉得没意思。连卓磊那帮子人都烦她，你看看，她是个什么倒霉玩意。她为了讨好卓磊，拉上我们小雪过去沾不该沾的东西，天打雷劈，绝对不会有好下场。”

祝瑾年和聂羽峥飞快地对视了一下，都注意到了叶母话中不太符合逻辑之处，卓磊那帮子人都烦她——为什么卓磊还要叫乔怡潼参加聚会？直接叫上叶欣雪不就得了？

叶母深吸一口气，面色一厉：“这样一个人，你们为什么要帮她？”

为了消除叶母对心理咨询的抵触情绪，聂羽峥开口道：“正是因为她用欣雪的名义生活在鹏市，所以我们才要帮她从这个假身份中脱离，变回她自己。想必欣雪也不愿意把自己的名字借给乔怡潼用。我们确实是在帮她，同样，也是在帮欣雪。”

叶母想了想，脸色缓和下来。

祝瑾年趁机问："小雪去的时候，知不知道卓磊一伙人是吸毒的？"

"肯定不知道！我们小雪那时候怕是连毒品什么样子都不知道！"说到这里，叶母露出了悔恨的表情，"这种东西，哪里是我们普通老百姓能接触到的，我跟她爸，快六十了，见都没见过真的（毒品）。我以前想着这东西小雪是不会碰到的，加上有些宣传图片太可怕，血淋淋、污糟糟的，怎么会让她看？唉！我们没告诉过她，这东西绝对不能碰，太疏忽了啊！这东西真的太可怕了，太可怕了……一碰，一辈子、一家人都完了！"

叶母没邹英那么能说，加上孩子醒来哭闹，聂羽峥和祝瑾年不再多打扰，离开了叶家。

小区附近有个综合购物广场，离午饭时间还有一个多小时，他们一边闲逛，一边交换各自的想法。

聂羽峥说："一帆风顺并不是人生最好的状态，适当地遭受一些挫折有助于提升抗压能力。如果叶欣雪的父母能让她见识正能量的同时，也让她看到社会的阴暗面，结局或许有所不同。"

为拼年前销售量，许多服装店都卖力促销，祝瑾年无心留意它们到底打几折，摇摇头唏嘘道："卓磊真不是个省油的灯，居然能脚踏那么多条船。他现在跟我一个访客在一起，虽然身为咨询师不能强迫访客做出某种选择，可我还是给她发了消息，让她考虑与卓磊分手。可她这几天都没回我，不知是在犹豫还是工作太忙忘记了。"

聂羽峥皱了皱眉："在得知卓磊的前科后，我让沈子平特别关注一下他在鹏市的动向。刚才他联系我，卓磊再次因为吸毒被抓，他跟上次一样，认罪态度好，主动交代了购买渠道，还供出几个毒友，想争取从宽处理。"

心里有种不好的预感，祝瑾年抿唇望着他，既期盼他说下去，又不想接着听。

“在鹏市，卓磊一共结交和发展了八个毒友，其中两个你认识。”聂羽峥卖了个关子，“你能猜到吗？”

祝瑾年心里一凉，明明已经猜出了七八分，却不想开口。

见她这样，聂羽峥抬手摸摸她的后脑勺算是抚慰：“一是乔怡潼，二是你的那位访客，夏小姐。”

猜想得到了证实，祝瑾年的心跌到了谷底。且不说乔怡潼人品怎样，没想到她步叶欣雪的后尘，被拉入了深渊。还有夏小姐，她工作能力那么强，人也那样上进，如果没有遇到卓磊这个大渣男，她还是一个拿高薪的小资女白领，前途无量。

这个卓磊，真是死一万次都不足以弥补罪恶！

“现在她俩怎么样了？”她沮丧地问。

“夏小姐被拉下水不久，之前卓磊一直把她当提款机，向她借了许多钱，说是创业。可能是钱借出去太多，她起了疑心，卓磊就干脆偷偷让她染上了毒瘾，拉着她一起吸。”聂羽峥的语气也带着一丝惋惜，“乔怡潼的情况比较复杂，她一直坚称自己没有碰任何毒品，也不记得自己吸过，甚至不承认自己叫乔怡潼。但是，按照卓磊交代，他是从乔怡潼那里获得的毒品，也就是说，是乔怡潼通过介绍毒源，让卓磊复吸，而卓磊也顺道把她拉下了水。”

祝瑾年大吃一惊：“怎么可能呢？”

“我并不意外。”聂羽峥淡定地说，“按照我这几个月观察到的细节，乔怡潼的吸毒史至少在两年以上。”

“之前你从未说过她吸这个东西！”祝瑾年不解地问，“难道你早就怀疑……”

“你我二人共同约见她时，我发现你有一个掩鼻的动作，于是也留意到她身上古怪的味道。后来，我在支队偶然遇见被抓的一群‘溜冰’者，他们身上散发出的气味跟乔怡潼有些类似。事后我问了缉毒的老刑警，他告诉我，‘溜冰’的需要一段散毒的过程，散毒完了身上就会有一种特殊的味道，经常吸冰毒的人，牙齿也和常人不同。联想到她做咨询时总是戴着口罩，我就开始怀疑乔怡潼的人格错乱和‘失忆’不仅仅只有心理方面的原因。”聂羽峥解释道。

祝瑾年慢慢点了点头：“这么说，她对自己吸毒一事心知肚明，平时一直掩饰着。”

“在邹英家，我看了她的体检报告，常规的血、尿都没做检查，这很可能是她强硬坚持的结果，她知道自己不能做这些容易暴露自己吸毒行为的检查。她存在一些脑部病变，普通人看到这些不知所云的名词，多多少少会找医生问个明白、查得更加透彻，可她没有，这不符合普通人的心理逻辑。两个可能：一，她可能知道自己脑部病变的原因，二，她想放任——她所吸食的冰毒是一种神经毒素，肯定会对大脑结构和功能造成损伤，这些损伤有的是不可逆的。”聂羽峥的眼中流露出无奈，“别忘了，她是一个自我暗示能力非常强的人，在不断的心理暗示下，她成功地忽视了这些病变，将自己塑造成‘脑部没有问题’的人。家庭环境、成长经历、性格、心理惯性、毒品，这些因素互相影响催化，将她变成了现在这种人格混乱、记忆异常的样子。”

2.

祝瑾年的脑子有点乱，停下脚步问：“那她来咨询的目的究竟是什么？她既然对自己吸毒的事心知肚明，就该想到自己记忆的异常很可能是毒品伤了大脑。”

聂羽峥转身望着她，挑眉：“是啊，为什么呢？”

本盼望着他说出什么惊人内幕，谁知他偏偏这样插科打诨。祝瑾年瞪了他一眼，却又憋不住笑开，伸手想捶他一下，拳头还没挨着他的胳膊，就被他握住，挣也挣不开。

“祝瑾年，我有话跟你说。”他深深地看住她，黑眸镀着一层柔光，“转过身去。”

“什么话当着我面不能说？”她有点紧张，心跳加速，嘴上却佯装漫不经心。

他双手扶住她的肩膀：“转身。”

“好啦。”她摆摆手，飞快地转过身去背对他，“你说吧。”

不知他要说什么，心里竟然很期待听到所有女人都喜欢的那几个字——

刷我的卡。

……啊，不对，是“爱老虎油”。

身后的他却很安静，难道……在酝酿情绪和调整心理？

嗯，给他点时间。

过了很久，他都一言不发。

祝瑾年耐心地又等了一会儿，自动放弃了，转身道：“算了，你别……”

他不见了。

祝瑾年愕然，又马上释然，他肯定在耍她！哼，他耍自己也不是一次两次了，防不胜防！她气鼓鼓拨通他的电话，他却不接，打了两次，都没有回音。她就发了条信息过去：“你在哪里？”

大半天，他还是不回。

该不会出什么事了吧？祝瑾年脸色一变，想到他之前肯定戳穿了很多想假装心理、精神有问题的人，让他们逃脱罪责的计划落空，很可能会遭到报复。

“你猜，我的瑾年小朋友？”

一时间，前一刻还担心他安危的祝瑾年被他忽来的回复弄得哭笑不得，舒了口气回道：“好哇！你敢捉弄我！还说我是五岁小女孩，我看你比我还小，三岁！只有三岁！”

“刚才你请教我一个问题，我在用实际行动引导你自己推导结论，怎么就变成了捉弄？”不知身在何处的他发了条语音过来，语调轻松戏谑。

祝瑾年：“我请教你什么了？”

聂羽峥：“你说你想知道乔怡潼来做心理咨询的目的到底是什么。你发现我消失后，急着打电话来兴师问罪的行为恰好说明了她的动机。”

聂羽峥：“你好好想想，想到了，我就告诉你我在哪儿。”

祝瑾年：“我不想，我不要知道你在哪儿。”

聂羽峥：“别撒娇，好好想。”

“我哪有撒娇？！”祝瑾年翻个白眼，她就不信他会永远不出现。

“想不出来就说明你的智商比我想象中的低。”他语不惊人死不休，硬是要把她逼上梁山，“温馨提示：外星生物不知是敌是友，为什么人类总是乐于发出联系信号？”

激将法对祝瑾年挺管用，她重重哼了一声，聂羽峥刚才的言行又在她脑海中过了一遍，最后落在他的“温馨提示”上。

外星生物不知是敌是友，为什么人类总是乐于发出联系信号？扯什么外星人？这玩意还不知道到底有没有呢，就算有，人家还不一定想跟我们人类联系呢。

等等。

——因为未知，所以探索；因为被动，所以争取主动。

“我明白了。”祝瑾年告诉聂羽峥。

消息发出去没一会儿，他回电：“这么快就想明白了？”

“我背对你，因此就看不见你的动作，连你什么时候藏起来都不知道。我好奇你要说什么，又不知道你藏在哪里、为什么要这么做，所以急于打电话找你问个明白，可你故意不接电话，让我只能换个方式联系你。乔怡潼的心情恐怕跟刚才的我一样，她早就发现了自己的异常，怀疑自己做了一些不受控制、在记忆范围之外的事。她不能再去医院做检查，因为怕自己吸毒的秘密被发现，也不能告诉身边的人，怕别人当自己是神经病。衡量之下，心理咨询师是最好的选择。”祝瑾年清清嗓子，继续说，“因为无法跟‘那时的自己’直接对话，所以化被动为主动，想利用我们挖掘出那个‘自己’，通过我们跟‘她’对话，知道‘她’到底干了些什么。所以，她在我设置的意象对话中，想象出一个没有锁孔的黑色大门，并觉得那是个不知道关了什么可怕东西的地下室。这个地下室其实就是‘另一个自己’，她好奇、恐惧、焦虑，也更加迫切地想知道那个‘她’是敌是友。而且，不管是敌是友，她都想占据主动，并且，她迫切地想把另外一个‘自己’给压制住。”

“只是，‘欣雪’没有想到自己也不过是个次人格，她要斗争的对象、那个打电话去电台求助的‘欣雪’甚至连次人格都算不上，充其量是个自我暗示下忘记所有不愉快经历的产物。一个人的体内，藏着‘两个半的我’。”聂羽峥说，“真正的主人格——乔怡潼退居二线，她是隐藏最深的人，也是我们一直接触但从来没有直接沟通过的人。当年事件，她究竟是受害者之一，还是始作俑者，来鹏市后为什么会走上邪路，只有她知道。”

“依我看，乔怡潼不是隐藏最深的人，你才是。”祝瑾年环顾四周，“你到底在哪儿？”

“到五楼来。今天过节，请你吃顿好的，弥补你这几天不得不吃的清粥小菜。”

祝瑾年走向电梯："今天是什么节？你生日？"

"这个答案，我给 0 分。"

"那就是……你农历生日？"

电话那边沉默了几秒，他显然无言以对。

祝瑾年举起小白旗："我实在想不起来有什么重要节日排在元旦和春节之间。"

"科学家詹姆斯·瓦特诞辰。"

"……呃？"祝瑾年半张着嘴，一脸不知所云。

"现在对我来说，每天都是节日。"他说罢，挂了电话。

这颗糖来得忽然，祝瑾年握着手机，感觉周身都是甜意。

电梯门开启，他就站在五楼电梯口等她，双手从大衣口袋里拿出来，向她微微一抬。她快步走了过去，真的像见到自家长辈的小女孩，靠近了，用力一扑。他揽住她，在她额头轻轻烙下一吻。

现在对她来说，每天都是情人节呢。

车站警报器拉响，提示着动车即将进站。

上车坐定，车子开动后，祝瑾年转头，望着窗外飞驰而过的景物，想再认真看看凉肃的风景："我不会忘了这个地方，但，不是因为乔怡潼或者叶欣雪。"

聂羽峥远眺窗外："我觉得，我有义务让你铭记更多的地方，也不会再错过任何一个能与你共赏美景的地方。"

乔怡潼吸毒被捕后，一直不承认自己吸毒的事实，连"乔怡潼"这个名字都不认，大喊冤枉。负责这起案件的警察从聂羽峥那儿听说了乔怡潼异常的心理状态，倍感震惊的同时，不得不把情况向上汇报，申请了对她的心理鉴定。

因此，聂羽峥一回到鹏市，就马不停蹄去了辖区派出所。

这两人都是拎得清工作和感情的人，在外人面前稍微保持了点距离，聂羽峥对她只多了几分眼神上的关注。祝瑾年觉得，这种只有两个人能知会的交流，也别有一番滋味。

祝瑾年想见一下夏小姐，托沈子平跟所长朱守亮说了说情，他同意让她在两个警察的陪同下，跟夏小姐见个面。

“你要见乔怡潼？”见聂羽峥向自己走来，祝瑾年问。

“卓磊。”聂羽峥与她并肩走在通往审讯室的走廊上，“至于乔怡潼，既然她已经交给我们做心理鉴定，现在见她没有意义，何况，见到的也不是她。”他忽然压低声音，“还不如见你有趣。”

祝瑾年不想太高调地展示二人的关系，警告地瞥了他一眼。

他一笑，接着道：“这次的心理鉴定，我与昴腾一起。接下来一两个星期，你或许可以见到一个按时去‘荒漠’坐班的我。”

贺昴腾，“荒漠甘泉”五大主心理师之一，最擅长的项目是催眠治疗，很难预约，不少高端访客都抢着来体验。祝瑾年一直觉得，贺昴腾就是个中年小孩，这回，聂羽峥要跟这位中年小孩合做心理鉴定，她很期待。

“到了。”祝瑾年从小窗玻璃看见里头坐着的夏小姐，有点急切地要进去。

“瑾年。”他叫住她，“无论里头那人过去如何，碰了毒品，就跟以前不一样了，你要小心。”

她忽然有些紧张地咬咬下唇，重重点了点头。

推门进去，只见夏小姐低头坐在一张桌子后面，头发很乱，整个人瑟缩在灰白色的宽大羽绒服里，毛领挡住了半张脸，显得没精打采、死气沉沉，跟以往妆容精致、衣着考究的样子截然相反。

抬眼见是祝瑾年，她也没什么表情，盯着桌子上某个点出神。

“小夏？”

夏小姐像是没听见，依旧垂着头。

刚才，祝瑾年从朱守亮那儿听说，除夏小姐外，卓磊还同时交往至少六个女朋友，其中四个被他拉下了水。女友一旦碰毒，他就一改之前“深情好男友”的模样，用要把她们吸毒的事说出去为威胁，让她们出资购买毒品跟他一起用。这个人丧心病狂，来鹏市之后就不断重复着“交女友、诱惑吸毒、威胁”的套路，自己从来不工作赚钱，却总能维持吸毒的花费。

“小夏？”祝瑾年走近一步。

夏小姐还是低着头，不愿开口。

带她进来的一个警察小孙低声说：“她从进来就是这样，检查、签字什么的都很配合，就是怎么都不说话。”

祝瑾年看得出夏小姐的逃避，轻叹口气。她不太了解接下来的程序，低声问：“她会进戒毒所或者监狱吗？”

小孙摇摇头，解释道：“不至于，她才吸没多久。一般是先拘留，然后社区戒毒，说白了就是大家帮着在家里戒，跟强制戒毒不一样，不收押，也不会对人身自由有什么限制。”

祝瑾年受教地点点头，上前几步，在夏小姐对面坐下。

3.

“领导好！领导好！”卓磊听见门口的响动，急忙站起来点头哈腰地打招呼，显得热情又诚恳。

聂羽峥在桌前站定，一言不发地打量着他。

卓磊一身缀满亮片的棒球服和破洞牛仔裤，留着时下年轻人很流行的鲨鱼头，染成棕色，皮肤泛着不健康的苍白，双眼微微上挑，满脸堆笑，但那笑只表现在嘴唇生硬地上弯，眼睛却瞪得很圆，一左一右观察着朱守亮和聂羽峥的表情，眼中既有刻意的讨好，也有一丝提防。

“这位便衣警官之前从没见过，是新来的？真是一表人才，帅得很啊！”见他们都不开口，卓磊拍马屁道，“我从小就想当警察，可惜后来自己不争气，犯了大错。如果给我一个重来的机会，我肯定好好读书，像你们一样当个好警察，嘿嘿！嘿嘿！所长您知道的，我是最配合你们工作的，还请你们多多帮助、指导我！”他说完，乖巧地坐下，抬眼看着他们，往下抿抿嘴角。

这个表情，聂羽峥看在眼里，很快读出了他这个下意识小动作背后的含义——否定和不屑。他对警察毫无好感，而且对他二人也毫无敬畏之心，甚至有点藐视。

试问，几个犯罪分子会发自内心地对警察充满崇敬？

“聂组长，来，坐这里。”朱守亮拉开座椅，比了个“请”的手势。

非常会察言观色的卓磊眉一挑，眼珠转了转。

聂羽峥打开录音笔，放在手边：“卓磊，我刚从凉肃出差回来，有些事情问你。”

卓磊一愣，马上点头如捣蒜，改了称呼：“领导要问什么？”

“几年前，你作为一起轮奸案的从犯，在戒毒结束后入狱两年。当时的受害人之一，姓叶，跟你什么关系？”

卓磊双眼一瞪：“她……她已经死了。不、不是我干的！她死的时候我还在改造，干部（狱警）可以作证！”

朱守亮喝道：“问你什么答什么！不要讲这些无关的话！”

卓磊急忙连着说了好几声“好”，但蹙起的眉头透露出他心中的不满。他是个典型的两面人，总是用这样的低姿态来掩饰骨子里的戾气和浑身的心眼。

“那个女的是我……”他抬眼看了看聂羽峥，犹疑了一下，“我那时的一个女朋友，比较不公开的。她家里比较有钱……"

聂羽峥打断他的话："你们办的那场聚会，真正的目的是什么？"

"当年的事，我……都忘了。"卓磊低下头，"我那时脑子麻麻的，他们干了什么我都不清楚，我没有参与他们那些事！"

案卷显示，卓磊当年因为没有参与轮奸，但作为组织者、召集者，且看见这种场面也没有阻止或者报警，也算作从犯之一，不像其他三个同伙一样判那么重。

聂羽峥换了个问题："你同时跟叶欣雪、乔怡潼两人交往，应该不希望她们在同一个场合碰面。我查了一下当年三个被你们拉下水的受害人，家境都不错，唯一一个幸免的乔怡潼，家境跟她们都没法比，相信不是你想下手的对象，而且我听说，你和乐队几个人明显都不太待见她，为什么她也参与了聚会？"

卓磊面露难色，生怕自己多说一句，招来什么祸患："这都是几年前的事了，我号子也蹲了，现在怎么又问……"

朱守亮"啧"了一声："废话怎么那么多？你连上家是谁都肯说，怎么以前的事就支支吾吾？"

"不是，我……唉！"卓磊叹了一口气。

聂羽峥冷厉地望着他："那个局一开始就是你为叶欣雪量身定做的，是吗？"

他张了张嘴，又重重地抿了一下，沉默了。

聂羽峥看透了他的心思，沉声道："你作为组织、召集者，法院对你的审判从法律层面上讲无可挑剔，何况你已经出狱了，现在说出来，不会左右你以前的刑罚，也跟这次你复吸事件无关。我是特聘心理分析师，但调查对象不是你，你可以放心地告诉我。"

"哦——"卓磊松了口气，腰杆挺直了，想了想，"其实以前追叶欣雪的人不少，我看得出来，她表面上跟谁都能打成一片，其实心高气傲，自我优越感很强。如果我也加入追她的队伍，她八成不怎么看得上我，压根儿也不会把我放在眼里。对付这种人，就要先挫一挫她的锐气，伤一下她的自尊，让她发现自己的所有优越条件在某些人眼里什么都不是。”

法国诗人尤瑟纳尔曾说过，世上最肮脏的，莫过于自尊心。这个方法他屡试不爽，相信他对付夏小姐也是如此。

“所以你故意选了乔怡潼。”聂羽峥释然道，“跟光鲜的叶欣雪比，乔怡潼是个徘徊在她身边的灰色人物，几乎处处不如她。她们关系比较好，经常一起出现，而你，故意对乔怡潼‘倍加关注’，刻意无视叶欣雪，慢慢引起了她的好奇和好胜。”

卓磊抬眼，认认真真地打量了聂羽峥一遍。

聂羽峥则对这种探究和防备的目光不屑一顾，接着说：“你公开和乔怡潼交往，但开始时不时对叶欣雪有所暗示，让她以为你跟乔怡潼交往后‘迷途知返’，内心从受挫感转变成急于证明自己的急迫感。这时，你对她伸出了橄榄枝，她马上顺杆而上，跟你发展成地下情。”

“这些……是谁告诉你的？乔怡潼？”卓磊疑惑地问。

聂羽峥没理会他的询问，说：“从旁人对叶、乔二人的评价上看，一个正常的男人主动先靠近的应该是叶。而叶欣雪竟然甘于当一个‘地下情人’，也不符合她的外在性格，除非有内情。从这两个不符合心理逻辑的现象推断，你在她们之前起了巨大的作用，你用‘不肯离开乔怡潼’的这种方法，逼迫叶欣雪为求胜，迟迟不肯放弃你。只能说，你很了解这类女人，尤其了解她们所谓的自尊心，以前的叶欣雪和现在的夏小姐是同类，她们败就败在自己的优越感和自尊心上。我猜，你这几年交往过的女朋友，绝大多数都是这类人。”

卓磊不再装出谄媚的微笑，而是带着一种冷漠又戾气十足的目光，半垂着眼，虚望着前方。

渐渐揭开他虚伪面具的聂羽峥默了一会儿：“我没有兴趣知道你的成长经历，但我看得出来，你憎恨这类从小家庭环境优越、活得顺风顺水的人。你擅于放弃自尊，用低姿态对付她们，她们被你害得越惨，你心里就越满足。这是你变态而扭曲的自尊，在这种心理的驱动下，你对叶欣雪下手无情，但对乔怡潼却多了一点仁慈。我说得对吗？”

可能是瘾头上来了，卓磊有点不舒服，好像全身发痒似的扭动了几下，重重喘了几口气：“呼呼……呼呼……欣雪的优越感真是强，明明对我们几个不太看得上眼，可为了她自己可笑的自尊硬是扒着我不放。之前叫了她好几次，她都不愿意出来跟我几个兄弟一起聚聚。在她脑子清醒的情况下，要让她跟我们一起‘溜冰’没那么容易。可我那时快没钱了，顾不得那么多，就弄了个聚会，叫怡潼去，故意没叫她，中途趁怡潼去上厕所，我拿她手机叫她（欣雪）来。她……呵呵，果然打扮得花枝招展就来了。”

“当时，乔怡潼对你们吸毒一事，知不知情？”

“我猜她早就知道了。”卓磊眯着眼睛，将手边的一杯水一饮而尽，还是很渴的样子，“她躲在厕所里一直不出来，后来我也 high 迷瞪了，不知道她后来怎么样。后面的事我真不记得了。”

聂羽峥看卓磊的状态，知道他快坚持不住了。

“你出狱后，为什么又跟她联系上？”

“她联系的我。”卓磊的眼睛好像进了飞虫一样，闭了又睁，睁了又闭，还一直咽口水，“说要介绍工作给我，叫我来鹏市。来了就他妈又搞（吸毒）上了……”

“叫你来鹏市的，是乔怡潼？”他确认。

卓磊不住点头。

“你怎么知道是她？”

卓磊诧异地看了看聂羽峥，好像对方问了个极度愚蠢的问题一样，开始有点口不择言：“这么大一人，难道我会认错？实话跟你们说了吧，她们俩我都上过，穿上衣服、扒光衣服我都认得……”

朱守亮打断：“好了！不该说的不要说！”

聂羽峥问：“后来你见过她几次？”

“基本不见面了，不知道她在干什么。”卓磊瞪大眼睛，却很无神，无耻地邀功，“我就是积极向你们举报、立功，是她把我再次拉下水，这也是犯罪不是？要不是她，我也不会又进来！”

也就是说，乔怡潼引诱卓磊吸毒时还处在主人格的状态，被卓磊拉下水之后，不知是不是自己也吸毒的事实加上听说叶欣雪吸毒过量死亡消息的叠加，乔怡潼选择了自杀，之后她的次人格就出现并渐渐占据了主动。

主人格是不会被杀死的，她深深地藏了起来，一定要把她呼唤出来，才能弄清楚她作为乔怡潼的真实想法和经历。

门外忽然传来了急促凌乱的脚步声，一会儿后，审讯室的门被小孙推开：“聂组长！跟你一起来的那个女同事受伤了！”

“怎么搞的？”朱守亮大声质问。

聂羽峥飞快地站起来，马上往另一个审讯室疾步走去。

“不知道她（夏小姐）身上怎么会有刀片，忽然就掏出来，疯了一样……”小孙一边小跑跟着一边解释。

乔怡潼的主人格能否被唤醒，
她在逃避怎样的过去？
康总的噩梦里有何隐秘，这世间，可真有魂灵？
失踪校花禾诗蕊究竟身藏何处，是生是死？

后续内容请见
《和你的世界谈谈 2》